私奔日记

一个文化局长的公开忏悔录

寿哥 ◎ 著

中国书店

图书在版编目（CIP）数据

私奔日记 / 寿哥著 . -- 北京：中国书店，2011.6
ISBN 978-7-5149-0088-0

Ⅰ.①私… Ⅱ.①寿… Ⅲ.①长篇小说—中国—当代

Ⅳ.① I247.5

中国版本图书馆 CIP 数据核字（2011）第 105666 号

私奔日记

作　　者：寿　哥
责任编辑：钟　书
出　　品：经证图书
总 顾 问：谢镇江　龚　磊
总 策 划：葛清杰
出品策划：胡劲华
特约编辑：刘　佳　吴春艳
技术编辑：杨冬梅　邱云莉
市场营销：梁　峰　杨春秀
媒体运营：毛立斌　陈　平
装帧排版：徐小柠　邓艳华
封面制作：品尚设计
出　　版：中国书店
地　　址：北京市西城区琉璃厂东街 115 号
邮　　编：100050
发　　行：全国新华书店经销
印　　刷：北京中印联印务有限公司
开　　本：787×1092　1/16
版　　次：2011 年 8 月第 1 版第 1 次印刷
印　　张：18
字　　数：250 千字
书　　号：ISBN 978-7-5149-0088-0
定　　价：36.00 元

他只是个大情人

池莉

自登上飞机舷梯的那一刻起，康伟业把世俗的一切都留在了地面：他的存款，公司，生意，家庭，亲人，电传，电话，约见，商谈，机遇，以及贺汉儒随时都可能告知的喜讯——他的十万美金已经进入他在香港的帐号。这笔生意做成了！不久前，消息传来，他还是那么地欣喜若狂，不需要本钱的生意，一笔就赚了一百万，这当然是一件天大的好事！但是现在，康伟业已经把所有这一切，构成他身家性命的一切完全地卸下了。就他妈的卸下一次又如何？地球不照样转动吗？他不再是老总，不再是儿子，不再是丈夫和父亲。他只是一个大情人。

——《来来往往》第十章

私奔，是当代一个很火热的字眼。在这样一个日益疯狂的年代，私奔似乎并不是一件稀罕事，但对于过去那个年代来说，却是一件惊天动地的大事。

在那些父母之命、媒妁之言的婚姻里，人的爱憎被压抑了太久，使人变得麻木，甚至失去了爱和憎：对于自己喜爱的不敢深爱，对于自己憎恨的也不敢痛恨。但，有些人天生灵魂里就充满了不安分的元素，表面上他们安静、平淡，但只要遇到那个契机，他们灵魂里的热情就会被点燃、爆炸，任谁也抵挡不住。

这不是小说，而是发生在这片土地上的一个真实的爱情故事。当李福寿带着雅丹登上飞机的那一刻起，他就把所有的名利、地位、财富、家庭全都抛诸脑后了，那个从前满城风光的文化局长，从此就要变成漂泊异乡的流浪客。但他什么都不愿想，只想全心全意地去享受这份纯粹的爱。那一刻，他谁也不是，不是文化局长，不是儿子，不是父亲，不是丈夫。他只是雅丹的"夏娃"。

私奔之歌

中年怕落伤情泪，回首心易碎。征尘断处恨无缘，谁解其中味？叹人间，情最贵！英雄红颜多，知音能几位？千古唤破一片心，惟见年年无言芳草连天翠。孤影对红烛，红烛点点泪。

——王功权（鼎辉创业投资基金合伙人）

私奔之哥

李福寿是我的博友，我称他为"光头寿哥"。他现在过得很幸福。在中国这样的"官本位"社会，像寿哥这样为了爱情而放弃官职的男人可谓凤毛麟角，令人起敬。

——何况（鲁迅文学奖获得者，厦门文学评论家）

作者用良知、用血、用泪、用少有的坦荡和勇气写成了他的《私奔日记》，也为我们创作了一篇美文、奇文，让我们欣赏它的真和美。不难想象，这篇日记定会打动文坛内外一切真诚的人，作者那颗追求完美、蒙受屈辱、承受着苦难的心，也定会因为取得更多世人的理解而获得些许慰藉。

——魏兴荣《爱情的凄美与代价的惨重》

《私奔日记》是一部视角独特的自述体作品，作者以日记的形式讲述了一个中年男人婚变后一落千丈的艰难历程，其实更多的是失去体制内保障的哀怨。

——编辑手札

目 录

望着他消失在夜色中的背影，我知道，我犯了无法挽回的错误。与雅丹回到车上，我呆若木鸡，久久无力启动汽车。我真后悔，哥哥的态度让我感觉到危险正在逼近。向哥哥摊牌，无异于取出了顶住悬在山顶那块巨石的最后一个小石子，那巨石将不可避免并无法阻挡地滚下山坡，砸向我和雅丹。

我买了两张6月18日飞往厦门的机票，准备带她私奔。私奔？想到这个字眼时，我自己也吓了一跳。私奔以后，我将面对什么样的舆论和什么样的未来呢？算了吧，不去想它，也无力去想。

但回到"家"转念一想，他的话何尝不是在帮忙呢？我的处境难道比盲流强吗？有废弃的猪圈栖身对我来说也是不错的选择啊。望着雅丹安宁酣睡的清秀脸庞，两行泪水再也抑制不住地涌出眼帘。

喝下啤酒，热力浇头，想到母亲，想到儿子，我情绪低落，懊悔难当。她老人家的病我要负主要责任。我把自己置于如此尴尬的境地，无法伺奉在她老人家的床前，生为人子而不能行孝，我还算是个人吗？贻害儿子，无力教育抚养他，我可算是天底下最为荒唐的混蛋。

私奔日记

原谅一个无能的男人。

在你生日之时,

我能送给你什么呢?

唯有我永恒的爱和由衷的祝福

愿你永远像玫瑰花那样美丽、圣洁。

私奔
日记

代 序

幸福的人必有幸福的选择

胡士华

（原孝感市作协主席，现为北京某杂志高级编审）

小城新闻不多。李福寿带着女孩私奔的新闻，不仅轰动了当地，也轰动了全地区文化系统，一下子成为大家谈论的中心。有耻笑的，有批评的，有痛恨的，有惋惜的，有佩服的……可谓见仁见智。

我和李福寿相识相知是缘于两个字：文学。那时，他是写小说的青年骨干作者，我是地区文学杂志的责任副主编。他总是叫我"胡老师"，我们的共同语言很多。我记得他的属相是"性格率真的猪"。他给我的印象是为人真诚、豪爽且有才气，小说写得好，字也写得好。在短短几年工夫，他就从学校调到宣传部，又从宣传部调到文化局任局长；作品也是从地区走向省，从省走向全国。看着一个文学作者一路顺风顺水，我很高兴。

一天上午，远在大别山一家工厂挂职体验生活的我，接到他打来的电话："胡老师，我们私奔了，现在在厦门。我晓得您不在城里，所以只好打电话跟您说一声。虽然在厦门的生活很艰难，但我一定会坚持下去。同时我还坚持着记日记。"口气跟他平日一样坚定。我说："你李福寿就是李福寿！有的人是家里红旗不倒，外面彩旗飘飘，官照当，情人照玩，像你这样爱情价更高，爱情至上，要爱情不要一切的真性情，当今太少太少，令人敬佩。"说到最后，我三句话不离本行："你一定要记好你的私奔日记，把你的情感经历真真切切地记录下来，将是一部很好的纪实文学。""好！"他在电话里高兴地说。

人生选择是要付出代价的。比如选择当兵，就意味着打仗，就意味着牺牲。李福寿选择了不要职务，和心爱的女孩私奔，虽然没有牺牲生命（后来还赚了一条生命——生了一个可爱的女儿），但还是"牺牲"了许多，如他的铁饭碗、名声、亲情关系等等。毫无疑问，我是尊重他的选择的。在我眼里，他的这种敢做敢当，不爱江山爱美人，不搞家外之家的做法，是一种很光明正大的行为，是一种很透明的思想，是一种很果敢的作风。

那些"家里红旗不倒，外面彩旗飘飘"、"工资基本不动，老婆基本不用"、"墙外有花，家外有家"的行为才是不正之风，才是歪门邪道，才是令人耻笑和鄙弃的。什么叫私奔？私奔意味着什么？台湾著名电视节目主持人蔡康永说：私奔的意思就是，这次的爱太强烈，强烈到要把以前的人生全部作废。

从私奔的那天起，李福寿便毫不犹豫地把以前的人生全部作废了，满怀信心，一切从头再来。十几年过去了，当年的日记终于变成了见证这一切的现实——《私奔日记》的问世。高兴之余，欣然敲出了这些文字，是为序。

2011年5月于北京

自 序

自私的幸福

我是个什么样的人？一言难尽。

老实说，真实而准确地评价一个人沉重而艰难，这使我们领略了太多虚假且不负责任的评价。客观而准确地评价自己则更难乎其难，这不仅需要勇气，更需要直面人生、诚实坦荡的品质。

我想，我首先是一个健康的男人。因为健康，好酒，好色；因为不甘寂寞，好大喜功，好为人师。也许唯一的优点是性格透明、足够坦诚，坚持给世人展示自己真实的一面。

这辈子，我做得最大、最对、最错、最出格、最轰动、最出洋相的事情就是：为了那份自私的幸福，1997年6月18日，我抛开年逾七旬的母亲，弃妻别子，离开自己干得好好的县文化局局长的职位，与自己心爱的女孩私奔厦门，从此，过着幸福着、悔恨着、难堪着、煎熬着、挣扎着、拼搏着的复杂生活。

私奔日记是一种坦白，也是一种交代。我坦然而真实地曝露自己，这需要我的亲人和朋友们理解、谅解。在洗濯自己灵魂的同时，我也愿意接受读者诸君的批判。如果有读者能从中读到些许警醒和感悟，那就算是意外收获了。

年届"知天命"之年了，我仍不知道天命为何物，我只是更加坚定不移地不容自己虚假、虚与委蛇地去为人、为文。我的人格、人品不比历史长河中任何一位自认高尚或他认高尚的人低下和猥劣，我真实、真诚、透明、坦率的品格一定超过许多死掉的、或者还活着的那些道貌岸然、情感疲惫、生活惊慌地表演伟大或者高尚的人。

李福寿

2011年6月于厦门

第一章 自投罗网

人生像一张网，网住那些爱恨情仇的男女，任何想逃脱的人都是徒劳。别以为在网边行走，可永远安全，当船遇见水，刀遇见鞘，触网只是早晚的事。

一九九七年 六月五日 （晴）

她不在家。儿子做完作业自己关门睡了。他是个善于观察而相对讷于言辞的孩子，满意的表现是灿烂的笑容，郁闷的表现则是紧抿嘴唇的沉闷。家庭的紧张气氛压抑了孩子的表现空间，他似乎越来越乖，越来越听话，有时甚至完全是在胆怯地迎合大人。从他面对我们争吵甚至打斗的惊恐眼神，我知道他非常渴望家庭和谐。我知道责任主要在我。我能够在意他的感觉、他的心情的时候太少，暴躁中我时常难以隐忍。他于是不怎么黏我们。一天到晚都跟着他婆婆。

我几乎天天有应酬，很少按时回家，甚至连在家吃饭都很少。工作是一方面，但更多时候，工作只是我不愿意按时回家的理由。看来我们都疏远了他。站在儿子的床前，看着他熟睡而充满稚气的脸，我充满愧疚。

一直以来，我为自己有一个清秀、聪明而又听话的儿子感到温馨和骄傲，觉得自己真有福气。教育抚养他我确实没有太费力，我更多的是在享受与他在一起的快乐。在宣传部工作时，我时常一有机会就用自行车带他到老家的小村去玩，给他买喜欢的东西。随着职位上升，收入高了，住房宽了，车也有了，而我却越来越浮躁，跟儿子似乎越来越疏远。一直在坚守的一些关于感情、关于做人、关于政治前程的原则屡屡受到冲击，并开始动摇，曾经充满奉献精神的我，逐渐越来越在意自己的感受。我开始算账，为自己身体的每况愈下，也为自己时常糟糕的心情。

在这寂静的夜，除了孤独、苦闷、彷徨，就是如野马一样奔腾放肆的思绪。我也不知道曾经十分热爱文学创作的我从什么时候开始在书桌前坐不住了。我的心情总是异常浮躁，做什么都无法专心。看到桌上放着一本弗洛伊德关于性本能的书，我随手翻看。这个老头说，艺术家的艺术创造力受性本能驱使，没有这种驱使，艺术创作就没有激情，也没有色彩。他说许多艺术家以三五年为周期不断寻找新的爱情，不断恋爱，以刺激激情，获得艺术创作灵感。这似乎也是当下许多像样的艺术家不断寻找新的爱情的最冠冕堂皇的理由。好像我们要欣赏到艺术家超凡脱俗的艺术品，就得容忍和接受他们在任何情况下泛滥他们惊世骇俗的情爱。那种令灵魂颤栗不止的恍惚与冲动一直主宰我的意识，我看到书上的字就烦，已经读不进书了。坐在桌子旁或靠在床头，再好的书，看不了一页，就走神，就浮躁。堆成山的理由不断强化着我否定自己，应转而去循规蹈矩。曾经蠢蠢欲动创作的长篇小说《大磨坊》也无法继续写下去，早被束之高阁了。

现实的尴尬、脱离现实的冲动、对美满爱情的渴望和幻想……当这些因素如一团乱麻堆积在我面前时，我想的最多的是逃避，长时间地、反复地作种种设想、种种推演，心驾着离群索居、守候爱人的和风飘摇地与现实渐行渐远。对浪漫而撩人的梦幻痴迷，却对现实越来越无奈和厌倦。

我知道，这很危险。

我的心已全然放弃或撤除了自己曾经主动设置的心防和禁忌，满脑子全是雅丹长发飘飘、青春勃发、清纯靓丽的影子。她的声音是那种具有甜味的细腻、圆润、清亮，她轻柔芬芳的声息，对我具有灵魂的穿透力。

虽然雅丹也在文化系统工作，我们经常有机会接触，但我一直对她望而却步，到现在也还是这样。我大她13岁，差不多是两代人的距离，而且我非常清楚，不要说我作为一个党政干部不能再去奢望一段新的爱情，我的年龄也不允许我有非分之想。人近中年，已婚生子，我没有资格再去寻求什么爱情，我已经没有条件和能力去爱任何人。我无法给她任何承诺，遑论娶她为妻，因为我知道，即便我的婚姻已濒临破败边缘，妻子肯定宁可死也不会同意离婚的。于是，全身心的焦灼、煎熬使我的情绪总是处于亢奋和压抑的临界点。

那年县里搞文艺汇演，雅丹是一个群舞的领舞，身材娇小玲珑、容貌清秀、声音清脆，笑起来无忧无虑、天真无邪，属于比较喜欢出头、表现欲很强的女孩。在美女如云的文化系统，论长相，她也许并不算十分出色的，她的特点在于很纯、很活跃、很真实、很阳光，不像有的美女矫揉造作。在协调会上，受剧团领导委派，她代表剧团作节目准备情况的汇报。她算是很大方了，可汇报起来很紧张，站在台上脸涨得通红，语句有时得靠笑来填补或者掩饰。我甚至有点埋怨她的不利索，不干脆，耽误时间。文化局艺术股长给她解了围，说"知道了"，叫她坐下，她以活泼丰富的鬼脸表示歉意，吐着舌头回到了同伴之中。这事过后，在别人议论她的过程中，我知道了她的基本情况，毕业于艺术学校，19岁，拜楚剧团当家花旦为师，偶尔演些丫鬟、龙套之类。

此后，在县里若干次文艺活动中，她都很热情、活泼、活跃，是剧团参与组织、编排节目的骨干，偶尔也会到我们宣传部走动。她总是叫我李科长，有一次，我提醒她，我是副科长，别忘带"副"字，她连连笑着说"一样一样"。在我已经充满沧桑的心中，她不过是一个童稚未脱的孩子，我自觉离她们这代人很远。在日常工作生活中，我连开玩笑都不会选择她这个年龄段的人，因此，虽然觉得她各方面都不错，但确实没怎么在意。

那时，交谊舞正流行，卡拉OK也风靡全城，楚城歌舞升平。干部们下班之余多了个选择：到哪里去跳舞、唱歌？文化局几次组织与宣传部联欢，其实是请领导跳舞，叫剧团等文化系统的美女陪舞，我参加过几回。看到那些美女个个彬彬有礼，舞都跳得十分了得，尤其是雅丹，动作标准、娴熟，大方得体。她也曾主动约我跳过几曲，无奈我虽然偶尔涉足舞厅，学了中四、慢四之类，但舞跳得实在不怎么样。于是她像教练一样，教我抬头、挺胸、收腹，下肢平行移动而上身尤其不要抖动等要领。她耐心地带着我跳，我感到自己很笨拙，两只脚常常跟不上节拍，或者踢着、踩着了她的脚，经常要靠她推或者拉的提示才知道往哪里迈步。一些兄弟因为她跳得好也纷纷请她带，请她教，她从来有求必应，给人一种年龄虽小，却有着舞场大姐大的风度。她热情大方，活泼有度，处事干净利落，很得文化系统主流舆论的肯定。

与雅丹开始进一步接触是在我作为宣传部副科长，应领导安排，主持楚城举办的首次名为"93楚城佳丽"的选美评选活动。因为单纯、活泼、活跃，县里每次组织大型文艺活动，唱歌跳舞都少不了她。她开朗、大方，显得比她同龄的女孩老练。她清丽、稚嫩，又让人备感怜惜。我对她没有半点非分之想，只是把她当个孩子来看待。见了面，除了工作，没有其他的话。

我们选美的办公地点设在县文化馆，一个李姓的兄弟跟我配合。某天，我们办公的大厅走进一名女子，举止优雅，落落大方，正是雅丹，她是来报名参选。说老实话，那么多女孩报名，我的第六感觉只看好她，因为她健康、阳光、坦诚、自然、毫不做作，不像有些女孩，走路扭捏摇摆，说话连调都变了。她的表现确实不俗，经过几轮角逐，她以气质、风度和才艺优势进入前十名，但因为身高不占优势，在十佳中她获得第七名。

后来，我调到文化局工作，我们见面的机会也更多，我也确实很喜欢她阳光灿烂的性格，但天地良心，我对她决无、也不敢有丁点儿异想。在我多年不和谐的婚姻生活中，不管我内心如何蠢蠢欲动，也偶尔做过一些稀奇古怪的情欲梦，会反复梦到一个清丽、纯洁的女孩，可并没有具象到任何人的身上，也更不会在醒来后想到她。偶然听说她谈朋友的消息，也觉得十分正常。男大当婚，女大当嫁嘛，20来岁的女孩子该谈朋友了。

我们班子的同志都很喜欢她，也时常提到她。虽然我和她时常在工作中碰面，也偶尔开开玩笑，但我总是以前辈的姿态跟她打交道，要她叫我叔叔。她显然一直不认可这个称呼。有一次，我们单独在一起时，她说："谁要你做叔叔？做大哥还差不多。"我哈哈一笑。

文化局成立WX公司时，有人提议把雅丹调到WX公司管财务，我没有反对。后来又调她到文化馆负责歌舞排导，也是由其他负责人提出来的，我认为有利于发挥她的长处，也表示赞成。我不知道她对我的感情是从什么时候发生变化的，她至今也没有给我一个明确的说法。只是曾告诉我，从第一次见到我时，她就有种预感，感觉我们之间会发生点故事。

我有明确的感觉，是1995年县里组织首次春节联欢晚会的时候。为了组织节目，她被抽到排导组。在影剧院看完几个节目后，我们有了一点儿单独在一起的时间，说完工作上的话，我没话找话地问她谈好朋友没有。她说没有。我问："为什么呢？"她说没有合适的。我问："要什么样的才是合适的呢？告诉我，我帮你介绍介绍。"她低着头，停顿了一会儿，低声说道："像你这样的……"说完，扭头飞扬着辫子跑了。望着她的背影，我丈二和尚摸不着头脑。怔了许久才回过神来，只当是个玩笑，但事后免不了要反复玩味她这句话，情感的窗口也开始渐渐向她打开。

　　孤坐卧室，我没有开灯，肉体在黑暗中隐蔽，灵魂在黑暗中漂游。也许黑暗中的孤独最容易蛊惑潜藏于内心的情感与欲望，几经犹豫，我还是忍不住给雅丹打了电话，问她在哪。雅丹说在宿舍。我说："我马上过去，要带你去一个地方。"她像往常一样，没有反对。在跟随我的思想、行动方面，她似乎习惯了被动和顺从。我跟她说过，这不是个好习惯。

　　我深知，此举又是理智让步的结果。正如推倒多米诺骨牌，有可能打开了一扇永远也无法关上的门，使一切变得无法控制。我的心矛盾徘徊，所谓"家有长子，国有大臣"，我忽然想，既然我是如此不安，应该去跟大哥商量一下，也许他能给我一些好的建议，但我没有想到此举可能产生的后果。

　　很晚了，我急切出门的时候，坐在客厅看电视的母亲问我："这么晚你还出去啊？"

　　我仿佛被窥破秘密，很不耐烦，生硬地说："您老别管！"我也不知道自己是从什么时候开始对一向尊敬的母亲缺乏了耐心。

　　母亲用幽怨的眼神看着我，叹了一口气。我意识到自己对母亲态度过分了，忙说："我有点事要出去一下，您老放心，我一会儿就回。"

　　母亲说："开车小心点，能走路就尽量不要开车。"她老人家强调，"车是个危险东西，不好玩。"

　　我又不耐烦了，不开车走路？那要走多久？但我还是耐着性子对母亲笑了："您老放心，我开慢点就是。"

　　我把车开到楚剧团对面院墙外的一排大树下，因为树荫的遮掩，路灯昏暗，树荫下根本看不清人。街上夜色已深，行人也很稀少。我熄了车灯，打电话告诉雅丹我到了。

雅丹很快就过来了，黑亮的头发瀑布一样披散下来，衬着她年轻、白皙、红润的脸，带着缕缕芳香。她的活力在覆盖或者淹没我的时候，我意识上有种沉没、飘忽的感觉，甜蜜之感从心底升起，驱除了一切的苦闷。我打开车灯，放下所有车窗，风驰电掣般地开往我的老家。哥哥在那里的管理区当书记。

　　在路上，雅丹极力反对把我们之间的事告诉哥哥，她认为这是在冒险。

　　我不明白，也一直不敢确认，雅丹为什么喜欢我。她是不是因为觉得跟我在一起很有趣才屡屡接受我的邀请呢？也许她并没有要嫁给我的意思。前些时候，我曾猴急地表示要跟她明确关系。她没有反对也没有同意。在我看来，她对我也许是敬重多于情爱吧。我问她，她说她也说不清楚，只是觉得跟我在一起有安全感，很愉快。这也许是恋父情结在作怪么？

　　雅丹希望从长计议。她说："你这么急地跟哥哥说，万一他不同意，把事情闹出来，你这局长还怎么当？"——她这话当然很有道理。

　　我说："他应该不至于糊涂到这个程度。这事的轻重他应该还是掂量得出来的，这不是个小事，就算他不赞成，他也只会跟我计较，不至于到处乱讲。"

　　"他是你哥哥，你应该了解他，要想清楚，我听你的。"雅丹说。

　　以我现在写这篇日记的心情，我真是后悔透了。我当然了解哥哥，可是我的冲动让我头脑发昏。我这位老兄素来被母亲斥为"提着裤子跑"的人，她老人家指责他的，就是他太直，吞不住话，心中装着秘密像怀里揣着一个活蹦乱跳的兔子似的，他不安，不舒服，必须说出来才得劲儿。似乎只有这样，才能证明他懂得的东西多，知道的秘密多。要是在旧社会从事革命者的地下工作，他早被砍头了。也怪自己无知，未知的事，埋在心底的事情，如果不对社会造成危害，带到坟墓，就等于没发生过。而一旦公之于众，就如同决堤洪水，凶猛泛滥，难以控制其传播的范围和速度，

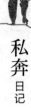
造成什么恶果都无法逆料。

到了管理区，我把车停在管理区大门口的国道上，让雅丹在车上等，自己进去找哥哥，我不想让嫂子知道，毕竟还不知道哥哥的态度。嫂子说："你哥哥在梧桐那儿。"

去找梧桐。巧得很，我刚停车，正面有一个人正从一个村民家出来，看到我的车，向我走过来。我钻出车一看，正是哥哥。

"你这么晚回来搞么事？"他问。

"我有事跟你商量。"

"么事？"

我说："我让你认识一个人。"我叫雅丹下车，她怯生生下来，手脚都不知道往哪儿放。

我说："叫哥哥。"

她有些尴尬，叫了声哥哥，笑不是，哭不是。

哥哥没应声，把脸一沉，将我拉到一边，转脸问我："么样一回事？"

我只说了四个字："我想离婚。"

他甩手就走，扔下一句话："你简直疯了！"

望着他消失在夜色中的背影，我知道，我犯了无法挽回的错误。与雅丹回到车上，我呆若木鸡，久久无力启动汽车。我真后悔，哥哥的态度让我感觉到危险正在逼近。向哥哥摊牌，无异于取出了顶住悬在山顶那块巨石的最后一个小石子，那巨石将不可避免并无法阻挡地滚下山坡，砸向我和雅丹。

在我成长的六七十年代，"文革"如火如荼，家庭成分成为每个人地位的标签和象征，也是理想与前程的基础。在此环境下，大我四岁的哥哥从少年到青年的成长屡屡受伤。在那个动荡的年代，农村的生存法则在于，你要么有权，要么有"拳"（房头大、拳头多），你才有势。我家属于上中农成分，俗称"富裕存"、"富裕中农"，在"文革"中被称为"可以团结的对象"，即拉一把是革命的同盟，推一把便是敌人的帮凶，比"黑五类"（地富反坏右）强不了多少。更不可"饶恕"的是，我外公就是地主，且是离我们村约五里地的刘家大湾的大地主。他老人家的名字与四川恶霸地主刘文彩只差了一个字，叫刘文考。这个问题在他老人家被拉上台接受斗争的时候，是非常突出的罪证之一。人们说他是刘文彩的兄弟，跟刘文彩是一丘之貉。于是，一切与外公有关的亲戚，都受到牵连。虽然"出身不由己，道路可选择"这话透着些许人味，但实际上，那些与"黑五类"相关的人尤其是他们的子女，不仅生活在社会底层，多半还要被踏上一只脚，让你永无出头之日。从"拳头"来说，父亲没有兄弟，加上他在村里似乎也不太招人喜欢，门头大的那些人经常要搞点气给他受，他偏又不愿意忍气吞声，偶尔有找人拼命的勇气和行为，但多数是被气得当场昏厥，不省人事。

家庭地位如此尴尬，我们的前程可想而知。哥哥初中毕业后，自然无缘像同村贫下中农的子女那样，升学上楚城二中，他提前成了"回乡知识青年"。我父亲曾经在解放前上过私塾，母亲在娘家时，因为是老大，外公把她当儿子养，也曾请过先生。他们可以说是农村少有的初通文化的农民。尤其是父亲，他还写得一手好字，每到过年，大半头湾子的对联都是父亲写的。父母对我们读书有着几近固执的认真和坚持。父亲说，不管是哪个朝代，读书人总是吃香的，几千年文明史，读书人也就在秦朝倒霉——焚书坑儒，那不是正常情况，不可能长久。现在看来，父亲在当时有如此见地，是相当有远见的。

哥哥辍学，父母坐立不安。父亲隔三差五带着哥哥到子文（镇）去，向同村的一个在二中当副校长或者是主任的求情。说到这段历史，我很脸红。父亲作为一个有点文化的农民，一个日常对我们要求很严，动不动就讲什么"脸皮"、"气节"的男人，他老人家在求人这个问题上非常做得出。他多次带东西去找那位属他侄子辈的二中领导，说："我们不进教室，我们就在走廊上安一张凳子坐，求求你无论如何让他上高中。"他又是打恭，又是作揖，弄得那位晚辈领导很不耐烦。父亲甚至低三下四地说："虽然你们是同辈，但他小你那么多，你就只当是自己多养了一个。"可那位同村的兄长无法帮忙，他说他没有这个权力。

那时，哥哥个子瘦小、单薄，关于他的出路问题，父亲做了很多尝试。比如，他曾想让他去跟一位没有出五服尚在走动的姑丈学木匠。但因为种种原因，这位带了一大群徒弟的姑丈没有买账。后来他又想找师傅让他学泥水匠，也不成。无奈之下，他自己在家教哥哥用手摇袜子机打棉纱袜子。父亲性子急，在教育我们的过程中，向来巴掌当道，鞭子也没少用。稍有不当，巴掌立即落下，令人猝不及防。有一次，他正教哥哥学打袜子，不知哥哥哪个动作出错，父亲一巴掌打下去，哥哥的眼皮正挂在了袜机的钩针上，眼睛差点吹灯，至今还留有印记呢。母亲为此跟父亲大吵了一架，从此，哥哥越发跟父亲说不到一块，并拒绝跟父亲沟通，拒绝接受父亲的一切教育。蹉跎几年，哥哥什么都没有搞成。

哥哥18岁那年，出现了一个机会。四季大队与梧桐大队合并为胜利大队，小学随之合并，扩大规模，急需民办老师。父亲这回似乎看到了曙光，他一个个去找大队的干部求情。他曾经与本村的一个也是跟我们同辈的大队干部有很深的过节，他上门去负荆请罪，双膝扑通一下跪在那位干部面前，请他原谅，求他帮忙。他说得很动情的一句话是：给我孩子一个机会，我下辈子做牛做马报答你。长辈向晚辈下跪，这是多么需要勇气和忍辱负重。那位干部动了恻隐之心，答应了。哥哥知道这件事，引为奇耻大辱，拒绝接受父亲给他争取的机会。父亲在家里面对我们哭了："你以为老子没有脸？老子不晓得站直了做人？你看看你这么小的个子，你除了教书能做什么？我下个跪能解决你的前程，这个跪有什么不值得？"一家人哭成一团。哥哥于是成了民办教师。作为一名初中毕业生当老师，他很努力，没几年工夫，他就成了公社（改革开放后改称乡）每年受表彰的骨干老师。

改革开放以后，哥哥逐步当上了小学的主任、校长，后又辞掉了工作，回村当村干部。后来，我调到文化局后，他也迎来了一个好机会，县里从村干部中选拔国家干部，通过考试，他成为了一名国家干部。这当中，虽然也有我在场面上帮他争取机会，比如培训他的语文，又找行家培训他的政治。但主要得力于他的聪明能干，他也尤其珍惜这来之不易的机会。

一九九七年　六月六日　（晴）

我前脚走进办公室，妻子后脚就跟进来了。

"你给我回去！"她用冷漠而不容置疑的口气说。我感觉事情不妙，故作镇定地说："我才上班，回去干什么？"

同事们叫嫂子的叫大姐的都过来招呼，看她脸色铁青，以为我们跟往常一样，闹了别扭，一个个过来开玩笑打圆场："我们局长在局里是局长，在家里还是要听'书记'的。"

"回去！"她横眉竖眼，口气一再加重，不容否认。为了不在单位闹得难堪，我说声好，准备拿了包跟她走。谁知她忽然叫了起来："你跟那个小骚婆娘到底是么样一回事？你给我说清楚！"

这等于是公开发布新闻。我的头"嗡"地一下大了。我精心树立的威信和良好的口碑在那几秒钟之间里粉碎。一切的一切似乎在她的爆发中烟消云散，一切的退路也仿佛就此阻断，那块我最担心的悬在悬崖边的巨石终于翻滚下来，直冲向我。

一九九七年　六月十日　（晴）

事情闹得满城风雨，一切都乱了套。妻子到处找雅丹拼命，我也无法正常工作，雅丹也不敢上班。我不知道该如何让她回避这场纠纷，尽管这种想法幼稚而徒劳。想看笑话的人得到了前所未有的满足，各种关于我的流言蜚语满城黑灰一样到处乱飞，组织上也开始找我谈话。

"小李，"县里的领导都习惯这样叫我，"你还年轻，综合素质也不错，是个很有前途的青年干部，组织上培养一个正科级干部不容易，你千万要珍惜。县委、县政府栽培你、信任你，把这么大一个摊子交给你，你要对组织负责，也要对自己负责……"

一切可以想象的教育言辞从这些苦口婆心的领导口里说出来，我知道他们是真的器重我。县委书记也给我打电话问情况，他的结论是：悬崖勒马，立即消毒。我的老师，在另一个市任市委书记，也托人带信，要我珍惜前程，好自为之。

站在人生的十字路口，我彷徨无措。

第二章　仓皇出逃

所谓覆水难收，走，如开弓之箭，洞穿所有相干和不相干人的心，即使箭矢可以勉强拾回，也无济于人心，那些伤痛从此终生难复。

一九九七年　六月十二日　（多云）

事情发生了，我急躁的性子企图快速解决问题。以一个负心汉的名义，我跟妻子好言谈过几回，希望和平离婚，她说："除非你死了，我丢不起这个脸！"我死皮赖脸跟她赔罪、讨饶。后来，她说："要离婚，可以，但必须赔偿30万元。"我所赚的钱从来是全部上缴"家库"，把我前半生所赚的所有钱加在一起也凑不足10万元。30万元，简直是天文数字！

她一连好几天通宵在床上呆坐，十分痛苦。回想起来，我娶了她，也害了她。

在我成长的历程上，我的爱情一直在战战兢兢中坎坷前行。父母曾给我订过亲，邻村的。在村小学读书时，我们在同一个班，同学们知道我俩有定亲，一下课就吼叫着我俩的名字，把我们推撞到一起起哄。她经常被同学们逗哭了，最后以至于无法忍受，辍学了。直到我中专毕业参加工作后，我俩最亲昵的举动是到镇上看过一场电影，其间记得曾拉过一次手，只一小会儿，就胆怯地丢开了，没说什么与感情有关的话。回来时，好像是顺着铁路走的。我俩在那两条标准的平行线上比赛看谁在铁条上走得久，走得远。我对这个女孩没有什么感觉，所以一直想退掉这门亲，但碍于两家父辈交好的关系，我拉不下情面，也不愿意被人当"陈世美"骂。一个中专生，有什么好俏皮的？于是一直拖着。后来她急了，大概是怕被拖久了影响终身，闹着要结婚，我当然不结，闹了几次，她到我上班的学校，用刀子割破了我挂在房间里的最漂亮的一件涤纶外套。于是，我俩的关系也就这样割破了。

　　父亲是在我上中专那年过世的，母亲一个人拉扯我们很不容易，她也急着要我成家，好"完成任务"，姐姐、哥哥似乎也无法忍受我继续放单，但我的爱情却一直再难以生根发芽。

　　也许与出身有关，因为家庭成分不好，社会关系也差，我在同龄人中总感觉低人一等，很难抬起头来。于是，我很自卑，不敢主动、大胆地追求自己喜欢的女孩。这期间，我也喜欢过几个女孩子，但最后都不了了之。后来，我调到学校当老师，曾暗恋过一个学妹，她小我几岁，身材苗条，长相周正，平常沉默寡言，我觉得她高不可攀，不敢去接近她。学校缺英语老师，安排我回师范接受为期两个月的英语短期培训，我得以有机会鼓足勇气，以老乡的名义接近她。她本来就话少，又热情有度，很难让我理解为接受我的追求。她毕业后也分回了我们乡中学。我暗暗加足马力去追。那时所谓的追，无非是写写信，有事无事到她任教的学校串串门，我们交往也还算密切。但是一次我猴急的谈话，使这场爱情戛然刹车。一天，我骑自行车到乡中学去看她，在她的房间，我鼓足勇气，要求跟她明确恋爱关系，她说："有这个必要吗？"这话让本来不自信的我深受打击。我哑口无言，很失落，以为她是不愿意接受我做她的男朋友。沉闷许久，我还不死心，提到我曾经给她写过一封信，实际上是我婉转表达自己心意的求爱信。她说："收到了，我拿给你自己看看，看你都写了些什么。"说着，她就开始在她办公桌的抽屉翻找，许久，翻出来一封信，递给我就开门出去了。我一个人坐在她的房间，以复杂的心情从信封抽出那封信，很长，但不是我写的，而是当时在县一中教书的另一个李姓兄弟写的，我们在某次集会上见过。他毕业于华师大，信写得文辞优美，有些话不是我说得出口的，多肉麻元素。我不懂得她给我看这封信的意思，是暗示她有更高地位的人追求？还是说他们已经在恋爱了？一会儿，她进来了，我说："这不是我的信，这是别人的信，但是我看了，我不知道你是什么意思。"她还是跟我打哑谜："你这么聪明的人还不懂吗？"我真没懂，我想她大概对我没兴趣，我不过是一个不知趣的局外人罢了。我的爱情鸟折翅了，心非常痛。回到学校后，我彻底断绝了跟她的来往。青春在蛊惑我尽快找到爱情，而自己恋爱屡屡受挫，自卑感使我的择偶条件不断摇摆。虽然我人样子不差，在单位渐渐也成为骨干老师，还在写作上成为了县里的文艺创作骨干，但是，我似乎很难找到意中人。

　　1982年末，在我十分郁闷的时候，二姐帮我介绍了在县城一家工厂工作的她——我的妻子。二姐说，她父亲曾经当过局长，门路很广，将来可以沾光，我也默认了这种可以沾光的机会，毕竟当时我在一个闭塞的地方教书，我急需改变现状。我们是在我二姐家认识的，不久，就如胶似漆了。我那时想法很简单，以我的条件，不可能按照我的理想去择偶。她人很淳朴，对我也很好，只要她未来能照顾好我，让我能够好好创作，圆文学梦就行了。我们认识、恋爱不到一个月，就开始谈婚论嫁，操办婚事。1982年底我们结婚时，我23岁，她24岁。我家里什么都没有，简单的家具、结婚的衣裳，都是姐姐们凑钱给我操办的，她们家也花了一些钱。

　　那时，我们的收入只够维持双方最简单的生活，双方节俭而互爱。我不能昧着良心说我不曾爱过她。那时，为了见她，我经常从山南乡中学连

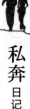
夜骑一两个小时自行车到县城去看她，跟她相聚。充沛的精力、过剩的荷尔蒙曾使我非常依恋她。

　　我的感情生活一直谨慎而保守。走过了拉手就是恋爱、上床就准备结婚的年轻时代，受道德力量的约束，我结婚后将蠢蠢欲动的感情欲望沉重地压迫在心底。我相信很多跟我同龄的人都有这样的体验。就那时的感觉，在歌舞厅所谓的跳舞，不过是在合适的时间、合适的场合把别人的女人或者女孩公然"合法"地抱在怀里的借口。对于开化不久的小城居民而言，跳舞的情欲因素大大多于文明交际的因素。舞厅似乎也丝毫不避讳蛊惑情欲的功能。那时，大多数舞厅在每场情绪达到情意绵绵的高潮时分，都安排有十几多分钟的黑灯舞，让那些心照不宣的男女在黑暗中有机会放飞情感，放纵情欲。因此，许多情感压抑的兄弟会千方百计找机会到舞厅去跳舞、去放松，甚至去寻芳猎艳，有的还专门挑那种有黑灯机会的舞厅，以便适当放纵一把。在我的熟人中，就有过老婆找到舞厅，冲上舞场打舞伴耳光，骂舞伴"骚货"的事。我进入文化局成为被各种人关注的小城公众人物后，没有同事或者同学、朋友一起，我是不上歌舞厅的。我在文化局立足未稳，我知道那几个告我状的人一直很勤奋，很执著，我怕给他们口实，怕招惹闲话，更怕惹出麻烦。有时候跟大家一起去"放松"，也是规规矩矩表演绅士风度。遇到十分钟黑灯，为避嫌，我一般会出外到亮处"曝光"休息，表演正经，一度在文化系统有"舞跳得好，跳得文明"的口碑。

　　在婚后相当长的一个时期，尤其在担任文化局主要领导后，我像大多数同胞一样，处于循规蹈矩的"有贼心，没贼胆"的压抑阶段。内心极火热、骚动，而表面却尽量表演正人君子。

　　在县实验中学教书时，我有段朦胧的暗恋时光。我家与学校正好在儒学路的两头，每天早晚，我都要走过儒学路。不知从何时开始，我常常会在县一中或者儒学门口遇到一位身材苗条、皮肤白皙、长相清秀、风姿绰约的女孩。她早晚的方向刚好与我相反，一个走路左，一个走路右。我曾不止一次在内心打鼓：这才是我理想的"梦中情人"。当然只是想想而已，并且，这种想法烘得心里暖融融的，很美，是一种很特别的感觉。时间久了，她与我照面时，目光会水水地闪耀出晶莹的光，给我一抹舒缓、平静，有点类似招呼的微笑。但是，我们谁也没有相互主动招呼，我甚至不知道她姓甚名谁，也从来没去打听。这种习以为常的相遇，带给我许多珍视生命美好的信心和力量。大约一年多以后，不知道从哪天起，我再看不到她了，再没有与她相遇了，我们之间除了目光的碰撞和会心的笑，没有一个字的交流。我一度非常失落。1987年秋天，我把这种感觉写成了散文诗《太阳》：

光临这个世界，发现你的第一眼，我眼前华光灿烂，心如春温暖。
我期待。

早晨，经过一夜梦的清洗，你圆润光鲜，跃出我的地平线，给我镀一层明媚。你怎么那样小气呢？仅给我一瞬的温馨，就悄然隐去。
好厚好厚的云，好难捱的时光。
我守候着断断续续的时间起点，孤独而无望地等待。

我计算着时间。若能化作一缕轻烟，托我痴迷的魂灵向你飞升，跟你，恋你，我愿义无返顾，熔化在你灼热的怀抱，给世界增加一份温暖和绚丽。
默默的，我在云层中搜寻，每天都一样。云太多太厚，经常有飓风、暴雨，伴随滚雷。能注视你一眼的机会太少，尽管一眼就足够了。
你四射的光芒令人无勇正视，你不觉得孤独吗？

黄昏，在我另一边的地平线，我终于又看到了你的倩影，你就要归去。从你明丽的脸上，我读到了你旅途的疲惫。这一天的经历与昨天完全

一样：一切离你还是那么遥远……

同昨天一样，我们相对注视，仅一眼，默默的，你给我一丝动人的微笑，就消失在我的地平线，我泛滥的思念燃烧成漫天红霞。我知道，虽然我们同属于宇宙，可是我们都不自由，你是恒星，我是行星，我们将永远不可能相互拥有。

你归去，归去——时间为什么不凝固呢？

我酸泪涌流。

日复一日，年复一年。我们相视无语，互赠一抹醉人的光辉，沐浴我们的思念，肥沃我们的爱。

这个故事的开头是渴望，结局是思念。

这篇散文诗投到了省广播电台后，得到了他们的配乐朗诵，得到播出通知，那一夜，我把自己关在房间里孤独地收听，眼泪哗哗地流淌，以为自己徒有如许才华，过着这样憋屈的生活，心里十分委屈。

我很累。我决定放弃一切，走，不管雅丹是否愿意跟我走，我一定要走！我的想法冲动而悲壮，似乎意欲证明自己那些与正派、责任相关的东西，觉得在别人指指戳戳下干下去没什么意思，实际上这是在逃避。但作出这个决定后，我反而轻松了许多。

我给雅丹打电话。我告诉她，我准备出走，问她是否愿意跟我一起走？她连想都没想就回答："愿意，你到哪，我就到哪！"——今天看来，她当时是不可能理性地做出决定的。一来年轻的她无法承受这突出其来的冲击，她也需要逃避；二来年轻的她更会认为，出去似乎是件好玩的事。但不管怎么说，她的支持对我的安慰太大了，在某种意义上，也坚定了我出走的决心和信心。我想，凭我的能力，用不了一年半载，就可以开始新的生活。那时，再把母亲接出来，并承担孩子的教育抚养责任。

在选择出走目的地时，我放弃了北京，因为那里已积淀的文化深度或许不是我能施展的地方。深圳也开放那么久，早已人才济济。我又在厦门和宁波之间徘徊，最后选择了厦门。做出这个选择是因为看了一则关于厦门市政府规划修路，为一棵大榕树让路的新闻。我想，厦门有这么开明的政府，肯定会有发展空间。于是，我买了两张6月18日飞往厦门的机票，准备带她私奔。私奔？想到这个字眼时，我自己也吓了一跳。私奔以后，我将面对什么样的舆论和什么样的未来呢？算了吧，不去想它，也无力去想。

这几天，我反复打电话征求雅丹的意见，她每次都表示愿意不畏艰险，跟我远走天涯。为了不让她为难，我将机票托一位非常关心我们的大姐转交给她，并让她与雅丹做一次长谈，目的是让她认识到这次出走是两手空空极其穷困的，也可能是万劫不复的悲剧，要她好好思考，再决定走与不走。

大姐传来话说，雅丹很坚决，不管是什么苦，她都愿意吃。我很安慰，也很感动。

一九九七年　六月十四日　（晴）

为了不让雅丹的家人感到她出走得突然，我特意开车带着她到她的老家——江汉市汉北区古驿镇，在一个餐馆请与她关系十分亲密的嫂子吃饭。我告诉她嫂子，我跟雅丹至今非常清白，没有什么见不得人的关系，我对她是认真的，如果不能顺利离婚，我就带她走，请雅丹的父母不必担心。但在我们还没走之前，请千万不要把这消息告诉她的父母。

我跟雅丹的嫂子是第三次见面，看来她对我印象不错，在一番嘱咐后，她表示了理解。她说："雅丹对你感情很深，既然你们如此坚决，我也不多说什么，只是开弓没有回头箭，你抛弃这么好的前程，以后可不要后悔。"我说："我不会后悔，凭我的能力，我一定能在外面发展起来。"

一九九七年　六月十五日　（阴）

今天中午，几个兄弟为了让我散心，也为了劝我，邀我聚餐。与弟兄们喝酒的时候，我告诉弟兄们："如果离不了婚，我就走。一个局长，当不当有什么打紧。大不了从头再来！"大家左劝右劝，只有一位老兄大加赞赏，说"这才是男人"。老高坚决反对，他的话直言不讳："你以为你是谁呀？没听说'外面的世界很精彩，外面的世界也很无奈'吗？好不容易搞到正科级，我看你是来得太容易了！"而更多的弟兄是不相信，他们认为我不过是一时生气，说说而已，因为世界上没人这么傻。他们要是知道我已经买好了机票，还不定怎么说我呢。

回到家，已经很晚了。母亲还坐在客厅发愣。见我回来，她无奈而充满期待的眼睛里闪着泪光。那种担心和惶恐让我觉得她老人家也在给我增添压力，我内心惶恐不安、焦灼、矛盾，不敢正视母亲的目光，径直走进我的卧室。

我的家乡楚城是个了不得的地方。最早是西周郧子国国都，后又演变成楚国的陪都，世称"楚王城"，成为楚昭王避吴乱逃往随国（今随州）的落脚点。秦始皇统一六国后，把楚城及周边大片平原沼泽划为皇家禁苑，成为皇家休闲围猎之地。可以说，自战国到秦汉、唐宋，小小的楚城几经兴废，留下了丰富的文化遗存。一个604平方公里的小县，因文化历史的源远流长，占有了古代大泽的美名，成为全省著名的文物大县。

楚城古城残迹犹存，有古代宫殿台基、古护城河、古城墙，尤以地下埋藏的自春秋到两汉的众多古墓葬著称。秦砖汉瓦俯拾即是，城东农民兄弟多拿来砌筑茅厕。举世瞩目的秦代竹简就出土于城西郊的睡虎地，更有东汉陶楼、斗兽纹铜镜、关内侯金印和众多战国时期精美的漆木器等国家一级文物。谈文化，楚城人可以一吹的资源多了。能在三十挂零的年纪，成为这样一个文化历史悠久的县的文化行政掌门人，并坐稳这个位子，这机会是非常珍贵极其难得的——这是我现在的感受。那个时候，我虽然能认真对待，但一直以为自己是"实至名归"。

人要时时具有自知之明，及时内省，并保有一种实事求是的平常心，是何等之难。可惜，当我有些明了这一切的时候，一切已经远去，生命正飞速老去，我正走向暮年。不要说昨日不再，时光如白驹过隙，倏忽即逝，今日也是不再的了。

我们那个小城有句玩笑话说，一泡尿可以尿三个圈。正因为小，小城里无论哪个角落有那么一丁点儿响动，顷刻满城皆知，街谈巷议。尤其在男女关系这样敏感的事情上，也许地下关系非常热闹，但表面还是风平浪静，而一旦有绯闻被窥破或公开，当事人即无脸见人。是姑娘的，从此不好嫁人，即使厚着脸皮出嫁，一般也是身价大打折扣，多半嫁的是有这样或那样缺陷的男人；是媳妇的，"屁股上有了石灰印子"，从此抬不起头来，动不动要被人骂"偷人养汉"。也时有为私情杀夫弑妻而被判死刑枪毙的案子。相对县城来说，农村就显得更为贫瘠落后些，后果也更严重。

可如今的我，已经顾不了这么多了，谩骂、嘲讽，皆随它去吧！

一九九七年　六月十六日　（晴）

按照县委安排，文化系统要召开党风廉政建设动员大会，以我目前的状态，即使我有再优秀的演讲口才，我有什么资格在这种大会上侃侃而谈呢？我对分管机关工作的副局长说："我不舒服，心情很不好，就不参加了，你是总支副书记，你主持吧。"他说："这是县委安排的，这个会每个单位都要开，你是一把手，一定要到位讲话，县委还要派人来，要不然怎么向县委交代？"这就是说，即使是去接受烟熏火烤，我也得硬着头皮去。

坐在主席台上，我感到满屋的嘈杂声都是在议论我、嘲笑我、指责我，满屋投向我的目光都充满质疑。我讲的第一句话是："我向县委、县文化系统的全体党员检讨，我不配当这个党总支书记，不配坐在这跟你们讲话……"全场顿时骚动，随即寂然。我接着说："近几年来，随着政治上的进步和文化局事业的蓬勃发展，我的骄傲自满情绪逐步膨胀起来，日渐放松了学习，也放松了对自己的要求，所作所为离一个合格党员、领导干部的要求越来越远……"说到这里，我的泪水不由自主流了下来。

而这一刻，我彻底下定决心，离开岗位、离开楚城。

一九九七年　六月十七日　（阴）

我平静下来了，一切仿佛都没有发生过。不说话，也极少出门。母亲劝我珍惜前程，讲她为了培养我让我读书自己所吃的种种苦头。这一切都历历在目。我哭了。妻子以为我回心转意了，晚上约邻居老邹夫妻一起陪我去歌舞厅唱歌、散心。

我已决意明天就走，想想陪她一下也是应该的，就想把弟兄们都叫来聚聚，算是我作无声地告辞。结果，没有一位弟兄的电话能打得通。难道他们怕沾上我这麻烦事而故意关机？我也没有心情唱歌，无奈地干嚎了几句，喝了点酒，就回家了。路上，我听到老邹妻子跟她说："只要局长再不跟那个女的来往了，就别闹了，他还要工作，还要进步。"

儿子一直拉着我的手，向我表现着他的听话和乖巧，我攥着他的手，心痛难忍。到家时，他与妻子一起将我的车钥匙收走了，他们认为是车扩大了我自由的空间，促成了我的非分之想，给他们带来了祸患。

母亲还没有睡觉，看到我，她担心地叹气，一直默默跟在我后面，说："你生在一个什么样的家庭？能当到局长的位置，多么难，人家想都想不到，你莫做了皇帝想外国！"

我叹气，说："妈，别说了，我要睡了。"

我一时真的不知道自己要怎么做。

母亲说话的声调一直在颤抖，是那种寒彻心骨的颤抖。我知道，她要是能狠狠揍我一顿，她是一定不会客气的，但是，从小母亲就没有打过我一个巴掌……

一九九七年　六月十八日　（晴）

早晨，妻子照常上班去了。

我拖着疲惫的躯体，提着早已整理好的皮箱准备走。母亲坐在厨房门口的矮墩上低着头择菜，她老人家头也没抬。由于这个家经常吵吵闹闹，她也已经习惯了，她认为风波已经过去了。看到母亲花白的头发，我暗下决心，一旦在厦门安定下来，就把母亲接过去奉养。

事情如果是这么简单就好了，我就此种下此生万劫不复、永哽内心的苦果，留下终生不能愈合的创痛。

"回不回来吃饭？"母亲问。

我站在门口回答："不回，我走了。"

母亲始终专注于择菜，没有抬头。

我强忍泪水，走出了门。

司机小张已经照常将车开到了巷子口。我一脸懊丧地钻进车，小张问我到哪去，我说去局里。

这也是我最后一次以局长的身份让小张送我，他不知道我要到哪里去。到了文化局，我带了一个股长，说是去江汉一趟。当车行至珍珠坡时，早已等在那的雅丹上了车，他们两个人都吃了一惊。

"她也去？"

我说："是的，她也去。"

车进了江汉，我让他们送我们去机场。

在机场，我们吃了午餐。跟股长摊牌后，他直埋怨我不该带他出来，让他回去既难说话又难做人。

时间过得很快，我和雅丹上了飞机，我的心情既冲动又忐忑，未来等待我们的将是什么呢？而我匆忙地别离了这个我生长了几十年的故乡，心里会不会有些许不舍？心情复杂，难以言说。这时，飞机广播让乘客系好安全带，飞机马上就要起飞了。在起飞的那一刻，我闭上眼，心里默默说道：再见了，我的故乡！

仿佛只一眨眼的工夫，飞机降落了。从飞机上下来，双脚刚一踏上厦门这片陌生的土地，我突然有了一种浮萍的惶恐。我和雅丹站在机场大厅不知该向何处去。飞机上报告说，厦门地面温度28度，我们感到热得很。坐车吗？坐什么车？我们不清楚。到问事处，答曰："没机场班车了，自己打的。"问公交车站，一个女的眼也不抬地随便指了一下："那儿。"那儿是哪儿啊？也许她一指就指向了台湾。我们茫然。许多的士司机来问我们是否要坐的士，我们不敢冒然应承。拖着行李出了大厅，我们坐上了一辆女司机开的的士，女司机工牌上写着她的名字，叫吴丽虹。车里还坐着个男的，她说是她朋友。问我们到哪。我也不知道到哪，就随口说到市区。

车上，女司机吴丽虹在跟我们攀谈的过程中，很容易就知道我俩是来厦门谋生的。她很热情介绍，说自己曾经在厦门X集团工作过，认识那的老总，可以介绍我进去工作。我这人一向头脑简单，以为遇到了热心人，还暗自得意自己善于跟人打交道呢。

她的车开进市区，说是顺便去载一个朋友，我没说什么。拉到另一个瘦男人，到另一个地方，她把车停在一个民房门口等那个男人进去办事，很久。我也不知道她到底要把我们拖到哪儿，我也不知道我们到底要去哪儿。到了下午5点多，她终于带上那男的又出发了。的士穿过一个隧道，转到蜂巢山路，车在一家当时叫做"大运酒店"的门口停了下来。

她的表走了48块，我给了她50元，大方地没让她找。那个酒店问我们要结婚证，我们当然没有，且惊魂未定，于是乖乖地开了两间房，368一间，不打折，另加5%什么调节税，近800元住了一夜，内心苦却没法说。

初到厦门，厦门人毫不客气地宰了两个外乡人，很不厚道。

第三章　浪打漂萍

唯有真正赤裸裸地投入到现实中，才能磕碰出现实坚硬的强度和残酷的厚度。在强大的现实面前，人不过是一只毫无根脚的漂萍，任由来去，不知所归。

一九九七年　七月十日　（雨转多云）

跌跌撞撞找了一处旧房子，木楼，走在楼道里咚咚地响，黑灯瞎火的时候找不到拉线开关，听到自己上楼的脚步声很恐怖。我们住里面的一个隔成里外两间的单间，房间里还有二层阁楼，通过一副木梯上去。

巧得很，住我们隔壁那间的邻居跟我同名，也叫福寿。我们共用一个厕所、一个水管，都在楼道做饭，每天两家吃什么，互相都很清楚。他们两口子很厚道，每天知道我们进来，会主动打开外面走道的灯。

我们的"蜜月"就是在这里度过的。没有床，就把铺盖直接铺在房间二楼的木楼板上。有个窗户可以看到外面和凤街的老房子和狭窄的深巷，老街屋宇古朴，人流稀少，偶有鸽群。我们尴尬的物质生活和快乐恣肆的肉体飨宴就是在这里展开的。当两个人仰面躺在楼板上望着杉木屋顶时，我们互相以憧憬来愉悦自己，也给对方打气。

住进这个带阁楼的单间，我做的第一件事是把自己在楚城获得的各级新闻奖、创作奖等所有与写作有关的获奖证书全部贴到墙壁上。雅丹看着想笑，问我贴给谁看。我说贴给自己看，我需要不断给自己打气。

我先后向好些单位投了简历。除了私奔的内幕，我把关于自己所有的资料介绍得足够详细，但是没有一家单位回复。我很郁闷，怀疑自己是不是年纪太大了，因为现在所有单位招聘，几乎全部将年龄上限设为35岁。倒是雅丹，只投了三家单位，就有两家约她去面试。她寄希望于我，只去了一家面试。人家让她一周内等消息。

我很急。交了房租，置办了日常必需生活用品，还安装了电话，买了二手电视、新收录机等，我们带出来的不到一万元钱只剩下400元。一个月电话费、电费、水费不下百元，再找不到工作，就要断炊了。她每天都在安慰我慢慢来，我不慢慢来还能怎么办呢？

投入到这样一个陌生的环境，我像不识水性的人跳入大海一样不知所措。在文化局，我如鱼得水，任何事，动个嘴就会有人给办好，于是我产生了过于良好的自我感觉。但如今，离开了那些虚幻的东西，赤条条全靠自己时，我傻了眼。但我不能表现出来，我得给她笑脸，让她轻松。

吃罢早点，我拨打SL印务的电话，数天前，我曾投聘他们的办公室主任，是一个姓洪的先生接的："你没有接到面试通知吗？"他告诉我他们公司的地址，因为他有很重的闽南口音，我只听清楚了两个信息：高琦、机场。

不管在哪，我去。

坐27路到机场路口，已是市郊模样。天正下雨，不大，路上却全是积水。望着来来往往、川流不息的车流和头顶轰然起降的飞机，我不知道到哪去找SL印务公司。先后几辆出租车靠拢来问要不要车，我当然没钱打车。找公用电话与洪先生再通几次话，询问清地址后，我又穿过马路，走到高殿，拐进一条泥浆横流的砂石路。这时，我已被偶尔跑出云层的火辣辣的太阳烤得汗流浃背，雨水汗水一道灌进我的脖颈。过往车辆路过我身边时仿佛故意加速似的，车轮高高弹起，瓢泼一样的泥浆打在我身上。我身上沾满泥浆，鞋里灌满泥浆，几根稀稀的头发贴在头皮上，整个人狼狈不堪。

　　这里是乡村。三幢厂房在村子旁边。按照洪先生的指点，我走进第二排一楼的车间，一边是机器，另一边有个办公区。一个头目样的人走过我身边，看到浑身泥浆的我，问："你干什么？"我忙说："我来应聘。"他诧异了一下，转而非常热情地叫我坐会儿，然后过那边面试一个男青年，问他是否会打字、是否会英文、能否加班等。年轻人走后，我以为他会叫我，但他看起了报纸，一会又进里面去了。许久，他出来叫我过去。我向他重新提供了我的简历资料，请求他给我机会。他还算热情介绍说：公司写字楼在湖里，那儿只需要一名行政管理人员，已到岗。这边只需要车间主任，管工人的，不适合我。我说我现在需要的只是一份可以养活自己的工作，不讲条件的，我什么都可以做。他答应考虑。下面的话，就有点像朋友间的对话。他说："我也是从文化部门出来的，原是福建电视台记者。"他答应到湖里协调一下再跟我联系。稍微冷场了一下，他说："象山集团公司正在招人，我介绍你到那个集团去，我朋友在那当副总，是国营企业，你就说是跟我在开会的时候认识的，是我介绍你去找他的。"他把自己的名片给我，我才知道他名叫陈伟。他接着说："机会靠自己把握，在特区，生存太艰难了，你得使出浑身解数才能打开局面。"拿着他的名片和他给我的王总电话，我只能告辞。他主动跟我握手，并说："有困难随时打我电话。"他虽然热情，但我还是认为他不愿意聘用我，是在推脱。

　　离开SL印务，出了大门，走进野地里，天又下起了大雨，无处躲避，我只好硬着头皮淋，反正我身上早就湿透了。走到公路上，雨住了，太阳出来了，我浑身又被蒸得如同千万针刺一样难受。坐27路回到

"家"时，累和饿一起袭来，她连忙过来给我擦汗，准备做饭。

一九九七年　七月十一日（雨转多云）

按陈伟的介绍，我准备去象山集团公司。途中坐错了公交车，坐到了火车站，问了好几个人，才知道要坐26路到湖里，然后步行过去。跑了冤枉路。

走进象山，按照别人指点，上到集团办公的五楼，找王总，有人指点说在六楼。上六楼，问一个中年人，他问找王总什么事？我没敢说应聘，只说是他的朋友叫我来，有点事。他就与王总通话，王总说他在外面，叫我接，我简单说明了来意，他约十一点半见面。我就在外面等。

到了十一点半，王总回来了。简单寒暄后，我说明了我的来意，他问了些基本情况，非常干脆地向我介绍了象山集团的情况。大意是：这是国营公司，比较规范。像我这样的人才，之所以难找工作，是别人不敢轻易信任我，他可能帮不上忙。我说我走投无路了，请求他无论如何帮帮忙，给我个机会。他问了我一些关于能力上的问题，答应愿意帮忙，让我写个详细点的简历。我和王总素不相识，在与他谈话的这四十多分钟的时间，他善意的同情心令我受宠若惊、没齿难忘。与他告辞时，他说的两句话令我十分感激：厦门很开放，同时也很传统，这是一；在别人不了解你的真实情况，即你无法提供能够证明你真实身份的资料时，别人不会用你，这是二。

一九九七年　七月十二日　（晴）

今天是周五，明天又是周末。

写好简历，本打算上午送到象山集团，结果海关钟声似乎一直没响，我俩的手表也没走，起来已不知是什么时候。吃过早饭，复印好相关证件，问邻居老白，得知已是11：40了。去不成了。中午睡觉，两个人都不想吃。3点醒来，都饿。我让雅丹一个人去找吃的，自己赶往象山。

到了象山，上到六楼，王总办公室门开着，人不在。我把资料放在他的办公桌上，给他打电话，他很认真地说："我一定帮你想办法。但是，你最好能让你家乡的组织人事部门出一个证明过来。这样我才能考虑。"我感谢他，不知道这回自己的运气怎么样。

一九九七年　七月十三日　（晴）

今天，我们坐轮渡去鼓浪屿玩了一圈，漫步在那个温馨的小岛，走过那些林荫遮蔽的石板老巷，看着那些洋楼别墅，我们都为厦门感动，只是不知道如何能在这里安定下来。

一九九七年　七月十四日（晴转小雨）

工作依然没着落。想开一个企划部，为企业提供文案起草的服务，执照因房契受阻。工商所老肖同志非常热情，想帮我办成，让我帮他们写个总结材料，上报市局用的，我现场给他们写了，他很高兴，说换个房契就给我办。用工商所电话打给王总，他依然很客气，说收到了我的简历，要研究一下，表示会帮我想办法。他说："到时候我会联系你的。"这是我们出来后唯一让我兴奋的好消息。

现金只剩下300元。如果刚来时不住酒店，不注册电话，不买电视机、收录机等这些消遣的东西，我们也不至于这么快就这么紧张。我这个人，做事冲动，总是缺乏计划性。万般无奈的情况下，只好写信给哥哥，请他借我1000元以解燃眉之急。我想他再怪我，恨我，这个时候，顾念手足，他应该也会帮我的。同时又联系楚城文化局的一个老同事，请他帮我找组织人事部门开个证明。他虽然嘴里答应了，但我知道这多半不会有结果，以他的谨慎，他怎么会去为我办这事呢？我是病急乱投医。

一九九七年　七月十五日　（晴转小雨）

今天我们像傻瓜一样在"家"待着。

《厦门日报》发表了我的一篇言论文章。这是我来厦门发表的第一篇文章。

一九九七年　七月十六日　（多云转小雨）

再到象山找王总，王总亲切地请我进他办公室坐。他说："你的求职信我已经转给总经理了，还没有回音。"我说："给您添麻烦了。"他说："集团下面的物业公司正在招行管人员，你看到启事了吗？"我真没注意，就问："您的意思是让我到物业去应聘？"他说不是。沉吟一会儿，他让我等会儿，说完就出去了。大约一个小时，王总带来一个胖子，介绍说："这是物业公司的刘总。"刘总说："我们谈谈好吗？"我点头示意，就跟刘总去了他的办公室。他介绍了他们公司的基本情况后告诉我，早几天，王总就向他介绍过我，问我怎么打算。我说："如果你们能聘用我，我一定从头开始，好好工作。"他让我先到下面管理处熟悉一下业务，过几天，我们再找机会谈。我感激不尽。他把我介绍给公司的郑副总，郑副总又把我介绍给物业部罗经理，由罗经理把我带到象山大厦管理处向林主任报到。

这是我到厦门的第一份工作。我不知道他们将如何用我。刘总婉转中的意思我明白：是王总的推荐使我有了这个机会，一切看我的表现。

一九九七年　七月十八日　（晴）

到今天，我们私奔厦门整一个月。

按照要求把写好的情况报告交给刘总。我买了酒菜，与雅丹庆贺。

一九九七年　七月二十日　（晴）

我简直太幼稚了。把电话号码告诉哥哥并向他借钱是再一次的头脑简单。不理我借钱的请求也就罢了，他居然把我的电话告诉了别人。

没钱的日子，才能让人真正感受到日子的存在，更能感受到什么叫活着，什么叫生活。这日子，无奈，煎熬，缓慢。看到一瓶花露水，我可以把它想象成一天的生活费；看到电视机、收录机，我可以算得出来，电视机可以维持三个月生活，收录机可以维持一个月。就是看到那把一元钱买来的扇子，我也会联想到，那是三个馒头还可找回一毛钱。

这是我成人以来第一次出远门，是我此生从未有过的体验。我第一次感受到"好汉无钱到处难"的真实含义。没有任何条件可以凭借，没有任何人可以依靠，一切只有靠自己孤立无援地去面对。想想自己出走时的悲壮豪迈，我觉得自己真是可笑到可怜。

一九九七年　七月二十五日　（晴）

只剩20元钱。

我向哥哥寄的求援信石沉大海，我也明白他的心思，他依然对逼我回家抱有幻想。但我没办法，正如我父亲曾经告诫的：你小子不撞南墙就不会知道"锅是铁做的"。

晚上，表姐夫打电话给我，说他寄了1500元过来了。我十分感动。他说："大姨妈（母亲）很担心你们，实在过不下去，就回来吧。"

我感谢他，但回去已经不可能了。我只是担心母亲，不知道她老人家如何度过这些尴尬的日子。

后来我才知道，母亲从侧面得知我们在外面过得十分艰难，向哥哥写信借钱。是她老人家主动找我表姐夫两口子商量凑钱给我们寄过来的。我没有想到母亲拿了我给哥哥的信，找到了我在厦门的地址，让表姐夫给我寄钱，还千方百计为我保密。我抛弃母亲远走千里，母亲却依然时刻牵挂着我在外的生存。可见我这个人，自私透顶。这些我在自造的离乱中无法知晓也无法想明白的情节，让我背上了此生无法偿还的亲情债，只有在死后到阴间跪在母亲面前向她老人家赔罪了。

一九九七年　七月二十七日　（晴）

又是星期天。早晨起床，知道我们仅剩9元钱。她安慰我，不必再买什么，留着搭公交车上班。但即使是搭车，也只能用四天。不知道表姐寄来的钱什么时候能到。

总不能不吃饭。我用其中的5元钱买了点鸡蛋、白菜、豆腐。出门时，无意间掏了掏裤后的口袋，居然掏出5元钱，全身不禁一热，说不出是什么滋味。为了这5元钱，我居然热血沸腾了。即使当初在家种田，我也没有如此窘迫过。那时，我骑一辆凤凰牌自行车，自由自在，无忧无虑。在我的少年时代，我在河畔、田间捉鳝鱼，一天也能赚到好几块钱。哪有像现在这样束手无策？可见这些年顺风顺水的成长经历完全惯坏了我。

一九九七年　八月二日　（雨）

前几天，刘总要了我原单位的地址电话。今天，楚城一位老同事出于好意告诉我，刘总他们打电话到楚城文化局了解了我的情况，他们已经如实告诉了。这就是说，对于我们私奔厦门的情况，刘总全知道了。

我想，我在象山的工作肯定也泡汤了。

一九九七年　八月六日　（晴）

同事通知我，刘总让我到他办公室一趟。我想他是要找我摊牌了吧。反正我如今已经是死猪不怕开水烫了，我反而很平静。

到了刘总办公室，他叫我坐。我坐在他办公桌对面，他不像以前那样客气，正在翻看一些文件，似乎在选择说话的言辞。许久，他合上那些文件，望着我说："老李，我真没有想到你的事是这个样子。"我说："不是我不愿意告诉你我的真相，我太难了，我要吃饭。"他说："你不要多心，这是你自己的私事，我们不感兴趣。我的意思是，你要处理好自己的事情，这样对我们双方都好，我们甚至可以考虑调你过来！"

只要不赶我走，他说什么我都能接受，我心里一块石头落地。我说："我一定努力工作。在我问题没有处理好的情况下，我不奢望你们调我！我会尽快去处理好这些问题！"但我说这些话，心里一点底气也没有。

跟他谈完，我出了一身汗。回到象山大厦物业管理处，坐到自己的座位上，我不知道下一步要怎么走。楚城恐怕正在研究如何处置我呢，怎么会给我出一个所谓的身份证明呢？

一九九七年　八月十二日　（阴）

今天第一次拿工资。我月工资1200元，按天计算，上个月我工作了半个月，拿了600元，支付了母亲300元、儿子300元赡养抚养费后，我们手中剩下的钱又只剩下表姐夫寄来的被我们花剩的1200多元。马上又要交房租了，经济状况捉襟见肘。

一九九七年　八月十六日　（晴）

我被派到集团开发的柏湖大厦负责。柏湖大厦是集团新近开发的项目，由南三建承建，我代表开发商负责验收。

一九九七年　八月二十二日　（晴）

今天，搬到离柏湖大厦邻近的柏湖南里144号604室。这是个一居室套房，水电配套齐全，空房月租金650元。看看我们搬进来的东西狼籍一地，我苦笑，这就是一贫如洗的生动解释。

没有凳子，只好席地而坐。床垫就摆在房间里的地板上。这个晚上，我做了个古怪的梦，梦到了红红绿绿一屋子矮小的塑料凳。幸亏晚上买纱窗安上了，要不然，不知道要喂死多少蚊子。

一九九七年　十二月十八日　（晴）

一个新的生命顽强地孕育着。他（她）不知道这个世界迎接他的将是怎样的现实。

应了一个俗套，今天有一个好消息，一个坏消息。好消息是，《厦门日报》发表了我四篇言论文章和一篇群众来信文章，寄来300多元稿费，这几天的生活是不用愁了。而坏消息比较难办，房东来索要房租，我们没钱交房租了，不给房租，就逼我们搬走。

这是我们私奔厦门近半年来第三次搬"家"。说家是不确切的，我们的家在哪呢？

房东早几天前曾来过一次，我请她推迟一个月，等单位发了年终奖金再给她。这个承诺其实是一张空头支票，因为我根本不知道自己是否还有奖金。房东大叫。我居然用我所供职在大单位搪塞她："我在象山集团工作，目前的确有困难。"这话是真的，但拿着微薄的工资，即使在著名的象山集团工作，又有什么用？她说："管你在哪？拿钱来，没钱就搬。我又不是做慈善的！"

毫无办法，我无言以对，只能再次求她，请她宽限，并提出以身份证做保。她勉强拿走了身份证，说道："等你一个月，下个月，就不好说了！"其实，她还押着我半个月租金呢。

她走了，我沉重得无法站立。雅丹过来给我擦汗，说："不急，不急。不就是没有房租给她吗？看你，这么冷的天，急一身汗，我们不偷不抢，没什么难为的。"

晚上，房东带来新租户，逼我们搬，我反倒平静了。

是啊，我们是得搬，可我这样急急忙忙往哪里搬？要给我时间啊！

一九九七年　十二月二十三日　（晴）

因为实在没有办法找到住处，也无钱去租，万般无奈之下，我咬咬牙，出了下策，搬进了柏湖大厦物业管理办公套房中的一间房，暂且栖身。事先我请示过公司刘总和物业部张经理，他们都不同意。此举逆忤了他们的意见，纯属擅自行动，胆大妄为。这事当天就传回了公司。回公司办事时，刘总脸色很难看。张经理说："这事确实让刘总很生气，虽然是管理用房，你也在那边负责，但是，起码应该取得他的同意。"我能说什么呢？我只说了一句话："我老婆怀孕了，接受公司领导的批评总比露宿街头要好点吧！"他沉吟半晌，无奈地说："先住着吧，我再去跟他说说，不过，这不是长远之计，你要尽快想办法。"

我感谢他。

一九九八年　元月一日　（晴）

今天天气很好。

暂时抛却一切困窘，我们到人民广场去看"新年音乐会"。据主持人介绍，这是厦门市首次举办"广场新年音乐会"。这场一个小时的音乐会与碧绿的厦门政府广场、雄伟的大会堂给了我们许多新鲜的感受。在广场散步的时候，雅丹说："厦门真好。"这话，我赞成。是啊，厦门真好，可是，我们待得下去吗？我内心阴霾难散，而她仰着灿烂的脸，在旁边打气："李福寿是最棒的男人！我们一定会在厦门好起来的！"

我真的不知道她这种信心从何而来，她单纯得完全不懂得担心。

我们信马由缰地漫步，从广场到白鹭洲、到湖滨南路、到鹭江道。原打算去鼓浪屿，在第一码头的渡口，听到有人叫："到嵩屿两块！"也许到嵩屿有新景致呢，我正这样想，她在旁边说："我们到嵩屿去玩吧！"于是花四块钱坐上去嵩屿的机动木船。

嵩屿是个半岛，人迹罕至，一片荒凉，只有几个工地有人群在忙碌，一条新开工的大道表明这儿才刚刚开始开发，据说在建一个火电厂。在里面转了一圈，她有些疲劳，我们就回了厦门。

坐在船头，冬天阳光的暖意连脸颊指尖都能触到，和风吹来，有种令人感动的柔软亲和。宽阔的海面波澜不惊，碧蓝的天空飘逸着云朵，而散在海上的几座小岛全覆盖着蓊郁的浓绿，这景致很诱人，甚至勾起了我忘乎所以的豪情。我焕发出内心努力再努力的冲动，但目前的窘境又使我无法畅怀。自省内心的冲动，用家乡的歇后语来形容，就叫做"叫花子甩响鞭——穷快活"。回身坐在雅丹的对面，望着她，我看到她脸上堆满了熟悉的坏笑。就问："你想说什么？"她说："我知道，想写诗是吧？"我有点羞愧，只能回以微笑。她确实看透了我的内心。我说："我喜欢厦门，我要努力。"她十分赞同："我也一样。"

上了岸，到一家小饭馆吃了晚饭，我们掏空所有衣袋，汇集全部毛票硬币，算算手中的钱，仅24块。明天的早餐是够了，明天的中餐和晚餐又在哪里呢？我说："我们明天就要饿肚子了。"她反而一笑，挽着

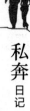

我的手臂说："明天的事，明天再说。"

我沉重。

天光收尽，夜色降临，华灯齐放，鼓浪屿的夜色有梦一样的朦胧轻灵，两条激光灯穿透夜幕，交叉扫过厦门岛夜空，我俩坐在鹭江道的草坪上，呆呆地望海，望那迷幻的夜色，一起痴迷。像许多寻梦的人一样，以为外面的世界很精彩，不知道外面的世界真的很无奈。我们来到这个城市，如同不识水性的人，在水里不知所措，胡乱扑腾，生死由命。

回到我们临时的小窝，我们相拥着睡在那张直接放在地上的绷子床垫上，从容地步入融合之旅，以温湿浓稠的迷幻，寻求合适的时机和条件进入那只有前进而没有回头的隧道。这一晚，我们以不疲倦的给予、吸纳和包容，锁在一起般不分开，包括做一样的梦。

对于相爱的人，是不是只有爱，尤其是只有性爱就足够了。如此窘迫，如此尴尬，但基于双方健康而多情的肉体，我们的融合使身外的一切变得微不足道。她的纯美新鲜蛊惑我从内到外激情澎湃，忘我而恣肆。每一天，每一次，我都告诉她，今天的感觉最好。而她也常会赞许地回应："你简直是饿牢放出来的，不知足。"

在认识雅丹并与她交往以前，我曾经多次重复一个奇妙的梦境：在一片皎洁的朦胧月影中，我与一个清丽、纯洁的女孩漫步在绿色充盈的山野，月影、群山、茂密的灌木丛，还有汩汩流淌的山泉，这样朦胧、黑静而空灵的情景令我身心轻灵、舒畅。我们都不说话，十分默契。但是我始终不知道她是谁，这不是一个具体的对象。在梦的演进中，我也曾在梦中非常清楚地意识到，这是做梦，于是极力坚持、挽留这好梦的继续，可是，没有一次不是在虚空的失望中回到黑暗而孤寂的现实。在若干次梦醒之后，我曾经努力追溯那动人心灵的梦境，希望在现实中对应到这样一个人。因为那环境、那情景对我而言，是从没有经历过的，也是不可能有的。

我曾跟一个朋友谈到过这个迷幻的梦境。他用一句话作了解释："这说明，你是个一直在寻找着爱情的人。"他的判断切中了我内心的感觉。寻找是内心的，我一直很注意在现实中收敛这种时常露头的心理，以保证自己以一种成熟稳重的形象出现。

1995年冬天，一个大雪纷飞的日子，在我主持建设的文化大楼封顶后的顶楼平台上，几个同事包括雅丹一起在楼上照雪景，大家把我叫上去，跟许多人合影后，她主动提出与我合影，我跟她站到了一起。她很紧地挽着我的力度让我心猿意马。这应该是我此生的第一次真正完全彻底倾心的恋爱。她紧挽我的手臂，让我的心与她靠得更近。我感受她的某种深意，联想到这几年我们之间的交往，联想到她的"像你这样的就是最合适的"话，我的心蠢蠢欲动，觉得只有她，才是我梦寐以求的意中人。

当时我的感情已经进入了"脚踏西瓜皮"的状态。如偷儿行窃，从个人生活经验来说，我深刻认识到，某些念头，你千万不要动，一旦动了，就如同推倒第一张多米诺骨牌，想阻止都来不及。在与弟兄们酒酣之时言及女人，有兄弟称，像寿哥这种人，没有桃色新闻真是件奇怪的事。我自信地说，我要闹桃色新闻就吓你们一跳。我也曾不止一次跟弟兄们戏言，真爱难得。如果有哪位真心爱我而我也死心塌地爱她的女孩，我会不惜一切甚至抛弃一切去爱她。这当中确有我性情的驱使也有酒的冲动，在那时，这句玩笑话实际上锁定了她，表达了我内心的心机。

这期间，所有的思想斗争、心理冲突，居然暗合了我1989年在宣传部工作期间创作的一篇没有敢投出去的中篇小说《无法逃遁》，这篇小说的手写稿至今也还在，稿纸已泛黄。故事写的就是文化局长孔达人被一个小他十多岁的姑娘苦苦追求多年，而他在不如意的婚姻中进退两难，后来终于闹到前功尽弃、无法挽回的局面——一切仿佛都是具定的。写这篇小说时我还是宣传部宣传科副科长。后来事情的发展似乎完全走了我自己所创作的故事的路径。好像我在冥冥之中为自己设计好了一种情感生活方式，然后自己去实践。也像是自己预先挖好了一个陷阱，自己迷迷糊糊跳下去，还拖着自己喜欢的人和一大群亲人。这事我一想起来就万分奇怪，并且后怕。

我承认她年轻健康、美丽而柔情的肉体在很大程度上融化了我内心深处的忧愁，消除了我沉重的对前程暗淡的恐惧，让我在无比满足之后觉得自己并非一无所有，自己还有很强的力量很大的空间去努力奋斗，未来实实在在可以期待。

一九九八年 元月二日 （晴）

作为临时工，在自己的家庭问题没有得到妥善处理的情况下，能稳定地工作下去就是莫大的幸运。

因为擅自搬进柏湖大厦管理用房，我给自己本来就不稳定的工作增添了不安定因素。可以说，在今后相当长的一段时间内，不要说祈求调动，让我继续在这个单位做下去就是宽宏大量了。

还在元旦假期，两个人总待在房间也不是办法，越是待下去，要面对的问题也就越多。首先是住，我们在这儿每住一天都在增加着问题的分量，心情异常沉重；其次是生活，一天赶不上一天，她来厦门的第二个月就怀了孕，没有营养，也不知道孩子将如何健康地孕育。现在五个多月了，她肚子越来越大，身子日渐沉重。孕育孩子，原本是件幸福的事，但是现在她的肚子每增大一点，都给我带来无比巨大的精神压力。我们没有结婚证、没有准生证、更没有任何经济基础支持这个孩子出生，计划外生育加上尴尬的生活如何保证这个孩子平安降生？我们私奔已经半年了，她的哥哥十分反对我们的做法，一直不能原谅她；长期离开父母，她非常想家，时常在梦中哭泣……如果我们待在屋里坐下来想，正如沉在问题的深水中不能透气，会闷死的。

我们的事情经不起仔细的思量。我建议到海边去散散心，她立即赞同。

我们的落脚点是珍珠湾沙滩。沙滩很干净，阳光也很暖和，海边的人拾贝踩水甚至游泳，都是很饱足很悠闲的样子。

因为她不便走动，就坐在海滩上看海。我赤脚到海边捡贝壳。因为落潮，海边沙滩宽大平展。沿海边走了几里路，我只捡到两个手掌大的贝壳，带回来给她看，也许太累了，她懒洋洋的，不置可否。

我们一起沿海岸走了许久，在一面光滑的朝海面倾斜的礁石上，我们躺下晒太阳，渐渐就有了睡意。

我醒来的时候，她还在酣睡，脸红扑扑的，鼻头渗出晶莹的汗珠，很舒服的样子。我相信，我们的孩子也一定在微微海浪声中与她一起酣睡。

她醒来时，太阳已偏西，她搓着脸说："这一觉，真舒服。我过去一直睡木板床，这比木板床舒服多了。"难得她能如此随遇而安，睡礁石也能找到舒服的感觉。

我们一起吃面包、零食。她喝饮料，我喝了一瓶二两半装北京二锅头。在糊涂之中，和心爱的人一起喝酒、吹海风、吃面包、听海浪，对我来说，不只是惬意，更是莫大的慰藉。

这一天，没花什么钱，却玩得很舒服。回到小窝，我用淀粉调蛋清给她做面膜，然后，又帮她洗头发。她真的是个很容易满足的女孩，只这一点点好，就让我赚了不少的回报，她的笑、她的百般安慰鼓励、还有她的怜爱。

一九九八年　元月四日　（晴）

根据早些时候跟公司的约定，得到楚城人事部门的同意后，我按照公司的要求，向厦门转移档案。档案早几天就过来了，但是公司并没有给我办调动的迹象。一而再，再而三，我反复找公司刘总就转移档案、办理调动寻求同情和帮助。在处分我的同时，楚城对我做了公务员辞退处理，我现在的身份属于自谋职业的无业游民。他说："档案我们看了，就目前来说，你的档案只能证明你的身份，没什么用，调动嘛，目前条件不成熟。"我给他一份报纸信息,是关于公务员被辞退后在一年内找到用人单位的,用人单位可以办理录用的。他问:"是否也指异地谋职呢?"说完冷冷地把报纸还给我,继续说道:"到办手续时再说。"

我知道,他收留我,是因为集团王总推荐的关系。至于调动,这必须王总开口才行。而以王总一向处事稳重缜密的风格,在我的遗留问题仍然没有彻底解决的情况下,他不会轻易做这个决定。

我自省,自己真的非常之贱。跑的时候那么潇洒,以为自己有经天纬地之才,可以很快东山再起,现在落到可怜兮兮地谋求录用,碰多少鼻子的灰也在所不惜,简直就是一个自堕深渊的可怜虫!曾经的自尊、自立、自强全成为不切实际的胡思乱想。

折腾到最后的结果是,晚上买了三瓶二两半装的北京二锅头,就着花生米、青菜喝得酩酊大醉,她抢也抢不住。醒来记这篇日记时,已是凌晨3点多。

一九九八年 元月五日 (晴)

公司打电话将我从柏湖大厦招回办公室,由另一个大厦的管理处主任助理接替我。他们什么也没有说。我知道,这是个不好的先兆,他们要处置我了。

部门负责人开会,我坐在那儿落寞无趣。他们的忙碌反衬了我的多余和无聊。

算起来,我到物业公司工作快半年了,我的家庭悬案、工作悬案、孩子悬案……一大堆的悬案横亘在我面前。而目前面对的最为急迫的问题是,既然我已经不在柏湖大厦工作了,我们就没有理由厚着脸皮赖在柏湖大厦。难道要等着别人往外赶吗?可我不厚着脸皮住下去又能到哪里去呢?我们没有钱到外面去租房子。

一九九八年 元月六日 (晴)

刘总曾明确答应我,在给新招保安修建的简易宿舍中留一间让我们住。我心里一热，异常感动。那儿曾经是一家养猪场，废弃了，土地划归象山集团管理，物业公司于是将猪舍维修改建成保安宿舍。据说在象山北面的铁丝网外，沿象山门前的铁路北行十五分钟，就能找到那个废弃的养猪场。

这里人烟稀少，不仅远离生活区，还有熏天臊地的臭气使人不得不捂着鼻子才敢走近，一帮工人正在那里加高猪栏的隔墙和粉刷墙壁。

我的心往下沉，立刻就觉得贱气上升。难道还想讲条件吗？我质问自己。即使是猪圈，还不知道公司给不给呢。以我现在的境况，住猪圈也算是老天开眼走红运。

晚上回"家"，躺在床上，目光痴痴地看着天花板，竟不知如何在她面前掩饰内心潮水般涌动的失落与酸楚。无数次反思一切的根源，得到的结论总是得过且过，甚至有等人家开赶再说的侥幸。万一某天人家开赶，我还得做好露宿街头的准备；一旦没有工作，我还得做好到码头当装卸工人扛包或到建筑工地提灰搬砖的准备。自己狼狈地活着，也就罢了，还拖着自己所爱的人，拖着她腹中那个不知道死活的凭天意撞进我们的生活的孩子，我何以作孽至此？

没有光荣，就无所谓梦想。我已经远离了光荣，所以隔绝了梦想，只剩下现实到冰冷的艰难日子。

私奔厦门以来，我们的落脚点早已不是秘密。一些朋友出于关心，也有一些朋友出于好奇，他们从各种途径找到我的电话号码。偶有人打电话过来问候，并告诉我楚城的情况，包括我破碎的家、痛苦的老母、绝望的妻子和儿子、关注我生存状况的大姐、恨我不争气的哥哥和二姐，还包括楚城县委、县政府派员进驻县文化局查账一个多月，在没有发现人们谣传的李福寿携文化大楼二十万建设款潜逃的事实后给了我撤职处分……大家所有的消息，都归结为三个字：你真傻！即使是最好的朋友，也难免要质疑我此举的动机。不少人问我："你真不后悔吗？"说真的，一点不后悔这是假话。母亲、儿子，尚未离婚的妻子，还有我所有的亲人，因为我的莽撞，他们一个个在楚城灰头土脸，难以面对公众，我自己在外面也生存得如此尴尬。但我还是固执而倔强地给自己开脱，我向他们不停地讲述我去年十月曾回家去看望母亲并求得了她老人家不得已的原谅，我在十分艰难的情况下一直没有间断地坚持给母亲、儿子寄钱……但这些努力在任何人看来都是苍白而可笑的。我试图说服别人，其实是在哄骗自己。有个真诚的朋友毫不客气地抨击了我的自私，他的直率令我哑口无言："李福寿啊，你自己在外好好生活，关于道义呀，责任啊，你什么都不要跟我说，你看你做的事，遗弃老母，不可谓孝；抛妻弃子，不可谓义；擅自离职，不可谓忠……"而我内心，还可以给他续上几句话：已有的义务没有完成，新的义务又接踵而至，作为男人，荒唐至此，还有何话可说？

一位同学传来我妻子的消息，说她在单位很难过，被从办公室"赶"到门市部去了。这是预料中的事。这位同学建议我以兄弟情分找单位负责人说说，帮她一把。我当然愿意帮她，但是，我现在去说不仅没用，弄不好比不说更麻烦。

我在文化局时，她被安排在新华书店办公室做点杂事，工资不高，落得清闲。局长夫人嘛！我离开后，她就被"调"到门市部去了。她应该恨我。说老实话，每个人生存、做人都有自己的法则，就像许多具有趋光性的动物一样，人的趋上性极强。对于方向性、目标性极强的动物，你不要试图去改变他的方向或者得到他的帮助。

一九九八年 元月七日 （晴）

每天早晨，总是十分紧张忙碌。要在7：45分搭公司班车，7点起床根本来不及。总是边忙杂事边煮面，到面熟时，就七点半左右了。因为没有什么菜，煮好面，我给雅丹煮了两个荷包蛋，想给她加强营养，她执意不要，硬是让我吃了蛋黄。看着她对着那碗干面难以下咽的样子，我心里很难受。跟我远走天涯，如今又有孕在身，在柏湖大厦，她每天只好是待在斗室看书、睡觉。因为怕影响管理处办公，她不敢在上班时间从大门出入，想到平台上去晒衣或活动一下，就得拖着有孕之身从窗户爬上爬下、爬进爬出，以至划伤小腿至今未愈。我心力交瘁，不知道这种日子何日是尽头。

我在物业公司的身份仍然悬而未决。合同无法签署，按照集团王总的意思，我一定要回老家的组织部或者人事局找关系落一个单位，然后从那个单位再调过来。他言辞非常诚恳，看得出他是真想帮我。但楚城的组织人事部门怎么会给落实一个用于过渡的单位？不要说我远在千里之外，就算我仍在楚城，他们也不会给我这个方便。

无家可归、无业游民成为我的真实写照。谁会任用一个随时可能走掉的没身份的人呢？更何况是一个和人私奔的有妇之夫。从某种意义上说，集团的意思也是在从侧面叫我自己走人，因为目前我根本无法在楚城找到"落脚"单位。

吃午饭的时候，我出去瞎晃。因为没吃午饭，下班后回到栖身地时很饿，胃有些痛。白天报销了26元车费，这样，捱到8号发工资就不会有问题了。想起昨天没什么菜，也不知她怎么对付这餐午饭。开门见到我，她迎上来，阳光灿烂的笑容，叫我不由舒心一笑。她问我："今天心情好吗？"我点头。再给她自信而爱怜的笑。我们相拥着讨论今天的晚餐。她问我吃了午饭没有，我说吃了。搜出钱来，早晨拿出去的10元钱只用了两块，我告诉她报了26元车费，她说："你肯定又没吃。"我承认是的。她很不高兴，说："你节约6块钱能干什么呀？"我说："像我这样没本事的男人，就该饿一饿，吃点苦头，也该知道如何在这个世界上自立自主做人。"

我们到外面吃快餐，我很饿，没有劲去买菜回来做了。当我们走在街上时，她依着我说："你明天一定要吃午饭，不要饿坏了身子，你不为自己着想，还要为我、为我肚子里的孩子着想呀！"我的眼泪差点涌出眼帘。我不是不想吃，是因为我吃了，也许我就没办法让她在发工资

前每天最简单地吃饱。

当初，我开着车带着她到洪山北部大洪山一带游玩的时候，几乎每次都要到那家专门卖炖土鸡的店吃炖鸡，喝鸡汤。那时我怎么能、又怎么会想到今天连饭都无法吃饱的处境呢？

在去北部大洪山的公路上，车载音响播放着当时流行的卡朋特乐队经典乐曲，《人鬼情未了》、《昨日重现》等。优美旋律，加上车外蓝天白云、绿树红花，那种美景、美人、美心情简直无法形容。洪山北部山区的柏油马路翻山越岭，连绵起伏，来往车辆稀少，许多时候只有我们这一辆车穿行在山洼间平坦的马路上，配着缠绵悱恻的旋律，心似乎也随汽车畅快的行进而悠然飘飞。

有一段写于1997年4月18日的文字，我一直没敢示人，题目叫做《游历春天》：

逃离城市喧嚣，远离人间烟尘，我们轻快远行。我们追赶着绿色，追赶着春风；春风追赶着我们，绿色滋养着生命；生命在明净的空气里畅快地奔腾……

从平原到山区，车窗把大地万里画卷剪成一幅幅艳丽的春景，春景一幅幅涌进车窗涌进我们的心灵。我们不说话，我们用心聆听春天在丘陵与平原上潇洒地踏歌。

累吗？不累。快乐吗？嗯，清澈的明眸，靓丽的笑脸，洋溢着勃发的青春气息，在一起真好，活着真好。这里的今天，今天的这里，灵魂接受犀利温情默默交融。恶魔从大自然来，回到大自然中。

柔嫩的小手，如霞的眼波，圣洁的吻……这些属于春天的素材全部为我们拥有，皓皓细齿咬断我身上所有多余的丝线，我的身心在春天的笼罩下战栗，我久旱的情感燃起星星火花。从今往后，我将抛弃所有牵挂。

傻瓜呀，你多年沉淀的痴迷怎么如同磐石般坚固呢？你在寻找什么？还需要寻找什么？那些曾经的奢望被绑缚的迷幻都如同沉积的泥沙，一经洪流的冲刷就荡然无存急流千里，你如此恣肆地奔涌难道不惧怕沉入到汪洋的万丈深渊吗？

不怕。如果是沉没。

多年来，一个奇异的梦境反复出现。那轮半月悬在空中，记忆如同黑暗中突然点亮一轮太阳。在皎洁的月光下，我们在山间小路上漫步、细语。你说，下雨了。我说，怎么会？你说，你好好听听，是不是在下雨？我用心听，细雨的确轻悄悄洒落人间，但月亮依然还微笑着挂在天空……

你说，只听说过太阳雨，没听说过月亮雨。我说，那是因为体会太阳雨太普通了，而只有你我才有福气感受月亮雨的洗礼。

夜月下的松林神秘迷人，清风拂过山林轻吁大地的温香。一切已经悄然入梦。我们在月下的林间静静饕餮这梦幻般挚爱的时光。

你是一件精美的瓷器我不忍触碰；你是一朵含苞的牡丹我不忍近香；你这潭宁静的春水怎能因我的袭扰而惊散那优美的涟漪？

我的手沾染了太多风尘，我的心海注入了太多浊流。我靠近你的纯然的修炼，而你靠近我则是彻头彻尾的冒险甚至是堕落。我有责任使这瓷器、这花、这静水不染纤尘。

春天，春夜，春月。春风，春野，春林。我们一起游历春天，融进春天……

一九九八年　元月八日　（晴）

那个在改建中的养猪场对我有种难以遏止的诱惑力。在办公室坐着无事可干，非常冷清，而外面，艳阳高照，非常暖和。沿铁路走了十多分钟，到了那片养猪场。工人们正在忙碌，我冒着臭气去踏勘一间间原为猪栏的房间，设想着如何凭两只手把这样一间房打理得像个家的样子。

人的思想、灵魂总是要受到现实社会的羁绊。一个人，或者说，两个人要一时的浪漫是很容易的。没错，我确实曾经如爱惜一件精美的瓷器一样爱惜她，今天也还这样，但是，我没有底气，更没有信心将以何条件呵护这超凡脱俗的爱情不受人间烟火的熏染。今天来想象这浪漫、

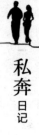

这承诺，一切都苍白得比笑话还来得虚弱而可笑。

一九九八年　元月九日　（阴）

集团公司要办一个新春联欢晚会，请员工家属参加，王总裁点名要我写一篇《致家属》的新年贺词。

有了事做，又是王总钦点，我受宠若惊到感激近乎涕零。

写好《致家属》，近中午1点送到集团办公室，办公室杨主任显然对我的情况并不陌生，而且看样子也很关心，她说："其实，你蛮适合在办公室工作的，这样更能发挥你的作用，机会也更多一些。"我只是苦笑。

一九九八年　元月十日　（雨）

昨夜大风，气温骤降，寒意逼人。天空积云透亮，有水墨丹青的淡雅，泛着点微红，日头在云层穿行，把周围的积云烧得通红，积云遮蔽不了天的晴朗、明净，我似乎嗅到家乡秋高气爽的气息。

在柏湖大厦门口傻傻地欣赏了天空之后，心中泛起激情和冲动。于是，再踏上破皮鞋，吹着冷清的风，脸上很舒服，心情也不错。人生在世，其实没有什么东西是你的，只有你此时穿在身上、拿在手里、可以感受到、看到、可以动用的东西是你的。不抓住眼前属于你的东西去努力改变自己的生存状态，而去为那些也许终生无法获得的东西烦恼，岂非枉费心机？金钱、地位、爱情大都如此。所谓此一时，彼一时，时空的变化将随时改变一切得失。既然你固执而自信地认为自己是人才，那就要努力用事实证明这一点，而杜绝毫无意义的空想和浪费智慧的烦恼。

吃罢午饭，我再次到集团公司去就《致家属》征求王总意见，顺便要求跟王总谈谈，他爽快地答应了。我是他做主让留下来并安排到物业公司的，正是这一点，物业公司许多人认为我是王总的人，多有讥我仰仗权势的意思，我也只好假装不理会。

我向王总汇报了自己现实的情况，他说："我当然知道你是个能干的人，可是，你有那么多遗留的麻烦没解决，我们也很难办。人们的习惯思维是，能用的人很多，何必找麻烦呢？因此，你目前的重点是，把你的一些遗留问题处理好。工作的事，机会很多，以后再说。"他还说，我这个人，很情绪化，处理问题要冷静，不要扩大事态，要吸取教训。

他要我重写《致家属》。他说："你没用心写，要在情字上下工夫。"

心情五味杂陈，在料峭的微风中，我也感受到了些许温暖。

一九九八年 元月十二日 （晴转多云）

天空云朵奔涌，靓丽清新，诱我联想到幼时的歌谣：青石板，板石青，青石板上钉银钉……

这么好的天，比喻成青石板再确切不过。面对这样碧蓝的天，她也曾多次感叹，厦门的天比家乡蓝多了，有诱人触摸的魔力。

政府广场广阔的绿草坪已经换上新绿，她坐在一处树荫下欣赏那些在草地上放风筝的家庭。我坐那读《读者》，里面有蒋子龙一篇说爱情的文章，大意是，浪漫的爱情只存在于艺术品之中，现实社会不可能有浪漫的爱。他以鲁迅的一句话佐证："必须生活着，爱才有所附丽。"这是鲁迅对易卜生《玩偶之家》的议论，叫《罗娜走了以后》，意思是爱情必须以经济做基础。蒋还以二萧的悲剧来证明这个几十年前的老调。我只能说文人的爱情重感觉而轻情义，大都脆弱而世故，容易喜新厌旧，因此，一些红颜薄命的女子被他们表面的风流潇洒所蒙蔽，做了他们寻求刺激的牺牲品。不是他们找不到爱情，而是他们在女人面前跟嫖客一样，只有性欲，而没有持久可靠的爱情。

她躺在草地上睡着了。一觉醒来，脸红扑扑的，看到人民会堂门前有几个解放军值勤，她幽默地说："我原以为解放军叔叔会不准我在这睡觉呢，没想到，解放军叔叔没说什么。"我说："那是因为解放军叔叔认为你是个好孩子。"她一笑。她说很羡慕那些放风筝的人，我说："那还不简单？我去买一个。"

一九九八年　元月十四日　（晴）

今天，刘总走过我身边时，吩咐物业部通知新招收的保安搬房子。他曾答应给我一间的，是不是现在改主意了呢？

万般无奈，几经犹豫，我厚着脸皮去找他，他像做报告一样对我说："一是你们没有结婚就同居，我们很难说话；二是我当初没有同意你就搬进柏湖大厦，在集团和我们公司造成了很坏的影响；三是你不彻底解决你的遗留问题，我们无法用你。"我连哭的心都有。他的意思，明显是要我自觉滚蛋，免得他赶。他接下来的话，就不仅不厚道而且有侮辱的意思了："在我们修好的简易宿舍稍远的地方，还有些没有维修的猪圈，也是集团的财产，一些盲流未经许可就住进去了，你也可以去住。"

但回到"家"转念一想，他的话何尝不是在帮忙呢？我的处境难道比盲流强吗？有废弃的猪圈栖身对我来说也是不错的选择啊。望着雅丹安宁酣睡的清秀脸庞，两行泪水再也抑制不住地涌出眼帘。

一九九八年　元月十八日　（多云）

今天是我们出走七个月纪念日，我们中午简单弄了几个菜，以示庆贺。半年多的坎坎坷坷，我们一直经济拮据，可是我们的精神生活一直十分充实，我们的感情也日渐加深。午饭后，按她的建议，我们还是应该找住房搬出去，越便宜越好。其实，我也深知我们目前无法找到合适的房子。钱是一个大问题，孩子将要出生是一个更重要的大问题。未婚先孕，手续将如何办理？无结婚证，一旦查出，将被如何处理？我们不仅要找租金低廉的房子，还必须找不太引人注意的地方。在相对偏僻又靠近公司的寨上村转了一圈，联系了几个住房，最后定下一间月租250元的房间，在一家出租房的二楼，环境相对干净些。

一九九八年　元月十九日　（晴）

早晨起床，雅丹说今天向这间房告别，不必做早餐了，让我好好休息一下，下午好搬家。听到本应让人油然而生暖意的"家"字，我哀从中来。这算是什么家啊？既无名，又无实；既无形式，又无内容。她突然说道："从明天起，就再也洗不成这么好的澡了，我今天作告别浴，好好洗洗。"怕我的坏情绪影响她，我说："没关系，到那边，我可以给你做一很大很大的澡盆，让你在里面游泳。"她打了我一下，然后让我帮她洗。我给她洗得很仔细，就像洗一件珍贵的瓷器。她真的很容易满足，就是给她这点小小的服务，她就一脸幸福。

下午，请一辆小四轮将一些来厦门后添置的乱七八糟的东西搬到了寨上租好的出租房。仿佛是给我们下马威，搬过来第一天就停电，水在楼下，厕所也在楼下，满楼打工仔打工妹共用院子里的一个水管。她说："从今天起我们成为了名副其实的打工仔、打工妹了。"我随口回了一句："我们什么时候不是呢？"她神情黯然，明眸被泪水浸透，立即就要哭出来。我的心彻骨地寒。

我们准备煮红枣粥吃。水要到楼下提。几十家租户共用的那个水龙头放水像老头尿尿一样，有一滴没一滴的，接一碗水要等半天。我一看就灰心，但又不能不等。这样放水的速度，房东包用水的成本当然低。雅丹在楼上等得火起，我在楼下才接到一点点。一个老住户抱怨说："房东太抠门了，这水龙头一直就是这样一点点滴水。"

关着门的厕所里传出一个男人的声音："老李，你不要听他们瞎说，水管用。"

我听出他是房东代理人老马，便说："这样滴水也管用？接一碗水怕也要半个小时。"

这个夜晚，因为搬了地方，她睡不着，而且天很冷，盖着薄薄的被子一点暖意也没有。我实在太累，躺到床上就昏昏睡去。半夜醒来，发现她蜷缩墙角，隐约中，感到她有些不对劲。我问她，她很生气地说："你把我挤到墙角去了，又冷……"我把被子调整一下，安慰她睡，她突然呜呜地大哭起来。这场哭显然已经压抑了很久，一爆发就难以慰止。我相信整幢楼的人都听到了她悲戚而伤感的哭声。我当然清楚，冷只是一个导火索。

我无计可施，呆坐在床上说不出一句话。我能说什么呢？我现在没有承诺的底气，更缺乏承诺的勇气，我拿什么去劝慰她？现实的寒冷令一切抚慰徒劳。

一九九八年　元月二十日　（晴）

花25元钱买了床真空棉絮，加进被子，又把在公司博饼（厦门传统中秋节活动）得来的一床空调被加在上面，这个晚上两个人终于可以暖暖地睡个好觉了。早晨醒来，看到她睡梦中宁静而红扑扑的脸，那种羞愧、凄寒压抑着我蠢蠢欲动的幸福感。她需要的就是一个温饱，而仅止于此，我尚且无法满足。

她一觉醒来，看我坐在她身边，开朗地笑了，说："昨夜梦见回家了，见到了爸爸妈妈、哥哥弟弟们。"她又补充道："他们都不欢迎你。"我说："没关系，只要你欢迎我就行。"

我们租住的寨上村正处在厦门机场的航道下，头顶每天要不断飞过大鸟一样的飞机，巨大的轰鸣声震得大地和房子发抖，撼人心魄。说实话，要习惯这种声音真不是一件容易的事。

第四章 凶讯频传

穷的极致不一定就是道德的堤坝溃口，悲伤的极致也不一定紧挨着绝望。尤其当这些极致被爱的雨露滋润时，反倒变成了可以承受的东西。因为爱情的魔力在于它能融化错误，孕育力量。

一九九八年 元月二十一日 （多云）

今天一早，同事张大姐告诉我："你哥打电话来，说你妈得了神经病。"我吃了一惊。她老人家怎么会得神经病？我问："他还说了别的什么吗？"她说："没有，他只是让我告诉你，你妈得了神经病。"

我知道哥哥是以一种什么样的口气跟张大姐通话了。虽然他已经是一名国家干部，但他仍然有着淳朴农民的直率和他一贯的口无遮拦。因为我的荒唐，他的郁闷和愤怒是顺理成章的，也一定是难以遏止的。

但我还是惶恐不安，六神无主。她老人家一定是受不了这个打击，自尊心受到了太大的伤害而终于难以承受了。从小到大，我从来没有离开母亲很远、很久，她怎么能接受我远离她而生死未卜？而且我走后，她从一个局长的母亲一夜之间沦落为一个叛逃岗位的人的母亲，她的舆论环境和生存环境一定糟透了。

我急忙打电话给朋友老赵，想委托他去关心一下，告诉她老人家，我春节回去接她。但传达室说他们单位的人全部下乡去了。于是又打电话给另一个老同学，也不在。最后，只好打电话找哥哥。嫂子接的，她说："妈得了间歇性精神病，我们冒得法。"我问："怎么会这样呢？"她说："就因为给你寄钱，她去邮局取钱时，被人骗了，人家用两张假100元换走了她的真钱，她就天天在家找钱、数钱……"这时，哥哥突然抢过电话说："妈疯了，你儿子也变得有点发呆，常常一呆半天……"语气像打枪一样，枪枪命中我的心房。我心痛难忍，无言以对，心乱如麻。作此大孽，此生何以抵偿？母亲病重，儿子发呆，事业无望，生存艰难，我没有任何能力应对这一切。而雅丹又怀孕在身，我拿什么来抚养她和即将出生的孩子？

面对难堪境地，我只有一条路可走。那就是马上请假，旧历年前回去，同雅丹的舅舅、舅妈商量一下，让她暂时在她舅舅家待一段时间。这样我可一面照顾和治疗母亲，一面办离婚和恢复身份，离婚一办完再接她回楚城。也许我们最好的出路，还是在楚城做点小生意谋生比较现实。但不知她是否同意去重新面对楚城的尴尬局面呢？

收到《长江文艺》周副社长寄来的1998年第一期杂志，我的短篇小说《一条健康的狗》发表了。这是近来难得的好消息，却并没有给我带来多少安慰。

为了庆贺小说发表，她买了一瓶啤酒。喝下啤酒，热力浇头，想到母亲，想到儿子，我情绪低落，懊悔难当。她老人家的病是我害的，我把自己置于如此尴尬的境地，无法伺奉在她老人家的床前。生为人子，而不能行孝；贻害儿子，无力教育抚养他，我可算是天底下最为荒唐的混蛋。垂头坐在床上，我无法排解。她收罢碗筷，做完家务，过来坐在我的身边，说："都是我的错，我要是不跟你跑，这一切都不会发生。"我拍拍她的肩膀，搂着她说："你不要这样说。对过去怎么评价都无所谓，关键是未来怎么办。我是为我一筹莫展苦恼。我一点办法也没有，我把老娘他们害得太苦了。"我的眼泪夺眶而出，我俩抱头痛哭。她说："要不然，你回去看看。"我摇头，这在目前简直是不可能的事，我哪来回家的路费？

一九九八年　元月二十二日　（晴）

想再跟刘总探讨我工作的事，他坐在大班台那边看报纸，头也不抬，只回答了我四个字：不知，没有。

我显然是自己赖在象山物业。可目前我除了赖在这，还能到哪里去谋生？眼见她的肚子一天天大起来，我不知道自己拿什么去迎接我们的孩子。

心情一沉重，连走路都疲惫。

下午，集团办公室小萧打来电话，说你的《致家属》写得太棒了，王总非常高兴地拿给大家欣赏，今天已经拿到电台配音去了。但这对我，又有什么用呢？我还想将我刚发表的小说《一条健康的狗》给王总看呢，可是，我既没了这份热情，也欠缺这份勇气。

虽然来的时间不算长，但整个象山集团没有人否认我的才华和能力，我所有的尴尬来自于我的来路不明和麻烦多多。

动荡凄惶之中，我的心情无比低沉、黑暗。除了享用雅丹年轻美丽的肉体之外，没有任何东西可以给我带来冲动和自信。失眠、失眠、失眠，然后是昏睡。梦也奇怪，开着一辆卡车，拖着一车钢材，上坡，马力不足，上不去，怎么加油都不行，车直往下滑……这不就是我现实的写照吗？

飞机场就在我们栖身地东边两三里路的高崎。不断有飞机带着震天动地、震耳欲聋的轰鸣掠过我们头顶，骇人心魄。小时候，看高天上比燕子还小的飞机飞过，听着它拖在后面的轰鸣声，总要追视着直到其消失在天边，并产生无尽的遐想。现在不惑之年了，虽然早已多次坐过飞机，但如此近距离看到巨大的飞机，我还是有种发自内心的冲动和满足。我喜欢看飞的东西，也许它寄托了我脱离某种羁绊飞起来的梦想。

一九九八年　元月二十三日　（晴转阵雨）

想把新发表的小说送给王总看，却又犹豫许久，主要是羞愧于自己的处境，还脸红于自己的个人表现欲。他们已经说得很明白，目前不用你，不是因为你没本事，而是因为你太麻烦。犹豫的结果还是自我表现欲占了上风。我把杂志送到集团办公室，下楼出门，正撞上一场突如其来的阵雨。怕人家说我脱岗，我冒雨冲回物业。衣服湿透了，鞋子漏水，脚全踩在水中，头发全贴在头皮上。我现在的样子，一定既滑稽又难看，应该很像影视剧中的叛徒。我可不就是一个叛徒吗？我背叛了太多的人，组织和领导，亲人和朋友，还包括我自己。

一九九八年　元月二十四日　（多云）

清晨，穿过雨中车水马龙的大街，我到公司指定的候车地点等车。街上寒风肆虐，天上黑云翻腾，我看到有只黑鹰在城市上空盘旋，我以为它盘旋几圈就会悄然离去的，但它一次次迎风攀升，又一次次顺风滑翔，始终没有离开这一狭小的空域。它不是有所迷恋，就是孤独失群。我正在做这种酸不溜秋的联想时，车来了。

才上班不久，就接到哥哥打来的电话。他说："妈已经神智不清了，每天睡着吃，睡着厕，已经完全认不得人了，只是不断念叨着你，你儿子也成天痴痴呆呆地不做声，你自己看着办吧……"凄寒盖顶，我忍不住潸然泪下。

一筹莫展。回家？单位倒没什么事，反正他们正想炒掉我，我目前基本处于赖着不走的状态。问题在于我没有路费，而且她怀孕在身，回老家后何处栖身？她娘家本来就怨恨她一意孤行，辱没门庭，怎会接纳她？而我那边又有哪个亲人能接纳她呢？更为棘手的是，我们未婚先孕，没有结婚证，更没有准生证，这个孩子将如何出生？没有经济基础，又拿什么来保障孩子平安出生？

无奈之中，我给雅丹打电话，我们反复商量。她说只有一个办法，那就是跟舅舅商量一下。她说从小舅舅就很疼她，应该不至于拒绝，暂时到舅舅家避避，让我好回家去解决母亲和儿子的问题。同时，争取办离婚和恢复身份。我忧虑，但我感动。以她25岁的年龄，能如此冷静而通情达理地与我面对如此尴尬、复杂的局面，真难为她。思前想后，为今之计，也只能这么办了。

下班了，雅丹在公司对面大厦那等我。从象山出来，老远就看到身怀六甲的她正坐在草地上朝我的方向张望。爱怜和愧疚油然而生。见了面，两个人算算手中的钱，才12元，她想吃快餐，就往华昌路方向走。看到一些大排挡门前站着蹲着许多打工仔、打工妹在吃，她又改主意了，还是回家自己做吧，于是回头往寨上住处走。

八两肉、一包湖北蒸肉粉、六两她喜欢吃的草莓，她脸上堆满笑意。在某种意义上，她早已成了我生存与坚持的主心骨。正要进那个出租屋的院门时，她碰碰我，说："别愁眉苦脸的，精神点，没什么大不了的，一切都会过去的。"

母亲病重，儿子发呆。作为男人，把母亲和儿子等多个亲人推到水深火热的深渊，这种事发生在别人身上，让我自己做看客，我将如何谴责？我们真的回去，就算她到舅舅家暂避一时，随着肚子里的孩子日渐长大，她总不能在舅舅家生下这个孩子。万一什么也办不成，我们又将何以为生？一系列的难题摆在我们面前，每一个问题都是一座难以逾越的高山，我曾经引为自豪的聪明才智和生活智慧此时全成了傻瓜式的空想。两个人商量到凌晨3点，最后还是决定回去，再难也要回去，只是明天要务必弄清母亲和儿子情况的真相，如果确实刻不容缓，就用剩下的钱做路费回去再说，如果不是那么紧急，就上到过年的班，等单位发了工资和年终奖金，年后回去，手里多少有点钱，也多少可以解决一些问题。

一九九八年　元月二十五日　（晴）

上午，公司发给我十月和十一月奖金，一共720元，到午餐时间我就往"家"赶。最近以来，每天中午，我们都是共吃公司派的一份快餐。饭可以随便加，我只吃点饭，把菜留给雅丹。她早就吃腻了，但是为了孩子，没有办法，只能每天勉强吃下那些饭菜。今天一定要让她好好吃个午餐。赶回栖身地，发现停电了，她一定躺在屋里空腹而睡。急急上楼，她果然躺着，见我回来，灿烂的脸上漾起温馨的笑容。我叫她出去吃饭，她说："你去买上来吃，我实在不想动。"我告诉她公司发奖金的事，建议她去吃她喜欢的牛肉削面。她不去，说："还是吃快餐吧，钱要存起来回去解决妈妈和儿子的问题。""一碗面也费不了几个钱，何况这点钱，能解决什么问题呀？"我坚持，她默许。

在她吃东西的时候，我给表姐打电话，告诉她我在厦门仍然过得非常之艰难，请她一定帮我去看看母亲和儿子，并告诉我真实情况。她说前不久还看到我母亲，虽然确实很痛苦，但并没有生病，更没有听说我儿子有发呆的症状。我茫然。请她一定要去走一趟，并约定晚上9点再打电话给她。

晚上9点，再打表姐电话，她说母亲确实病了，不过这几天已经起床，问题不大。至于儿子，他当然不舒服，但绝对没有不正常的表现，应该没问题。我略释然。如果能年后回去，我的压力要稍微小点。我打电话给哥哥，证实母亲是中风了，但过了危险期，病情也有所好转，已经从医院回家了。我表示，医药费我出一半，他说："没花多少钱，才100多元，没什么好算的。"言谈之中，听得出他已经非常疲惫和无奈。

这大概就是厦门最冷的冬天了。

我们住的这间房，门窗缝隙大，猛烈的寒风吹得门窗哐哐震响，透进来的风在房间回旋，刀子一样割人皮肉，整个房间异常阴冷，教人无比向往外面太阳的温暖和棉被中的暖和。雅丹蜷缩在床上，不住叫冷。今夜的梦，一定又是一个温暖如春的家。

最近，受那篇《致家属》的影响，我听到了不少来自集团、本单位和兄弟单位的人的赞扬。刘总对我的态度似乎也有了很大的改观，在今天的沟通过程中，他说："老李，你不适合做物业，即使我们把你调来，你也不会落在我们物业公司的。"我连忙表态，决不会见异思迁。话音未落，自己先没了底气，一个"喜新厌旧"的男人，奢谈什么"决不见异思迁"，这不是笑话吗？刘总意味深长地笑了笑，说："我们当然希望你落个好单位。"我不知道他是什么意思。他补充了一下，我才体会到了当中的部分意思，他说："只要楚城能放关系，我们可以作为人才引进，把你调过来。"

后来，我才知道，实际上，那时集团王总已经打算将我调到集团办公室从事文书工作。如果不是后来再出意外，他们恐怕已经在张罗帮我办理调动手续了。

第五章　尴尬团聚

　　"幸福的家庭大体相似，不幸的家庭各有各的不幸。"难免不入这个俗套，只是对于"家"的概念从来没有如此深刻地体会过。再一次与"家"团聚，我却尴尬无比。

一九九八年　元月二十六日　（晴）

　　上午出去办了件事，回到公司，刚刚在办公桌前坐下来，就听到有人喊："老李，门口有人找。"谁呢？我走出去，只见公司大门口站着两个人，小李和我儿子。我怔了一下，并没有过于意外。我知道他们找来是迟早的事，何况我现在早已是"死猪不怕开水烫"了。我微笑着跟他们打招呼，并一把揽过和我已经差不多高的儿子，引他们往外走。小李说："他妈妈也来了，在外面。"儿子说："你可真会跑，跑这么远。"

走出象山，我远远看见妻子站在一大堆行李中，这个被我伤透了心的可怜女人见了我，倒有点不好意思直视我。我提起两个大包说："走吧。"但自己也不知道要把他们往哪里带。

象山公交站提醒了我，先上车再说。我把他们一起带上车，开始考虑怎么办。不管怎么说，得先把他们安顿下来，然后再做计较。此时是上午10点多，估计他们还没吃饭。在43路公交车上，我们默默相对，什么也没说。我打算把他们安顿在火车站附近的旅社，让他们在厦门玩几天，然后送他们回楚城。只是该如何安顿雅丹，我一时没了主意。

车到湖滨中路，我们才开始小声交谈。发生了这么多事，过了这么久，大家都很平静。时间老人真是最好的调解高手。交谈后，才知道妻儿是从武汉转广州，找到小李后，再托小李将他们带到厦门的。

小李一直用一种看怪物的眼光看我，憋了不知道有多久，才憋出了一句话："我怎么也想不通，你怎么能做出这样的事？"

我回答她："的确，不光你想不通，就是我自己也想不通。"

她于是不再说话。

在湖滨中路一个靠近一家餐馆的公交站，我们下了车，我提议先吃饭，妻子说："不吃，到你的住处去。"

我说："你们最好先住下来，我们慢慢商量。"他们坚决要见雅丹，我当然不能同意，于是僵持许久。也许人一急尿就多，像眼泪一样。我急于找厕所，妻子怕我溜掉，叫我儿子跟着我，我说："你们可以不相信我，但你们既然来了，我再绝情寡义，也不会把你们丢在大街上……"说完这句话，我眼泪出来了。我把儿子揽过来，让他随我一起去找厕所，顺便跟他谈谈。转了几条街，居然找不到厕所。我试图以促他自立的主题跟他谈，他却用玩世不恭的口吻对我说："你不要认为你有多么重要。"我无言以对。他又说："没有人反对你们离婚，你这么没有责任心，就不应该生我。"我感到大街上所有的汽车都瞪大眼睛在指责我。

吃饭的时候，我劝他们在厦门玩几天，然后由我送他们回去。我说：

"我辜负了你们，对不起你们，可事情已经这样了，一切都已经无法挽回了。我害了你们，自己在外面也过得一塌糊涂……"他们都不说话。

看上去他们吃得还算开心。可能是妻子开朗的性格起了很大的作用吧，失夫之痛、遭弃之辱对她仿佛是一场玩笑。饭后，她还是坚持要见雅丹，说要跟她谈谈，并保证绝不对她怎么样。我当然不会相信这种话。我不干，于是僵持。直到下午2点多，我才说服他们，把他们安顿到火车站旁的一个旅社。小李说另外还有事，先离开了。儿子提出要到海边去玩，我立即同意。

一家三口在这样的情况下团聚，那种尴尬、凄然的气氛一直笼罩在我们周围，想想前前后后，想想妻子和儿子本有一个完整的家，如今却破碎了，想想雅丹完全可以好好地恋爱结婚却跟我这样一个麻烦多多的男人私奔，再想想那位小李……玩火自焚的辛酸与凄然一齐压下来，几乎使我连走路的力气都没有。拖着疲惫身躯，我把儿子带到了珍珠湾海边。他在海滩上拾贝壳、挖沙洞，还冒着寒冷，赤脚在海岸感受海水、海浪，看着他面对家庭灭顶之灾而依然童心未泯，我的心隐隐作痛，眼泪几次无法抑制地涌出眼眶。玩到下午5点，他才尽兴，我带他回到旅社。

要留他们玩，送他们回去，我必须借钱，可找谁借呢？我找了为人仗义的张永寿经理，他爱人在火车站工作，他们同意给我们买火车票，钱的事等回厦门再说。安顿好他们母子，我回到位于寨上的栖身地，空荡荡的房间里，雅丹正独坐垂泪，两眼红肿。劝慰半天，她倒反过来怜悯我，劝我快点过去，安顿他们母子。她的宽容大度令我无地自容。她还把象山集团办公室为感谢我多次帮忙写材料而送给我的猕猴桃和脆皮梨装了好多，让我带给儿子吃。

再回到旅社时，儿子已经睡着了。我坐在儿子的床前，希望妻子原谅我，把离婚手续办了，大家都重新开始。我表示愿意承担抚养和教育儿子的一切责任，把他带到厦门读书。我相信，只要我的生活进入正轨，我一定有能力把儿子抚养教育好。她一言不发。等儿子醒来，吃午饭时，我对儿子说我的意思，谁知他白了我一眼，说："我才不愿跟着你，你对我而言，拿钱来就好！"妻子补充说："对！钱是不分阶级的！"我这才明白，原来，经过这场变故，我已经沦为了另外一个阶级的人。

第六章　除夕寒旅

人生是因为有旅途，才有所期待并有所希望，如果旅途没有了，或者被抛弃了，希望也就泯灭了。

一九九八年　元月二十七日　（阴）

今天是农历腊月二十九，即除夕。街上的人们穿的、说的、笑的、卖的、买的、玩的等一切内容，大多与过年有关。只有我，在为尴尬而尴尬。

早晨，回到栖身地，雅丹躺在床上，神情黯然，红肿的眼睛睁得大大的，不知在想什么。可以想象，昨晚她肯定彻夜难眠。前些时，她曾跟她家里人通电话，得知她在外当兵的大哥、二弟都回家过年了，只有她因为跟我私奔，无法回家团聚不说，还被亲人斥骂。见我回来，她伤心痛哭，浑身颤抖，无法慰止。我只好抱着她，让她哭。也许发泄一下她会好受些。许久，她自己停止哭泣，转而劝慰安抚我。她说："你不要担心我，你要宽心，不要怄气，不要心急，好好保重身体，把事情处理好，一切慢慢来。"她还笑着催我过去照顾他们母子。我心稍安。

我打算送他们回楚城。要到后天，即大年初二才能返回厦门，接雅丹回江汉她舅舅家暂且栖身。在寨上村的一个巷口，她泪流满面地送我，我叫她回去，她一定要看着我走，我凄惶的心情无以言表。

三张卧铺票，是晚11:20的春运加班车。这一天，我打算带他们母子游中山路、鹭江道。一路上他们看上去都很开心。在中山路，妻子诚恳地劝我回家，表示愿意原谅我的一切，不管多难，我们一家人继续好好过日子。我不敢多说话，只能谨慎地告诉她，这已经是不可能的事。

妻子吃不惯肯德基，儿子一人吃两份，吃得津津有味、满脸通红。比之于店里的其他孩子，他狼吞虎咽的样子使我又一次无声垂泪。吃完，我对儿子说："我带你到鼓浪屿玩时空穿梭机，一种模仿遨游太空的高科技玩具。"他很高兴，催着马上去。我们搭轮渡过鹭江，一上岸，我就带他直奔时空穿梭机，买票让他进去。5分钟后，他出来了，我问他："开心吗？"他满面笑容地说："很好玩，很开心。"这一刻，他又成了一个天真活泼的小男孩。我更加凄然。假如这个家不破，他是最大的受益者。我的私奔，使他成了最大的受害者。我把本该由我自己咀嚼的苦果无情地抛给他们，天底下最自私的男人不是我是谁？

直玩到晚9点，鼓浪屿上的店铺大都陆续打烊，岛上行人逐渐稀少，街巷寂寥，天气十分寒冷，我们乘船返回厦门岛。回到旅社，已是晚10点，该去火车站了。妻子告诉我："你明年不必回象山上班了。"我不解。她幽默地补充道："你们单位已经放了你的长假，让你永远在家休息。"听出她的话外之音，我问她你怎么知道。她递给我一张纸条，是一个电话号码，显然是小李写的。她已于中午离开了厦门，我仔细一看，那是象山集团王总的电话号码，她是怎么弄到王总的电话号码的呢？

在妻子的讲述中，我终于得知，小李通过朋友找到象山集团王总的电话号码，到集团去找王总谈了她知道的一切关于我的真实情况。王总说："老李确实是我介绍到物业公司去的，我们对他的具体情况不是很了解，目前他只是公司的临时工，我马上跟人事打招呼，不用就是。"这些内容，我想大多数可能是真的。我终于以一种更为难堪的形式失业了。

这个春节，我将如何过？明年在厦门将何以生存？我又一次面临一段黑咕隆咚、前程未卜的旅程。而这一切，都是我自从走出楚城那一刻起，就必须承受的。这是个毫无悬念极其俗套的感情故事，落在我的头上，我这个自诩有超强想象力的人以前是无论如何也无法想象的。命运呵，谁又能料定？

一位为了爱而与疯癫妻子相濡以沫、厮守大半生的男人说的一句话令我感动：一个人的心跟着身走，这辈子就难免不做荒唐事；只有当身跟着心走时，我们才会清楚自己在干什么，才能避免走弯路。而我，从来就是一个心跟着身走的人。

列车驶出厦门地界，很快就沿着闽江进入闽北山区。铁路弯弯曲曲，使我经常可以麻木地看到灯火通明的火车长龙般呼啸着经山洞、铁桥，游走于黑蒙蒙的山间谷底。我们虽然仍是一家人，但是我们早已没有了一家人的共同语言，更没有那种举家旅行的温馨，甚至连互相对视的勇气都没有。很快，他们母子俩就在卧铺上睡着了。看着因为我的荒唐而遭遇不幸的这母子俩，我的心情比窗外的黑夜更幽暗、更阴沉。作为本应该让他们在春节期间获得幸福快乐的我，现在却以罪人的身份，脆弱的赎罪心送他们回家，我更感无力，只好用梦幻来麻醉自己，于是抖开毛毯，把自己沉重地放倒在卧铺上。

我们是贫贱夫妻，也可以说是患难夫妻。

1983年春节过后不久，我们结婚不到三个月，妻子以有孕之身坚持在车间开航车。因为不懂电更不熟电路，在处理导电排故障时，她误抓了380伏高压导电排，被高压电击成重伤，导致上肢瘫痪，并差点从高空坠落，命丧黄泉。双手呈握拳状无法伸开，僵硬如木头，毫无知觉。因为担心给胎儿带来后遗症，我们的第一个小孩就这样做掉了。惊魂未定的她从白痴一样反应非常迟钝。她的家人担心我变心不管。我不是道德先锋，但是我也不缺少基本的道德良心和起码的家庭责任感。我勇敢接受了命运的挑战。为了给她治伤，在此后一年多时间，我离开了自己十分喜爱的教育工作岗位，陪她到武汉、江汉治疗。这一年多，我专职照顾她，每天遵医嘱给她按摩上肢，不停地活动手臂、手腕、手指。每晚将她的手抻开，一个压在她的身下，一个压在我的身下……这期间，我们的第二个孩子开始孕育了。我有了大量的时间潜心创作，创作成绩突出，还得了一个地区的创作二等奖，在县里开始小有名气。当时的那位儒雅的文化局局长也蛮喜欢我这个年轻人，于是，我被调进了县城。最初是文化局发的调函，要调我到文化馆从事业余作者的创作组织工作，在教育局办理调动手续时，被领导扣住了。他说，既然能写小说，教书一定不错，就到实验中学去吧。不少人钻天打洞想去还去不成呢，我哪敢讨价还价，能进城已经是万福了。于是，不由分说，一纸调令，我只好放弃梦寐以求的到文化馆上班的念想，到县实验中学报到。

也许是医生的医术高明，也许是我们的诚意感动了上苍。妻子吃了被我家乡人称为"发物"的头茬韭菜后，双臂开始有发烧的感觉，手指可以微微活动。我们全家喜出望外。于是，我包下了村里各家菜园子里的头茬韭菜，每天用鸡蛋煎韭菜饼给她吃。奇迹就这样发生了，不到半年，她的手指、手掌、手臂逐步恢复了功能，又可以坐到牌桌上打麻将了。

1984年8月5日，我们的儿子出生了，一个新的生命赋予了我新的责任，也给我的人生注入了新的意义。在那年暑假，我们回到村里，在村后的大路上摆摊卖凉粉贴补家用。整个夏天，因为孩子的出生和做凉粉的小生意而充满乐趣。

那时，孩子基本靠我母亲抚养和照顾。有了孩子，我双腿仿佛被上满发条，工作劲头十足，我在县实验中学的工作非常努力，工作状态渐入佳境，创作也偶有收获。刚进学校，我就接手了被学校称为乱班的三班，当班主任。前任班主任杨老师是个大学刚毕业的女老师，根本管不住他们，被班上"八大金刚、四大天王"搞得焦头烂额。我接手后，几乎天天要家访，每天要忙到很晚才能回家。最要命的是，随着我们了解的深入，我们夫妻之间的共同话题越来越少，我对她越来越缺乏耐心，家里气氛时常十分紧张，经常吵架。我在这个阶段表现很不好，由于了解了对方太多的缺点而忽视了她的许多优点，我们之间不协调因素被盲目放大，我甚至试图找理由离婚，忘了自己作为农家子弟的生存不易、发展之难，以为自己是个有文化的有志青年，不应该过这种与自己的理想相去甚远的糟糕生活。1986年，儿子两岁时，我向法院递交了离婚诉状。法院启动调解程序，支持了我对她的不满，但劝我多考虑孩子。对我而言，这确实是一个割舍放下的事情。孩子是无辜的，而且，他虽然还小，但我跟他关系很好，从他身上，我不仅看到了他的天资聪颖，还看到了自己幼年的影子。看着他快乐成长的那种幸福，足以抵消许多个人自私的诉求。从孩子的利益出发，我按照法官的意思撤诉了。但裂痕从此产生，难以修合。

1987年，我因在写作上成绩突出，被破格调入县委宣传部（当时还不是党员）、入党、提干。我的一切似乎来得过于容易，在许多人看来，所有的好机会都被我赶上了。我也曾极力压制和排解对于新欢的渴望和希冀，也曾成功拒绝了来自多种途径的诱惑。但很明显，我在道德边缘的挣扎越来越乏力，蠢蠢欲动的欲望只能靠埋头苦干来抑制和排解。

人在孤独的时候，思想如脱缰的野马，很难驾驭。夜晚是一切诡异灵魂最为活跃的时刻。每一个落寞的夜晚，我孤独地躲在黑暗的房间里，让自己精力旺盛的肉体接受一些疯狂欲望的煎熬。一到白天，面对繁杂的工作，再全身心投入。无数个夜晚，我下定决心要出轨一次，哪怕就一次，而一到白天，这些念头就被钉上耻辱的标签，三省吾身，令我感到羞耻。

年龄超过35岁，我以为政治上很难再有重大发展，我害怕就这样枉度一生。我认为，我38了，在此之前，我所做的一切都是在为别人着想，包括教书时学生们的健康成长、提干后家人的光荣梦想和如今文化系统400多号人的生存与发展。我为什么不能为自己着想一回，对自己好一点，给自己一个满意的妻子和家庭？这想法够自私、够幼稚。但那时这种念头一度折磨着我。

从小学到中专到后来上函授大学，所有传统教育都在教育我要勇于自我牺牲，必要时舍生取义，替天行道。而我自己零零星星读的闲书却又都是那种鼓励修炼自身、张扬个性、崇尚人性的东西，他们大都重视生命的生存状态，强调人文关怀，把人的肉体和意志联系起来，不鼓励为了某种主义将二者割裂开来。这使我本来就十分矛盾的思想更加矛盾。任何一方占上风都会给我带来焦躁、痛苦不堪。于是，一有空，就跟弟兄们拼命喝酒，喝到醉，整个人时常昏昏沉沉。身体健康每况愈下，先是发胖，最重时达170多斤，大腹便便，走道喘气；接着神经衰弱，长期无法正常入睡，吃安眠药是经常的事，但每次由药物带来的睡眠苏醒后，头如同铸铁般沉重，乃至神情恍惚；性功能衰退，对女人的兴趣渐淡；还有关节炎，双腿到秋天就下肢发冷，疲软乏力，左腿关节剧痛……我是个非常宿命的家伙，死亡的征兆和威胁时常充斥我的脑海，让我无法坦然面对一切。有时候，觉得自己就这样一口气没了的话，真是不值得。坦白说，确实没有那么多伟大的念头，只是觉得自己是个好人，甚至是个优秀的人，但是生存状态、生活质量太差了。我为什么就不能为自己着想呢？哪怕就一次……

醒来的时候，车窗上滚着雨线，窗外已经透亮。天阴沉沉的，原来夜间下起了雨，难怪梦中寒冷彻骨。他们娘儿俩还在酣睡。人真是世界上最顽强、最能逆来顺受的动物。塌天大祸没有打垮他们，他们依然在痛苦中忍耐着、习惯着，并过着他们难堪而无奈的生活。他们也确实不一定少了我就过不去，痛苦常常就是一阵子的事，正如儿子所言，"你以为你有多么重要？"看来，在厦门，我太过儿女情长了。

这回，看到了儿子，打消了我对他所谓发呆的担忧。哥哥是在危言耸听，或许他还在自作聪明地企图用这种方法把我拉回到原来的家里吧。我做了不孝之子，他原本不必要过多考虑关于我和我的家庭的事，而应该多考虑如何更好地照顾好母亲。过去，我在家时，母亲一直是在我家生活。妻子对母亲相当孝顺，家里什么都由她，还按时给她零花钱，母亲也一直逢人就夸儿媳好。这一点，也是我愧对妻子的原因之一。去年十月，我回家看望母亲时曾企图起诉离婚，结果无法久待，过客一样离开楚城。见到妈妈时，我曾跪在她的面前请求她老人家原谅，她举手打我，可举起的手终于没有落下来。母亲满腔的委屈和埋怨变成了"你们在外面好不好过"的担忧。她老人家泪流满面，痛心疾首地问我怎么对得起妻子。

列车走走停停，常常一停就是半小时，似乎总是这趟车在给别的车让路。儿子在看我给他买的《小叮当》，在厦门买的零食、果品、饮品，他先后享用得一干二净，看到他在如此逆境中还是一副无忧无虑的样子，他的承受能力让我心寒且酸。安宁的生活原本对他是多么重要，但我剥夺了一切本应属于他的成长环境和快乐生活。而且我还不断在干扰他，给他写信、寄卡、寄钱，给他在学校造成影响，毕竟我已经不是一个能够给他带来荣光和自豪的父亲。

这个除夕之夜，我们一家人在火车的奔驰中想着各自的心思，打发着来自同一方向却有着不同程度尴尬和痛苦。去年这个时候，我和儿子在温暖的客厅看央视春节联欢晚会，直到凌晨放完鞭炮、出过天行他还意犹未尽，不想去睡，我们又一起看贺岁电影。可今天，因为我的荒唐，他跟我奔波在异乡寒冷的火车上，感受分离与凄冷。

妻子还在做最后的努力。她希望我回去重新开始。她给我讲了许多我出走后他们的尴尬和艰难，心理的、生活的。尤其是那些个人走茶凉，过去奴颜婢膝如今对他们却冷若冰霜的现实。她说她跟人合作，在武汉接了个装修工程，年底可以赚一万多元，明年她将到武汉去发展，希望我和她一起去。她说："凭你的能力，你在武汉一样可以很潇洒，一样可以做出一番事业。"我心平气和地告诉她，一切已经覆水难收，我们不是一条道上的人，我们已经没有办法继续做夫妻。她低头饮泪。儿子吃点心、吃泡面、喝饮料，很兴奋，不想睡。

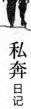

除夕之夜，火车长停了好几个站，各站都冷冷清清，没有什么东西卖。停靠在几个小站时，远远看到万家亮起的温暖灯火，再对比我们在火车上的凄寒、离散，我深感对不起妻子，对不起孩子，对不起孤独地等在厦门的雅丹。

一九九八年 元月二十八日 （晴）

大年初一早晨7点，车到武昌。天气好得很。我小时候，这样晴朗的初一早晨，母亲早就用晴朗的声音喊我们起床穿上新衣服出去拜年了。而今天，我正在流浪，母亲也躺在床上，不能自理。我背着大包小包带着他们随人流出站。把他们安顿在一个早点摊前吃东西，自己去打探回楚城的车，并购买回厦门的车票。返回厦门没有直达车，中途需转车两次。买好票回到他们身边时，他们正在那焦急地等。妻子说："再等会儿你不来我们就回去了。"我悲苦地叹息，带他们到汽车站搭回楚城的汽车。

我们在楚城哥哥家门前下了车。这房子是哥哥在我私奔出走以后买的，我算是第一次"上门"。嫂子看见我，那张脸无法形容的铁青。母亲坐在床上，两眼无光，也没有注意到有人进门，她双手平静地不住在床上拍打，一下下拍打。我坐在母亲身边，叫她："妈，我是福寿啊！我回来了！"

母亲一点反应也没有，还是照例在床上痴痴地拍打。

"妈，我是福寿啊，你连我也认不出来了吗？"

她点点头，又摇摇头，嗫嚅半晌，说了声"冒得法"。自此，就什么话也没有，只是用颤抖的、枯树枝一样的手使劲揉搓被角，似乎在寻找什么。

我泪如泉涌。无法挽回的一切，母亲的重病痴呆如同泰山一样压在我头上，再多的悔、再多的恨也无济于事。对于她老人家而言，我的存在与否已经毫无意义，她已经从纷繁的亲情中彻底解脱出来，了却了人间所有的恩怨、幸福与痛苦。

这天有两个插曲，让我感到彻骨地寒。一是我跟几个自认为不错的同学打电话拜年，只联系上了一位，其余不是没有人接就是家人告诉我"他不在"。二是我在哥哥家新买的两居室房子看了看，无意中注意到他家的两个相框。照片中，他们曾经引为骄傲的局长弟弟的身影不见了，一张我的照片也没有。

到哪里安身？到哪里对母亲尽孝道？在这个原本应该称为家的地方，我如坐针毡，浑身不自在。又想到雅丹还孤身一人待在厦门，我六神无主。我在楚城无立锥之地，直觉告诉我，我必须尽快把她接回江汉，安顿到她舅舅家，然后再回来处理这些事。最好的办法是把母亲接到大姐家服侍，大姐作为我们家的老大，在亲情和孝道上她一直是我们的表率。

我决定返回厦门。妻子抱着最后一线希望，叫儿子跟着我，我说："我一个大活人，跟着我有什么用？我肯定还要走。"

儿子略坚持了一下，不跟了。我在楚城坐麻木（一种载客的三轮车，价格较为低廉）、转公汽，到武汉，赶上了一趟开往来舟的火车。

面对一大堆难以厘清、无法解决的问题，大年初一，我再次抛开病重的母亲和年幼的儿子，长途跋涉，走上一条前程未卜的路，自己都不清楚将面临什么样的遭遇。

一九九八年　元月二十九日　（多云转晴）

早晨7点，车到来舟。我一下车，就去购买到厦门的火车票，算算手中剩下的钱，只有29元了，记得去年十月回家看望母亲时，也是在来舟转的车，当时到厦门的车票是25元。这样，我还有4元钱可以简单吃点东西。但到售票口询问，得知春运期间，票价上调，到厦门刚好是29元，而且要等到19：23车才来。车到厦门，是明天早晨的事。这下子，要在来舟枯等一天了，别说吃饭，连喝水、打电话的钱都没有。于是，浑身上下到处搜遍，居然又搜出6元钱，竟有些喜出望外，吃了一碗稀饭和一点青菜充饥。我找一个公用电话，给雅丹打传呼，几乎是刚刚放下电话听筒，她就复机了。我告诉她我已到达来舟，明天早晨才能回到厦门。

没办法，只有等。枯等对我而言有点类似自杀，至少是把自己杀死了一天。肠胃空到晃荡，饥饿令人心虚。由于天气比较冷，而我又穿得不多，冷颤阵阵袭来，让人心慌意乱。稍微停留就会感到彻骨地寒冷，唯有走动可以取暖。但走动是要消耗能量的，而手中只剩下2元钱，要等到关键时候去买碗粥吃。毕竟温暖比较重要。沿路继续西行，过王台村，见一道观，名"庄江观"，建在路边山岩上。上得山岩，进了山门，一些山民在烧香还愿。见我进门，一位红光满面的老者递给我一杯泡着两粒红枣的茶，道："祝来客平平安安，请喝一杯平安茶。"我连忙道谢，接过茶，抿一口，确实香喷喷甜滋滋的，连灵魂仿佛都受到了抚慰。见许多人在那求签，一元一签，我也去求了一签，是六十四签，道是"郭子仪团圆"，签文说："八十翁翁孙又孙，斑衣细彩动金樽，康宁福寿谁能比，珠履三千客护门。"签师称是"上上签"，连声道贺。这时，送平安茶那边有个女的说，喝了平安茶的客人请丢点茶钱呵。两元钱，付了一元签钱，那人嫌少，一脸鄙夷，到这边再付一元茶钱，人家眼角也难掩鄙视，遂逃命似的离开道观。看来，如今真的一文不名了。

感受饥饿是一种机缘。在饥饿中，远远看见任何食物都能闻见香气，胃里咕咕作响，肠子抽搐蠕动。街上小餐馆一家连一家，快餐桌都摆在街面上，到处都是食物。看到这食物充足的街景，我更加饥饿难耐，坐也坐不住，书也读不进，只好往西漫步。到了一个空巷，没有店铺，叫我好安心。穿过空巷，来到野外，一条沿溪小路通向远方，路旁有片茶园，靠近茶园篱笆，有块方石，就走过去，坐了。不断有摩托车手在这条狭窄的小路上展示骑行技艺，一个个饱得不得了的样子。饥饿的人嫉妒人家的饱，应该类似于愚蠢的人嫉贤妒能。

太阳逐渐隐到对岸的群山后面，傍晚的天空，霞光自西向东蔓延，云彩以各种拉伸的姿态呈现出亮丽的色彩。群山逐渐泛起深黛色，缕缕炊烟和雾气在山村、山洼氤氲而起，路上的车辆行人显出归家的急切，他们都在享受着节日的喜悦，而我却被困在来舟无可奈何。真想退掉车票去美美吃一顿啊。在跟她通话中，她曾提出赶到来舟来"解救"我，我推辞了。叫她过来，不仅要使有孕在身的她饱受劳顿之苦，而且，还要浪费一笔开销。眼见开年后工作无着落，租店营业，又没本钱，以后的日子还不知要怎么过。她也曾提出实在走投无路就回家向她父母、哥嫂借钱，这更是不可能的。我们私奔出来，家里至今没有原谅她，现在未婚先孕，她全家人的脸面已经在当地被我们丢尽了，若是回去，还不知道会发生什么意想不到的事。路越走越窄，前途越来越渺茫。

饥饿难捱的白天总算过去了，晚6点多，想到我还要坐近10个小时的车才能到厦门，我十分恐慌。沿街那些热腾腾的食物和香喷喷的炊烟使我甚至想去向别人乞讨。饥饿确有摧毁尊严的威力。然而，我始终开不了口。

走到车站派出所门前，突然想到"有困难找警察"的口号，犹豫再三，我鼓起勇气，走进了派出所。

我找到了一位名叫陈锋的年轻警察。他很热情地接待了我，问我有什么困难。我简单向他讲述了自己的情况，向他借钱，他表示可以帮我，同时也坦言自己的苦衷：他曾经接待过无数像我一样落难的求助者，军人、干部、大学生等，都是信誓旦旦，借给他们钱后很多人并没有如约还钱。"我们的工资收入也有限，但求助的人无限多，单位又没有这项开支。我们许多同志为此常常被搞得经济紧张。"他说。我向他表白我的诚意，他表示相信，问我借多少。我说："20元。能吃餐饱饭就够了。"他说："20元怎么够？我借你50元吧！"我留下一张便条，记下他的地址。

5块钱一份快餐，我吃得非常香。想起我当局长的时候，有次到武汉办事，停车到某大楼购物，门前一排乞丐，一个个不是残疾就是风烛残年的老人，我大方地给他们一人发了5元钱，然后收获他们的感激和道谢。那时的我，哪会想到自己会沦落到这么一天呢。

火车姗姗来迟，站台上已亮起灯光，空荡荡的，没什么人，似乎就我一人上车。车上人很多，每个角落都挤满了人。充塞鼻孔的，是油烟气、汗臭、霉味、脚臭。加楔插空艰难地穿过了好几节车厢，都没有座位。见一对小夫妻抱一个小孩坐一个三人座，就过去商量，他们说"有人"。我知道这大半是托词，就说："他来了我让他。"他们没法，让出半个座，我勉强可以落座。

过了几站，有人下车，我找到了一个靠窗座位，心想这下可以蜷缩在角落睡会了。结果，对面的一个年轻小伙让我无法入睡。他嘴巴叼着烟，搂着熟睡的女朋友，一边肆无忌惮地把手伸进女友衣服内胡摸，一边反复唱那首《心太软》，如同放音机滑了道，变了声。那些弥漫的烟气直逼我的胸腔，让人好不气闷。不断有人来回兜售烧鸡、甘蔗、快餐、水果之类，叫声洪亮刺耳。在这种环境中要让自己入睡，真是难上加难。

一九九八年　元月三十日　（多云）

到了厦门正是早上，回到家，径直倒下睡着了，一直睡到下午3点多才醒，像卸下千斤重担一样，我全身轻松爽快。又到楼下厕所洗了个冷水澡，换上干净的衣服，仿佛灵魂都得到了涤荡。

我和雅丹商量准备送她回舅舅家。我打电话跟她舅舅商量，希望让她在我回楚城期间到他家待一阵子，舅舅很爽快地答应了。"不管怎么说，解决问题是第一位的。"他说。我心稍安。

家乡的气候比厦门冷多了，总得给她买件御寒的衣服。但到现在为止，还上来舟陈警官的钱，我们的可用资金只有1000元，预留往返车票钱，就没什么钱了。我们从轮渡到中山路一路转下来，给她买了双保暖鞋和男式棉袄，她说带回去既可以御寒，还可以作为礼物送给三弟。

傍晚，我给大哥家打电话，嫂子在那头毛椒火辣，她说了句很深沉的话："1997年我们生活得太痛苦了。"我只能一个劲给她道歉，求她原谅。

深夜，于黑暗之中，想起母亲在全国饥荒的1959年生下我，自己差点搭上性命。到我慢慢长大，她含辛茹苦，坚持供我读完高中、中专，指望晚年有所依靠。不曾料想，一夜之间，我的莽撞之举击碎了她老人家所有的期盼和荣耀，叫她如何承受得了？想到儿子处于成长的关键时期，被我无情抛弃，失去童年的幸福，被同伴讥笑，我为自己极端的自私狠狠打了自己几耳光。

雅丹问："你后悔了吗？"

我说："你要原谅我。我们面临人生如此尴尬的局面，说完全不后悔是假话，我们当时确实走得太急了。"

她说："你现在说这些话有什么用？除非你还想着当局长。"

一九九八年　二月三日　（阴）

火车正点出发。我们开始了又一段前程未卜的旅程。

她真的很年轻也很浪漫，第一次坐卧铺旅行，她感到新鲜而兴奋，好像一切烦恼已经离我们远去了。她把茶几清理得有条有理，把茶杯、饮料、水果等摆放上去，并且很慷慨地请同一档口的旅客吃。

本来为了节约，我们只买了一张卧铺票，想两个人轮流睡或者挤着睡。到晚8点，一个女列车员过来查票，赶我到硬座车厢去。我边穿衣服，边磨蹭，一点也不想走。到9点，那个列车员又来了，她一直监督着我走出卧铺车厢。

悻悻回到硬座车厢，不知是哪里灌进来的寒风，冻得我浑身直打颤。我鼓起勇气，回到卧铺车厢，巧得很，正遇乘警查铺。他不说话，一直监督着我，将我"送"出卧铺车厢。

硬座车厢没什么人，许多座位空着。车过来舟，天下起了小雨，气温越来越低，我没棉衣穿，有些支持不住，就穿过餐车，想混进卧铺车，被一个穿白大褂的女人拦住，挡了回去。我给自己加了层毛裤，但仿佛贴了层薄纸，一点也不御寒。我坐着冷，站着似乎更冷。在严寒中，白天吃的那点东西消化得特别快，空洞的胃里似乎正在结冰，胃一冷，整个人就全身发抖，上下牙不自主地打起架来。想蜷缩在座席一角取暖打瞌睡，无奈实在是太冷了，怎么也睡不着。

人少也可能是硬座车厢寒冷的原因。千奇百怪的取暖方式让人感到寒冷真是不可抗拒。车上没有一个身体舒展的人，全瑟缩着，虾米一样。有的三个人挤在一起盖一条棉大衣，有两个男人搂抱在一起，有的抱着塞满东西的布袋。到处漏风，把所有车窗全关严了也无济于事。列车飞驰，刺骨的寒风飕飕地从车门缝里灌进来。为了避免生病，我只得疯子一样在车厢来回跑动，借以取暖。我现在已经是连病也生不起的人了。

第七章　流落故乡

我心底一直埋藏着沉重的乡愁，越是潦倒到极致，那种莫名的眷恋就越是让人沉迷。当我流浪故乡无家可归时，心的疲惫使故乡的影子在我眼里渐渐模糊。

一九九八年　二月四日　（晴）

火车8点左右到达南昌。我们一下车就去赶去武昌的火车。这趟车人满为患，没座，很挤。一个到鄂州去搞建筑的青年和他的同伴看雅丹肚子那么大，让了一点空位给她。我的头如灌了铅一样沉重，意识烦躁而混沌，只想睡觉，就趴伏在靠背上打盹。虽然瞌睡压头，却怎么也睡不着。往往这个时候，时间就过得特别慢。身处顺境，我们容易焕发出珍惜生命的激情，会祈求时光不要飞逝，慢些，再慢些；而当身处逆境时，我们又恨不得将这难捱的时光如扔垃圾般悉数剪去。像我这样的人，日子只要顺畅一点，就漠视时光的无情流逝，像浅水的蜗牛一样，以为危险已经远去而蹉跎美好时光。

从南昌转武昌，又从武昌转广州到沈阳的特快到江汉，落在江汉地面，像当时落地厦门一样，我们茫然不知所措。我给雅丹舅舅打电话，他说"你们来吧"！于是搭乘左摇右晃的小四轮到镇上，这段难奈的旅途才算告一段落。

安顿好她，我回到楚城哥哥家，嫂子一肚子牢骚，我又一个劲儿赔不是。我造成了悲剧，又无力尽孝，确实给他们带来了常人无法想象的难堪和麻烦。作为我的亲人，他们不仅失去了曾经拥有的光荣和梦想，还成为了我闹出的笑话的连累者和受害人。我给母亲擦洗了身子，又喂她吃面。嫂子说："妈吃了喝了就在床上拉，很脏，并且已经有二十多天没有'行动'（大便）了……"我伤彻心骨。这时，哥哥打回电话，他在电话中破口大骂，说："你是狗鸡巴孝子。从现在起，我们每人服侍一个月，否则跟你下不了地……"他还说要我带走我儿子，并且我不能在他家服侍老娘，要搬走。面对已经无法挽回的局面，我们再怎么争吵，都没有用，只会增添新的麻烦。说到底，只会让母亲生存更为艰难。

几个同学相约到老钟家吃晚饭，老鞠安排我暂住在他连襟的房子里。他连襟调江汉了，那套房子一直空着。躺在别人家的床上，一夜不能成眠。为今之计，要把母亲安顿好才是上策。我没别的办法，唯有找大姐和大姐夫。姐夫读过私塾，非常传统，对于孝道一节，他尤其看重，我相信他能够帮我。

一九九八年　二月六日　（晴）

在邻居老邹的帮助下，我回村给大姐、大姐夫拜年。大半年没见面，大姐怪我不给他们写信。她泪流满面，关切地问我的打算，我向他们简单介绍了我在外面的艰难情况。我说："把妈害成这个样子，自己也没有出路。如果能顺利离婚，我就不走了，就在楚城就业，或者做点小生意，也好照顾妈；如果离不成婚，我就很难办，我们肯定没有办法在楚城生活。"姐夫说："你们已经走到了这一步，就要想办法逃个活路，不然枉惹世人笑话。至于妈，我们会照顾好的。"一席话说得我悲从中来，涕泪交流。我们约定晚上用车将母亲接来，由我出钱，姐姐、姐夫照顾一下。姐夫横竖不要我出钱，他说："你这不是在骂我吗？"

赶回哥哥家，我给母亲喂面。哥哥在接待那些给他拜年的大队干部。我在他家成为那些干部眼里古里古怪的人。"哦，你兄弟啊。"哥哥不屑地用鼻子里的冷气作答。说到母亲，嫂子一肚子委屈。我无话可说。过去一直以我为骄傲对我十分尊重的侄女如今也变了脸色了，她曾几次三番写信骂我不道德，甚至在正月初三给我的信中公开骂我"禽兽不如"。今天她也在一旁当着那些大队干部指责我，我忍无可忍地瞪了她一眼，叫她走开。我说："你懂得什么是生活？负好你自己的责任！"她叽叽咕咕，并不走开。我不再说话，服侍母亲睡觉。

仔细想想，侄女作为下一代人，她的指责虽然尖刻，却也不无道理。我可不就是一个"禽兽不如"的人。

哥哥与干部开心而潇洒地喝酒谈笑，我在哥哥家像个不速之客。直到晚8点，老邹的车来了，我把母亲抱到车上，一直与我要好的李兄听说我回来了，来看我，和我一起送母亲。

一九九八年　二月九日　（多云）

关于母亲精神失常，还有另一个版本：母亲的800元钱，在她昏迷后再醒来时不见了。她找不到，急火攻心，迷糊了，所以双手拍打揉搓，为的是找回她丢失的东西。她老人家连儿子都跑了，丢了，何以在意那几百元钱呢。我欲哭无泪。

了解到母亲在我走后的生活，我寒心彻骨，捶胸顿足自责。一切都是我造成的，一切我都无以言说也无权言说。对于一个忤逆的儿子来说，面对被我害到要面对一切尴尬和只能依靠哥哥一个人来赡养的母亲，我内心翻腾的所有语言，都凝聚成我终生无法放下的山一样的悔恨。想说，只能说自己；想骂，也只能骂自己。

在大姐家，我深深忏悔自己罪孽深重，对不起祖上，对不起母亲，对不起所有亲人……良心在谴责我，道义也在谴责。许多涉及亲情、良心的事，我无论如何想不通。只是我如今成为一个无权奢谈良心的人，我只能选择让许多事从此埋葬，我和我的亲人们的生活都要继续。我永远只有给他们表示歉意的份。在整理这篇日记时，我只能隐忍自己去接受一切，埋葬一切。

我十多岁时，家里经济状况不好，父母一直想方设法供我们兄弟俩读书，穷得实在没有办法，母亲就将她出嫁时娘家陪嫁的现洋以5元人民币兑一块现洋的价钱兑钱贴补家用。我是其中最大的受益者，读到了高中毕业。到我中专毕业参加工作不必为生存奔波时，只剩下30块现洋了，母亲说要给我保管。我说："这是您仅存的一点老东西，您自己留着，到艰难的时候用。"母亲在我身边安度晚年的日子里，她也曾跟我提到父亲曾怀疑她手中有金条的事。母亲出嫁时剩下一些私房钱，共100多块现洋，零打碎敲也就只剩这30块了，根本没金条。我给母亲一个抽屉，让她自己保管好这30块现洋。这事我也曾告诉过妻子，但我出走后，大家聚集在我家乱作一团时，妻的大姐说："有30块现洋，看他带走了没有。"一切似乎真相大白，这30块现洋的去向顷刻成为焦点，母亲也成为被怀疑、被指责的焦点。她心碎欲裂，只得拿出那个用布包了好几层的30块现洋，履行本应该在她死后才能履行的"仪式"——当场分掉。钱，钱，钱。这东西总是以一种坚硬、锐利的形态凌驾于亲情之上，切割人的良心。

在楚城待了几天，服侍母亲，去看望同学、朋友，主要打扰了老鞠、老钟两家。去法院找熟人探讨起诉离婚的事，没有结果。就到人事局探讨回楚城就业的事，汪局长说："公务员辞退不是处分，可以就业，只是你情况特殊，如果要就业，需要常务副县长聂县长点头才行。"我内心充满酸楚：我还如此重要？要讨口饭吃，居然用得着常务副县长点头？作为一个爱好写小说编故事的人，我的想象力，总是远远落在现实的后面，让我追得气喘吁吁。

坐麻木到县政府，一进大门，就被几个熟人喊住，打问。我满面羞愧。为了满足他们的好奇心，我如实相告，我现在非常狼狈，几乎走投无路。进了那幢新修建的壮观的政府大楼，正碰到杨县长、李副县长下楼。看到我，他们略有吃惊。我脸红心跳，感到无脸见人。过去我一直跟这些曾经欣赏过我、支持过我工作的领导关系不错，可是我仓皇出逃，跟他们连招呼也没打，现在走投无路，又老着脸回来求他们，我自觉矮人十分，连叫惭愧。我向杨县长检讨，表示想回楚城谋生。杨县长站在那耐烦地听完我的话，说："还怎么工作？"我说："我不奢望什么工作，我只希望县委、县政府领导能原谅我，让我在楚城就业，给口饭吃。"杨县长表示："这个可以商量，再说吧。"走了不几步，他又回头说："聂副县长在五楼，你可以去跟他说一下。"说完就和李副县长走了。我上到五楼，聂副县长正好在，看到我，很高兴的样子，请我坐下。我再次如实汇报了我出去后的情况，表示不想走了，希望给个出路。他说："你这个事，常委先后研究了三次，组织上对你是慎重的，也是负责任的。大家一致认为，你人才难得，有才华、有能力，出走主要是家庭问题，没有做什么坏事，是个不错的人。只是你处理这个问题太急躁，没有相信组织。如果你在楚城离婚，组织上会帮助你，结果你走了，使组织上十分被动。找你那么长时间，都没有你的消息，只好办了你的辞退。寄给你的档案，我们连处分决定都没有放，就是为了帮助你更好地重新开始。辞退时我们连通报都没有发，主要是因为没有认为你有多大的问题。现在你想回来工作，我表示欢迎，只是你情况特殊，还得常委研究，到时候我会提出来，你最好还找找宣传部张部长，你年纪不大，应该早点回来，重新开始。"

我只有惭愧。其实，一直以来，是我自己在闭锁我自己。昨天跟政法委聂书记通电话时，他也曾告诉我常委研究我的问题时的情况，也劝我不要再走，留下来从头开始，而且要尽快办理离婚。楚城的领导都如此关心爱护我，我还能说什么呢？走出政府办公楼，想到自己的处境，我明确感到，重新开始的先决条件还是离婚。不能离婚，爱情、亲情、事业、前程……一切都将继续难堪地僵持着，根本无法重新开始。无处可依。我站在建设路与楚城大道的交叉路口，不知所从。雅丹在舅舅家已经好几天了，怀身大肚的，也不知道现在怎么样了。我很焦急，打算去看看。

到了舅舅家，雅丹先是给我提来一双棉鞋，然后又打来一盆热水，等我洗完脸，又拿出抹脸油来亲手往我脸上一点点仔细抹油。她说："这几天你的脸和手肯定没有洗过。"她简直恨不得把我全身上下洗个透，那种缠绵悱恻的爱恋使我暂时忘却了一切烦恼。我一直认为，她对我的爱自始至终带有无法理解的盲目性，从过去的崇拜发展到大胆爱恋，她爱的胆量和爱的执著一直温馨地呵护我，令我时常在感动的同时也满怀惭愧。

舅妈说："你再不来，雅丹就要发疯了。"雅丹表弟夫妇俩也笑她这几天坐立不安的神情。她不辩护，说："我们在厦门没有离开过一天，我就是不让他离开我。"我们单独相处时，我告诉她，在舅舅家，比不得在自己家里，行为要收敛些，不要亲昵过头。楚城的事，我要盯着跑，我还是回楚城的好，反正弟兄们把我安排得很好。我向她介绍了楚城的情况，她还是坚持不想回楚城，执意要去厦门发展。她说："我已经习惯了厦门的生活。"我开导她，两手空空，在厦门很难脱困起步。我前半生的社会基础全在楚城，尽管我们出走八个多月，但是，以我的能力和为人，加上良好的社会基础，在楚城重新开始比较容易。她同意按照实际情况作决定，并提出了那个尖锐的问题："关键是要离婚。离了婚，你要怎样就怎样。反正这一生，我都交给你了。"

那个夏天，我在一种犯罪感的笼罩下第一次亲吻她年轻鲜润的嘴唇时，她居然全身颤抖、软绵绵偎在我怀里久久不起。抱着她柔软勃发的躯体，我差点害了她，但我终于不忍心伤害她，我无法娶她，她还得嫁人，因此我没有放纵自己。可她事后对我说："我的一切，只要你需要，你随时都可以拿去。我是为你而生的，今生你不能娶我，是我没福气。"我当时想，也许她觉得，一个长得不难看，平常能出口成章、写点小文章的男人很有趣吧，如今的一些年轻小姑娘都有这种琼瑶笔下爱慕成熟的有妇之夫的女主人公的浪漫，遇到不负责任的色狼就活该她们吃亏。

　　任何男人，当在你身边不远的地方，总有一双年轻而又美丽的眼睛在爱慕地看着你，有一颗充满爱恋的心在为你而跳动，有一个鲜活勃发的青春胴体在诱惑着你，加上你又的确很爱她的时候，除了响应她的爱，享受她的胴体外，你还能有什么选择？如果你享用了她的一切，又没有办法离婚或舍不得既得的一切，就只好割爱或始乱终弃地抛弃她，那你不是流氓是什么？他们现在也骂我是流氓。可我在没有把握娶她时，我一直没有勇气去接受那份爱。我们也约会，我也曾疯狂地吻她，抚摸她，我最后的勇气总是被我那种近乎是杀她的心理障碍阻隔。我在许多事情上猴急，也包括在男女之事上，我可能与其他的女人很快上床，唯独十分怜惜她，她年龄太小，太柔弱，也太单纯。我发自内心地不忍心夺去她的贞洁，或者说我担心当我拥有、熟悉了她的一切以后，没有了那种诱人的神秘，没有了那种令人痴迷的感觉而不再珍惜她。我相信，如果我接受了她的一切而最终不能娶她，她后半生的生活很可能因为对真爱的失望而毫无色彩。因此，基于这种考虑，我冒然选择了出走。她连想都没想就傻乎乎地跟我走了。在飞机上，她那种幸福劲儿简直无法形容，她靠在我的身上一直没有睁眼睛。在厦门"大运酒店"，我用一夜的时间仔细阅读、品尝她，把她的一切据为己有。我真的还从来没有得到过心灵和肉体完全融合的感觉，她是那么令我感到意外的新鲜。她说："从此，我的一切都是你的，你就是我的主人。"在她柔嫩的怀里，我的心颤抖着。她将自己的一生交给了一个从此前程未卜的男人，而她自己浑然不觉。我真是有负于她的爱恋和信任。

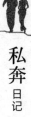
一九九八年　二月十日　（晴）

丘陵地带乡村早春的清晨，起伏的大地覆盖着一层薄霜，与光秃、枯焦、灰黄的大地、树木、田野谷茬呈现萧瑟悲凉的景致。不走近田间地头，就看不到新萌的嫩芽，看不到在料峭春寒中勃发的生命。

太阳像一只没有线的红气球飘然升起，淡淡的雾气和着缕缕炊烟围绕着村庄在轻风中飘舞、升腾，而田野上的雾则丝丝片片，在地面飘移。鸡鸣声格外清晰，田间阡陌中，三三两两的行人不紧不慢。我们赶早出来漫步田野，重温那久违的亲切时光。

当太阳放出暖光时，我们回到舅舅家，早饭已端到桌上，饭菜的浓香烘托出浓郁的节日气氛。我们再一次对艰难的现状进行分析、策划。在镇外山坡的一片正在发芽的桃林边，她偎依在我身上闭目养神，许久，她睁开水汪汪的眼睛，说："我好想要你。"我说："傻孩子，这是什么地方？还有心做这种遐想。"她声如梦呓般轻柔地问："你也想要我吗？"我说："怎么不想？每天都想，而且想得厉害。可是，我们现在到处流浪，哪有这种环境和气氛啊！"于是，她开始在我怀里假寐。两边的大路都是络绎不绝的行人，他们朝我们投来好奇的目光。

一九九八年　二月十一日　（晴）

在舅舅家，我们感受到了久违的家庭温暖，舅舅每天很早就起来给一家人做早餐，舅妈说他以前虽然也善于做饭，可不常管这事。我当然知道这是因为我们的"面子"，舅舅在努力让我们过得宽松些。也正因此，我内心充满愧疚。不管回楚城多么难，还得回去面对一切。何况舅舅、舅妈接纳她在此避难已属不易，我在这边待久了自己也不好意思。于是，我打算回楚城去。

在舅舅家过了一个隆重热烈的元宵节，雅丹坚决不让我走。我劝说她："做人做事不能光考虑自己的感受。"她说舅舅、舅妈一直待她非常好。我说那就更要珍惜这份感情，主动为他们着想。我向舅舅、舅妈谈了我的打算，舅舅说："不是我不留你，你确实要回去尽快处理好自己的事。"闻听此言，她也不再坚持，依依地说："那我送你。"言毕，明眸顷刻闪出泪光。我也黯然神伤。所有的问题都指向离婚这个目标，而这个目标又是如此渺茫，这种颠沛流离的日子何时是个头啊！

转了三次车，到大姐家已是黄昏，母亲在大姐照顾下已经吃过饭了，看她今天的样子，眼睛似乎睁开了些，神情平静安详。外侄华明家的炒菜、拿酒让我喝。几杯酒下肚，姐夫的话匣子就打开了。他们告诉我，昨天，哥哥过来玩了一天，二姐也来过了，要我到她家去一下。他们转告了我许多二姐从城里带回的关于我的传闻。诸如我是被人使"美人计"陷害；雅丹在厦门曾打电话回楚城说要等我离了婚就离开我，把我害得不能翻身；城里我某个要好的同学老婆议论我又滑又"飚"啊；一个我一直最要好的朋友的老婆怕她老公跟我学坏，而让不要他继续跟我交往……我对大姐和姐夫说："我们走这条路肯定是错了，但是请你们相信我的判断，雅丹肯定是个可靠的姑娘，从别人嘴里传来的话听不得，会徒生烦恼。"大姐建议我跟哥哥好好谈谈，我想不出我跟他能谈什么，遂不置可否。

一九九八年　二月十二日　（晴）

承蒙邹、李二兄重情。应我要求，老邹开车来接，李兄听说我在老家，也一起来了，他给我2000元钱，说知道你很困难，暂解燃眉之急。我没有客气，混到这个份上，面子只好暂时放下，我已客气不起了，只能感谢他。

我让他们把我送到了法院。

一个身上背着敏感话题的人，到法院办一件敏感的事，我难掩羞愧。面对许多熟人，我无法作更多的解释。花500多元办了立案、起诉手续。多方了解，我知道，这次起诉，只能是走程序，既不可能协议离婚，也不会判离。因为我是过错方，如果对方不同意离，就只能判决"不准离婚"，半年后再起诉，顺利的话，才有可能判离。

巧得很，给我办手续的，正是1986年接手我起诉离婚的关庭长。他说，如果对方没有答辩状，明天就可以开庭，有答辩状，就要等15天后再开庭。出了法院，我站在门口无所适从。给过去的一些曾经称兄道弟的朋友、同学打电话、打传呼。总是自以为过去跟人家很铁，结果，除老鞠按时复机说他在江汉外，我遭遇了很多的冷淡和虚情假意。以今天的心情，我得理解朋友们，大家都很忙，没有人有如我有那样多的时间去扯淡。我更要理解许多人交往遵循"实惠"、"有用"的原则。我一个麻烦缠身的家伙，就算不添什么麻烦，至少也有招我妻子骂的隐忧。从这个角度说，同学老鞠真是个重情重义的人，不仅给我提供了住处，还时常关心我在楚城的生活。

一九九八年　二月十三日　（雨）

舅妈曾直言叫雅丹去做掉这个孩子。她说："你们目前不适合要孩子，你们根本养不活。"她当时就红着泪眼抢白舅妈。雅丹母亲过来看她时，也表达了这个意思，可她当即背起包要走。我知道，她已经与腹中的孩子共了六七个月的患难了，哪里舍得分开呢。舅妈说："没有一万元钱准备着，这孩子难生。是顺产还好说，万一不是顺产，又没有钱，大人孩子都难保。"闻听此话，我们面面相视，无言以对。仔细想想，舅妈的话非常在理。没有足够的钱，要保证母婴安全完全是句空话。可眼下到哪里去弄一万元钱？还有孩子的抚养教育费？我束手无策。

硬着头皮走进县委大院。几乎所有人在见到我的一刹那都有种看到死人复活一样的惊诧，我已经习惯了。先到县委常委、政法委书记老聂的办公室，毕竟过去是老领导、老朋友，他热情接待我，他说想重新工作，必须见几位书记，要好好检讨。我找了张、程两位副书记，他们在一个办公室。听完我在外面的情况，他们认为，只要我诚心想回来工作，楚城也不多我一个人，何况我的才华和工作能力是大家有目共睹的。张副书记还建议我去找找李书记。但是，我不敢去见他。对于我的出走，李书记非常生气。程副书记说："我去给你做个贤惠事，跟他先说一下。"他去李书记的办公室，给我引荐。但对我的荒唐行为，李书记无法理解。他表示，要工作可以，但考虑到影响问题，不能到社会接触面广的单位，要到避嫌的单位去，默默无闻地工作，等做出了新的成绩再说。总之，一切只能从零开始。我除了惭愧和感谢，还能说什么呢？

他说这事，在常委会上只能由别人提出来，研究一下，他叫我去找组织部邱部长和宣传部张部长。他说，取得他们的支持，我的问题才好办。

张、邱二部长都不在。宣传部是我曾经工作了六年的地方，同事们热情招呼我，李副部长还热情留我吃饭，他说："不管是宣传部还是文化局，大家都很留念你，做人做到这个质量，你应该欣慰。"他一再挽留，我也就不客气了。

跟他们吃罢午饭，张部长下乡回来了。我立即赶到他家，把我这几天在楚城活动的情况告诉他，他说："这事很难办。他们只会送顺水人情。"我求他帮我，他说："这也不是不可能的事，但难度非常大。"表示要先问问李书记，然后在常委会上提出来。

明知道离婚无望，就不可能重新回楚城工作，但我还是抱着"死马当活马医"的态度，晚上7点再次到常委楼张部长家找他。常委会已经散了，他出去了。我到一楼找政法委聂书记，他告诉我，这事在常委会召开前张部长提出来扯了一下，没有做最后的决定，大意是，张部长想把我留在宣传部，但马上有人反对。李书记也没点头。我请他再帮我一次，他说："我肯定没话说，我不帮你谁帮你？只要有机会，我肯定帮你。"在他家打张部长电话，他强调一定要处理好家庭问题，否则不好办。我为难了。家庭问题的主动权不在我手里，我已经把自己搞成了"砧板上的肉"，任人宰割。

最终将如何，前途未卜。总之，最近几天的一切行动，都是自贱。正如县委李书记所言：一，说明你没本事，否则不会回来；二，说明你办事荒唐，好马不吃回头草，你吃了回头草。

把这些不确定的消息告诉雅丹，她一面要我慢慢来，一面催我过去，说明天是"情人节"，我答应明天过去看她。

第八章　抱耻鼠窜

背负着自造的尴尬与他人的鄙夷，我急于回归安定的生活，更急于摆脱这个失魂落魄的自我。于是，我只能遮住我的脸，拼命逃离。

一九九八年　二月十四日　（阴）

早晨七点半左右，雅丹过来问早安，我正坐在床上记日记。她安顿我起床，给我挤牙膏、舀水、倒热水洗脸，又给我脸上、手上擦油，甚至帮我准备好如厕的纸巾。这样无微不至的照顾让我既感幸福又深为惭愧。早餐后，看她很艰难地弯着身子洗衣服，我叫她坐到旁边去，我来洗。她没客气，就坐在旁边看我洗。

吃过午饭，她好几次悲戚地说："你又要走了。"我说，事情没有办好，只好暂时委屈你一下，来日方长，我们有的是在一起的时间。她送我。与上次一样，我们沿着小水渠走了很远，又在一片灌木丛旁的避风向阳处坐到下午3点多钟，才一起回到镇上的汽车站。为了多待一会，我们放弃了一辆又一辆公交车，到末班车即将开出时，我才上了车，她赶紧去买了一斤橘子从车窗塞给我。车开动了，远远地，她还在朝我喊："快点来啊！"我的心隐隐作痛。

此去我不可能有任何作为，只是为了不至于使舅舅家承受更多的麻烦和负担，这样尴尬、艰难的生活，不知道何时到头。一切都需要重新开始，而我尚不清楚起点在何时、何处。

回到楚城临时住处，已是晚6点多，给雅丹回话报平安。她说她在那边很好，关照我一定要到餐馆去炒个菜好好吃顿饭，强调一定要洗澡、泡脚后再睡觉，叫我不要委屈自己，搞好身体。我叫她放心。

回到住处，烧壶开水，泡碗面，我一边吃泡面一边泡脚。什么叫一无所有？什么叫走投无路？什么叫狼狈不堪？我现在的处境是最好的解释。

一九九八年　二月十六日　（阴）

这样在楚城待着怎么办呢？不赚钱将何以生存？还有，孩子马上就要出生了，没有半点积蓄，如何保证母婴平安？我一筹莫展。想到在税务所当所长的老朋友老刘，我设想能不能通过给他写文章、做画册赚点劳务费，就与老刘联系了下，他说镇上的魏书记和高镇长马上要过来。

我坐麻木往城南赶，路过文化局，看到那辆K-XXXX黑色桑塔纳2000停在门口，心里"咯噔"一下，凄然而酸楚，这辆车是我从武汉买回来的，如今物是人非啊。

到了税所，老刘满面笑容招呼我，税务局局长和高镇长都在。他们起身跟我握手，我坐下来，那位局长与我是同乡，两人的老家相去不过二三里，都在同一所中学上的初中，算是同学。过去我在家时，我俩称兄道弟常常走动喝酒的。物是人非，我让自己落魄了，坐在那儿无话可说，甚为尴尬。正要借故走人，他问我找刘有什么事。刘主动告诉了他。他沉着脸很原则地说："这恐怕不行，弄不好会出麻烦。"我问他："老同学，请教你这会出什么麻烦呢？"他正经八板地告诉我：

"你是楚城的敏感人物，我们不想招惹麻烦。"我当时真想朝着他的脸唾一口，老子是敏感人物就不能凭劳动吃饭？讨饭也不行？但我已身处廊檐之下，又能怎么样呢。

人这辈子当多大个官都说不准后面的事，更逃不了一个终极归宿，何况区区一个地方的科级干部。我再次搭麻木回到位于楚城棉纺厂的借住处。

一九九八年　二月十七日　（雨）

不知自何时醒来，就再也睡不着了。我思绪纷乱庞杂，情绪低落到极点。想到今后的"日子"，堆成山的问题横亘在我面前，令我惶恐而茫然。"日子"这两个普通的字眼在我心中变得异常沉重、冗长。

想起那日在舅舅家舅妈说的话，我觉得她实际上是给我们指出了一个真实而坚硬的事实，也给出了一个不失为办法的办法。她实际上是在给只顾浪漫、不顾生活艰辛的雅丹指出了一条进退自如的路，万一我无法养活她，她完全可以重新做新的选择，我不可以如此自私。可她对未来的一切不管不顾。我的心沉重且哀伤。我该何以面对她如此的信任和爱恋？

近几天在楚城撕破面皮，打破常规，积极行动，应该说成效还是十分显著的，至少县里的领导们依然认可我的才华和工作能力，还愿意给我出路，无论留与不留，我都感谢他们。这说明，积极的行动还是可以改变现状的，那我何不更加大胆一些，去勇敢地面对一切，真正放下一切包袱从头开始呢？毕竟，回楚城这条路还是有希望走下去的。

反复考虑要不要继续为回来的事去活动，其实无非是在给失意的情绪寻找寄托和出口。如果不能离婚，这事就等于白费力，跑和不跑，找和不找，说和不说，都一样。

我坚持想给领导们传达一个信息：如果组织上给我机会，我想回来重新开始。于是，就去组织部，试图见一下过去一直对我和我的事十分关心、费了不少心的组织部长。他正与一位王姓局长谈得火热。巧的很，这位王局长是在局长的位置上离婚的，据说花了不少钱。他们谈兴正浓，我站在旁边活像个上访的农民。等了许久，王局长走了，部长开始表达他对我的出走、想回来的看法。关于不识抬举，关于不负责任，还有关于党性、道德等等。我来就是认错的，听批评的，所以一个劲儿认错，厚着脸皮希望给予将功补过重新做人的机会。他认为我首先要处理好家庭问题，要么回家，要么离，不然，这事不好办，弄不好会闹到县委来。我知道，如果我坚持要回来，以妻子现在的心情，她是绝对不能接受的，也是一定要去找各位领导的。作为弱者和被伤害的人，她的一滴眼泪就足以抵消我若干天跑断腿的努力。

到宣传部去，遇见汤副部长。他跟我是一个乡镇的人，过去也一直相处得不错。跟他聊起我想回来的想法，他说："你这个人真不爽快，你根本就不该回，还要公职干什么？你一个人还一厢情愿地做着美梦，一点儿用都没有。"他打了个比方：组织是个庞大的机器，个人是零件，你个人的才华只有当你是这个机器上的零件时，才有机会展示，才有作用，离开了这个庞大的机器，就算你是再好的零件，也是废物。这个比方很生动，但是他老兄忽视了许多卸下的零件，在一定的条件下也装上去了，关键是看那个看管或者修理机器的家伙是不是乐意。我当然清楚，我不具备这个条件，更没有这样的能量，所以我绝不是一个可以重新装上去的零件。只是我这个人具有想象的习惯，喜欢做白日梦，明知道这是白跑白说自讨没趣，却还要固执地去碰一鼻子灰再加一鼻子灰，硬是要在楚城把这个反面教材当得惟妙惟肖、淋漓尽致，硬是要令楚城所有的男人深刻地吸取我的教训，而让所有的官太太恨不得脱了裤子、拍着屁股笑……

银行的李行长，团县委李书记升职调任，同学老吴请他们吃饭，请我作陪，我不好意思参与。虽然这两个人过去也都与我兄弟相称，但别人的事业如日中天，我却颠沛流离，惶惶若丧家之犬。老吴却执意要我去，说大家还当你是兄弟，没关系的。

酒酣之中，大家都安慰我，无非是人生路千万条，条条都能成功之类。大家仍对我如此真诚，消解了我不少自卑，内心稍安，情绪略稳。我向他们坦言自己的心情，觉得何去何从，深感迷惘。李行长说："回来干什么？既然走出了这一步，就勇敢走下去，没有钱，我给你两万元！"我当然只当是酒后之言，我不想我的郁闷影响大家的雅兴。我怎么不想争这口气？但目前我要争这口气谈何容易？他们哪能完全了解我的处境。我只能以敬酒转移话题，以醉酒麻醉自己的神经。酒散，李行长又提到要给我钱的事，他说："我是认真的，你什么时候要，打个电话给我，到我那拿，不要你写条子！"我充满感激，但仍然不敢认真。在钱这个敏感的问题上，没有多少人会如此慷慨地帮助另一个人。

陪着他们一起到歌舞厅唱歌跳舞，到下午4点多，我辞别兄弟们，出了歌舞厅，给雅丹打电话，告诉她李行长要支持我们钱而我不敢当真。她说："你们过去关系一直那么好，或许他是认真的呢。要不你明天等他酒醒了再打电话问问他，他要是忘了或推脱就算了。"我觉得有理。如果他支持两万元，不说别的，至少孩子可以平安出生了，我们再回厦门，也有个基本的生活保障。

我幽魂一样在街上转悠，纯粹是打发时间，消解烦闷。如果能剪掉这些时间，直达另一个起点，我宁愿少活十年八年，这样活着，质量太差，太累。

转来转去，走到表姐的快餐店，表哥请我进去坐。他对我说："你完全可以回去跟你妻子好好谈谈，这事，最终还是要跟她谈。"我觉得谈不出好结果。他说："如果你今天谈不好，你们在法庭上也谈不好的，如果大家心平气和，说不定谈好了呢？"我觉得有理。

于是，我忐忑不安地回到我那个曾经熟悉而现在有些陌生的家，敲响了门。妻子在里面问是谁，我没应声，她打开门，见是我，"砰"地一声把门关了。我呆站许久，想离开，楼上邻居下来，见是我，帮忙敲门。这次是我儿子开了门，他堵着门口不让进，我无话可说，觉得儿子的敌意是我咎由自取。我深知我的荒唐已经令幼小的他很难做人。我转身欲走，妻子追出来破口大骂，我转身想走，正遇见二姐来了，把我硬往屋里推。我硬着头皮进了门，妻子还在大骂，邻居老邹两口也出来了，我请求她冷静下来，好好谈谈。她受了太多的伤害，这么长时间以来，她的精神始终处于紧张和愤怒之中，她无法冷静。邻居帮忙打圆场，但无计于事。我只好退出门，妻子从后面追上来，用棍子打我。躲闪不及，一棍子落到肩膀上，只听"咔嚓"一声，棍子断为两截。断下来的一截，又弹到脸上，顿时鲜血直流。我赶快逃离出去，回头看时隐隐看到妻子将半截棍子交给了儿子，推他出来打我。儿子痴站着，满眼含泪，棍子脱落在地上，他清秀的脸上写满痛苦……

晚上，到二姐家吃完饭，我想跟妻子的姐妹和姨夫们谈谈，就约二姨夫，他说大姐、老四夫妇都在他家，欢迎我过去。我去到他家，二姨夫很热情地接待我。说良心话，在我们的婚姻过程中，妻子的父母，尤其是这些姐妹和姨夫，都非常善良、非常厚道，对我也一直非常好。过去在我们非常困难的时候，他们经常帮助我的家庭，我们相处也非常融洽，从没有任何不愉快。我走上这样一条路，从他们的角度来说，是我不会做人。所以，来自他们的任何斥责和辱骂，我都能冷静接受，我对妻子的背叛，对他们是无法弥补的伤害。他们还是想挽回这场婚姻，见我坚决，就开始讨论离婚的事。结果，他们告诉了我两点意思：一，不准离婚不是他们的意思，而是我们李家的意思。事情到这个地步，他们也希望不能和好就尽快结束，但现在她和儿子都不听他们的，只听我们李家人的话。二，要离婚得把孩子安排好，要么我带，要么一次性付清抚养费、学费等，直到孩子大学毕业。对于第二点，我非常认同，但对于他们所说的第一点，我百思不得其解。我的家人，在我走投无路的时候，何以如此对待我？如果他们真的这样做，他们到底想干什么？我心寒。

一九九八年　二月十八日　（雨）

先后两次打李行长电话，回应是"用户已关机"。我在犹豫这个电话还要不要再打。我坚定地鼓励自己，一定要打，何况是人家主动要帮你呢。初到厦门的时候，介绍我到象山集团工作的萍水之交陈伟先生的那句话给我印象很深："任何时候，不要自怨自艾，机遇靠自己去把握、争取，放弃机遇就意味着消沉。"不管怎样，我还是得跟他见一面，求得他好心的帮助。

上午10点左右，终于接通了李行长的电话，他答应明天再说，今天有别的事。我感到自己有乞讨的惶恐和羞赧。

过去，我一直以为超越自己是最难的，因此，自高中以来，我的座右铭一直是"战胜自己"。我时常被自己打败，又时常通过反省找回自我。从出走到难堪归来，我一厢情愿地办事，与社会、道德、伦理、法律做尖锐的碰撞，才发现，离开组织的个体，非常渺小十分脆弱。在目前的情况下，谋生是最现实的选择，离婚成为我重新开始的起点。

小雨滴滴答答下了一整天。中午到二姐家混午饭。几十岁的人，如今落到到处蹭饭吃的地步，我心情郁结不爽。虽然二姐夫还算热情，但吃完饭后干什么呢？等晚饭？难堪。二姐一直跟我讲我走后母亲和我儿子的痛苦情形，说她看到别人开着我曾经开过的车就心如刀绞，怪我傻到家了。我又烦躁，又痛苦，还说这些话有什么用？一点意思也没有。但是我得理解二姐，她曾经的光荣变成了如今的灰头土脸，我这个兄弟把他们的脸丢尽了，听几句闲话也是理所当然。等二姐说完了，我告辞了。姐夫嘱咐我晚上过来吃饭，我谢过，转身走进雨中。没有雨伞，鞋子早就露底了，鞋帮好几处脱线，没走几步，脚基本上就等于踏在水里，洁白的袜子被染得漆黑。我落汤鸡一样在春风春雨中低头潜行，不去看任何行人和车辆。

回到临时住处，脱鞋脱袜洗脚，袜子基本上无法再穿，又没有换洗的，只好上床睡觉。醒来的时候，不知是什么时间。我也不关心是什么时间，因为现在时间对我失去了意义。我在这里等待，等待很多的东西、很多的事情，但到底是等待什么？我不知道，有《等待戈多》的荒诞不经。

天早已大黑，饥肠辘辘，我手头只有十元钱，要留足8.5元去看雅丹，好让她有信心再在舅舅家坚持一段时间。烧水泡面，吃那味道单一而呛人的泡面时，我忽然焕发出豪情。这充满黑暗的日子需要一盏明灯去照亮，那就是，我必须通过努力，挺过这一关，争取重新开始，否则，我就真是贻笑大方地在做可怜人的拙劣表演了。

一九九八年 二月十九日 （雨转阴）

楚城是我的家乡。"家乡"是个温馨的称谓，对我却如此陌生。浮在社会与生活的表面，我在家乡没有家，犹如一朵浮萍，到处流浪。有亲人，亲人的面孔陌生；有老家，老家人的面孔陌生。看到老家的小河、小岗和熟悉的一切都仿佛张着陌生的眼睛在审视着我。有时候，我独自一人做糊涂蛋的联想。我想，如果换个身份，是我的任何一个亲人，走了我这样的道路，我的良心会驱使我决不至于因为怨恨而让他如野狗一样无家可归，即使我再困难，有再多的顾虑，我也要用温暖的亲情去安慰他，帮助他，和他一起共度难关。

住在这借来的一隅，一向不甘寂寞的我不得不老老实实待着，没法找到愿读的书，只好读不爱读的书，看不愿看的电视，极其无奈。想出去，又没去向。因为离婚的事，要等法院通知，找工作的事，要等离婚办完。这是个看似简单却充满诡异的无边无际的怪圈是我自己画的。无路可走的窘迫叫我心烦意乱，坐立不安。不知雅丹在那边心情如何，手中的钱仅够乘车，无法打电话。走出棉纺厂大门，地上黑泥浆流淌，裤脚满是黑泥。坐车到江汉，转坐小四轮车，这车像老黄牛气喘嘘嘘，怎么也走不动，震得人骨头都要散架，车上的人叫苦不迭。就这不到二十公里的路，走了一个小时。赶到李岗舅舅的家，她喜出望外，因为今天没给她打电话，她已经急坏了。

雅丹的母亲过来了，我坦诚告诉她我们的事。这位"岳母"曾当过民办教师，是个通情达理而又厚道的人。她说："我当然知道你们是真心。但是，你们这种做法，使我们很难见人。农村的舆论你是知道的，我就这一个姑娘，就这么'嫁'了，我们怎么向村里人、向亲戚交代。事情已经过去了，我只希望你们双方都要珍惜自己的选择，不管有多难，谁也不要后悔。"她告诫雅丹，"要照顾好他，他为你做这么大的牺牲，对你这么好，你尤其要懂得珍惜，不要光顾自己的感受，动不动就使性子……"而在一旁的雅丹早已泪水涟涟了。

一九九八年 二月二十日 （阴转雨）

"岳母"一大早就从街上买回一大簸子鸡鸭鱼肉，言谈中把我当一家人看待，我很惭愧，我在他们家是个什么"女婿"啊！

与雅丹一起沿泥泞的小街往镇外转，不巧，碰到了她一直在刻意回避的姨表姐，一个大她3岁的少妇。她问雅丹："你是什么时候结婚的？怎么没有听到你妈说起？"她支支吾吾地说："去年……我们是旅游结婚的……没有请客。"过后，她连连后悔不该走这里。

早晨9点多钟，打电话再找李行长，得知他已经调任上班了。我问他什么时候能谈一谈？他说："我明天就回楚城，到时候你找我。"他的语气恳切、热忱，那就明天再说吧。

晚间，我与雅丹商量去照一张结婚登记照。她找舅舅借剃须刀，舅舅说："他又没离婚，照什么结婚照？"

我默然。

一九九八年 二月二十一日 （阴）

下午回到楚城，到二姐家吃了晚饭，打电话李行长，他正在吃饭，后面说了什么我没听清，就致歉后挂了电话。晚8点，再打他电话，他说今天很晚了，明天再说吧，让我明天早上8点去他家。

我跟他说话诚惶诚恐以至于有些吞吞吐吐的样子，我更深刻体会到母亲曾经多次告诫我的话：人在哪，命在哪，这世上没有绝对的事。我深已为然。想我现在的处境，就为了人家酒席上的一句话，也许就是信口开河的一句玩笑话，我居然揪住不放，几次三番地麻烦人家。这在以前，我是无论如何也做不出的，但是现在，即使是一线希望，为了未来的生存，我也得拉下面皮，去求、去争取。

漠然而无趣。我步行回到借住地，在楚城大道北头遇到了哥哥夫妇俩，相对无语了半天，我忽然提出想和他谈谈，他说："好啊。"于是我们从城区转出去。说来说去，他对我的教诲只有两个字"务实"。没有任何具体内容。他应该知道我现在最需要的是什么，也应该知道我现在要"务实"有多么困难。我说："你说得对，这两个字，对工农兵学商都适用，放之四海而皆准。我们是亲兄弟，千错万错，都是我的错，但我们是兄弟，这点永远不会错。我非常希望得到你具体的帮助和指教。"他又强调了一下："反正要务实。"他又说："我跟宣传部张部长对你的看法非常一致，你不会没饭吃。"然后，又不说话了。我觉得这种莫测高深的语言，对于官场也许具有很大的启发性，但是，对于自家兄弟，却苍白无力，缺乏亲人的温情。对于离婚的事，我问他的意见，他说："一切我早看清楚了，看准了，你会成什么样子我都知道。对你的事，我的意见是没有意见，你把事情搞成这样，你得负责。妈的事，你搞不清楚不要走！"我顿时无语。我离经叛道，变成了一个没用的人，但我们是兄弟，有什么能跨越兄弟的亲情吗？

一九九八年 二月二十二日 （晴）

早上8点，打李行长电话，他说他在外面，不方便见我。9点再联系。我在犹豫要不要再去麻烦他。也许他真的很为难。我已经有点近似甩不掉的赖皮呢。我忐忑不安，七上八下，拿不定注意。但想到将要出生的孩子，即使只有1%的可能性，我也要做100%的努力。这样捱到9点，我再打他电话，他还在外面，又约了下午4点。

老钟请同学们聚餐。年后同学们以请客的方式互相走动，这是多年的惯例，过去我在楚城时，年年积极参与，做最丰盛的菜，拿最好的酒招待同学和朋友们。现在，我无家可归，当然就无法去回报哥们这份盛情了。

到钟家，老钟买菜去了，大嫂热情请我喝茶。一坐下来，我就打电话给雅丹，她要我不要喝酒，少说话，不要自怨自艾。

9点左右，同学老鞠、老高到了，正要开始打扑克，妻子的四妹打电话给老钟，说一定要当面跟他谈谈。老钟推说有事，问可否改期，她坚持要今天谈。大家判断肯定是谈我和她姐姐之间的事，老鞠劝他去一下，我也希望老钟从中做些调停，老钟眼见推不掉，只好去了。到12点，在老鞠反复催促下，老钟回来了。他一直笑，也不知道他们到底谈得怎么样。在大家的一再追问下，他才断断续续讲了今天的谈话内容：她们同意离婚，但是李福寿不能再回楚城工作，必须远走高飞；她们对我的离婚诉状很有意见，认为我把妻子说得太不堪了。我觉得这不是问题，因为在诉状中我并没有使用评价类的语言，只是按照诉状格式提供感情破裂的事实与理由。

看来我这些天在楚城的活动他们非常清楚，在我妻子身边，应该有个团队在帮她策划。他们的目标很清楚：我要么死掉，否则必须离开楚城。他们这时释放出"同意离婚"的意思，无非是想让我离开楚城。

午饭后，同学们继续在钟家打牌娱乐，我有事挂在心头，告辞要走，老钟夫妇和大家都热情挽留，我还是辞别了。走到街上，因为怕遇到熟人，不想就我的事做枯燥无味近乎祥林嫂式的解释，就找偏僻小街，拐弯抹角，回到借住地休息。借着那点儿酒睡了一觉，醒来刚好下午4点，再下楼找公用电话给李行长打电话。站在电话机旁犹豫了半天，我始终无法坚定自己打这个电话的决心。一个小伙子在旁边拿着寻呼机等着，问我："你打不打？"我于是退到台阶下，让他打。打还是不打，无犹豫不决。说内心话，在过去的交往中，我跟李行长一直很熟，但并不密切，在宣传部时帮他们行整理过材料，他们好几次搞活动也曾邀请过我。我也知道他是个很仗义的人，但拿两万元帮一个过去并不是很熟悉的人，有没有可能我也说不清。小伙子扔下电话走了许久，我犹豫再三，还是拨通了李行长的电话。电话是通了，但是没接。间隔一会，先后四次，都是如此。我不再打了。

我回到借住地，坐卧不安，不知道自己要干什么。或许心情郁闷压抑就更容易饥饿吧。我中午在老钟家似乎一直在跟同学和朋友扯酒，却吃得不多。我出生于1950年代末，饥饿对我可以说是最为严厉的惩罚，每到饥饿的时候，我就容易头昏眼花、心慌意乱。在日子顺畅的时候，偶有饥饿的遭遇，很容易大发脾气。如今，不要说没有发脾气的对象，就连发脾气的心情也没有了。我蜷缩在借来的一隅，冷静自己的情绪，盘算着该如何度过难关。

一九九八年　二月二十三日　（晴）

二姐是我和妻子的媒人，她们一直很亲密，我相信她能在妻子面前说上话。于是，我决定去找二姐。到二姐家，她正在吃饭，见我来，一面问我吃了没有，一面放下碗起身给我下豆皮。这豆皮里放了腊肉、瘦肉、香肠片、卤汤，非常合我口味，加上这是昨天中午以来的第一餐饭，我喝着这美味的汤，吃着这可口的豆皮、腊肉、香肠，听到自己很响地吃豆皮喝汤的声音，竟然酸泪横流。我低着头只顾吃，一口气吃了两大碗。

我告诉二姐，不要对我们的婚姻抱有幻想了，已经走到了这一步，不可能再回到那个被我自己撕碎的家。我希望二姐帮忙我做些工作，争取好合好散，不要非得闹到你死我活。二姐说，她的话没什么用。她实际上是婉拒了我的请求。她告诉我她去大姐家看母亲了，母亲现在可以吃下一碗饭了，病情有些缓解。我心稍安。

今天天气很好，阳光很暖和。走在家乡的路上，我有种客居他乡的孤独。我努力以平常心面对那些错综复杂的问题，但还是免不了要一而再、再而三地去就同一个问题求解。

返回借住地，那双超期服役的皮鞋像死鱼一样张开了嘴，鞋垫脏得不成样子，看看鞋底，牛筋鞋底已经彻底磨破。不光皮鞋，我身上穿的大都早已在超期服役了。

晚上再到二姐家蹭饭。姐夫与我一人喝了两茶盅酒，我又吃了一大碗饭，他们要出摊做小吃生意，我告辞回到街上，别无去向。一直走到邻居老邹夫妇开的洗脚城去看看他们。老邹那种真诚、热情足见他的忠厚与义气，文化局的吉普车就在路边，想我在城里什么事都没办成，好几天没有回去看一眼老娘，我厚着脸请老邹送我回去看看老娘，他二话没说就答应了。就这样，我踏着夜色来到大姐家。母亲躺在床上，大姐已经安顿她吃过了洗过了。

我走到母亲床前，叫了一声"妈妈"，她应了一下。

我问她："我是福寿啊，你知道吗？"

她说："我知道。"

我不禁泪如泉涌，我说："妈，是我把您害成这样的，我对不起您啊……"

母亲用枯瘦的手抚摩着我的头，眼泪如泉涌流。我跪在床前，任道义和良心鞭笞我自私而悲悔的灵魂。

姐夫说母亲现在每餐可以吃一碗饭，有时很清醒，但很快就迷糊了。我发自内心感激姐夫和大姐，他们的孝心使母亲在重病的晚境中能够获得些许安慰。只是我没有想到，这是母亲在离世前最后一次感知到我的存在，并且清醒地抚摩了我的头。

这一夜，我没有回借住处地，在大姐家睡了。

一九九八年　二月二十四日　（晴）

乡间早晨，鸡鸣四起。清晨的冷风从窗外飘入，送来乡村特有的炊烟氤氲之气，这是我非常熟悉的气息，可以说，我就是在这种熟悉的气息里长大的。如果不是这尴尬的生活，这气息该刺激我的诗情让我做许多激情飞扬的联想。

母亲已经可以在别人搀扶下下床走动了，大姐把母亲扶到场子上晒太阳，母亲看上去平静了许多，只是意识仍然不清楚，反应迟钝，不认识人，也从不开口说话。

早晨，吃罢饭，我辞别姐夫和大姐，回县城借住地。搭车回城，再次打李行长电话，仍没人接；再打，关机了。我顿时感到一种无助的孤独和羞赧。

在空荡荡的斗室待着，实在闷得慌。一个大男人，毫无作为地住在这里无所事事，那种空虚和无聊教人生出一种烦躁而厌弃一切的颓废。想出去，没目标；不出去，分秒难熬。几经权衡，最后我还是锁了门，出去了。

在这春天阳光灿烂的日子，我孤独地走在家乡熟悉的大街上，努力使自己抬头挺胸像个坦然的男人，落魄的凄寒又叫我时刻感到底气不足，无法轻松。这才知道，过去支持我成天风风火火、信心满满走在楚城大街上的，是社会赋予了我许多赖以凭借的地位和光环，那种笑很多不是发自内心的，而是来自世俗评价甚至艳羡的支撑。

在邮局打磁卡电话时，意外遇到了宣传部张部长。他问我情况，我如实相告，并请他就我工作的事多多帮忙。他表示，如果离婚了，这事可以考虑，估计问题不大。他坦言："县领导对你没有什么太大的意见，婚姻问题处理好了，可以让你在楚城重新开始。"我感谢他，感谢楚城县委县政府领导对我的爱护。但问题还是那个问题，一切仍僵持在原点上。

接通舅舅家的电话，只响了一声，她就接了。听到雅丹亲切、温婉、充满关爱的声音，我不禁一阵振奋和激动，仿佛一个落水的人抓住了一根救命稻草。她问我今晚的饭怎么办。我当然只能吃方便面。她关切地嘱咐我再加些干食，我说我刚才在路上看好了高炉烤饼，准备买两块回去就着方便面吃。她说："真苦了你了，明天把开庭的时间定了，你就过来。"她还压低声音说，"我想念你了。"我说："你要一生一世这样想念我才好。"她说："肯定了，今生今世，我永远对你好，只对你一个人好。"我从内心感谢她。她听到我在这头不由自主的叹息，说："不要叹息，振作起来，你不是还有我吗？我就是你最大的财富。"我心中暖融融的。可不是吗？我现在就只剩下她和她腹中孩子了。她提醒我跟厦门联系一下，实在不行就争取回厦门去上班。我非常清楚，如果离不了婚，回厦门上班同样是不可能的。如果我的婚姻问题不能妥善解决，无论是留在楚城，还是回到厦门，我都只有自谋生路这唯一一条道路，而没有任何基础，而自谋生路除了讨米叫化别无选择。

我所真实面对的，其实是死路一条，而且是拖着她和她腹中的孩子。

无路可走，又想起李行长。我斗胆再次跟他打电话，终于，他接了。他说："我说的话肯定算数，在你走之前，我一定给你兑现，帮你一把。"他跟我约定，下个周末（二十八日）他回楚城时，让我再找他。在这种情况下，还有人表示要这样帮我，我忐忑中持有谨慎的感激。他问我什么时候走，我说必须等离婚案有个结果才能走，可能还要拖一段时间。而且此次很可能离不掉，只是走完程序，离开楚城是一定的。他感叹："都这样了，留在楚城岂不是个笑话？趁早走，越早越好。"可无论是留还是走，都是四面悬崖，没有出路。

到法院，找到关庭长，他说近几天忙，没有去找当事人，要等答辩期过后才开庭，本周是没办法了。他这样一说，我又无所事事，真巴不得死掉一段时间重新活过。

去看雅丹，她与她表妹到车站接我。看到我，她笨拙如欢快的小鸭子一样小跑过来，扑到我怀里。看她步履蹒跚、一副笨手笨脚的憨像，我满心愧疚的苦水无法倾倒。我如实告诉她我这些天在楚城活动的情况，我说："这次离婚的希望不大，不离婚就没有在楚城重新开始的机会，我们很可能要再次返回厦门，而且，要自谋生路。"她说，"只要跟你在一起，我不怕，我相信你能处理好这一切，你自己拿主意。"她对我的信任和爱恋，真是无法形容。我也知道，她本来也不想我留在楚城。我一边内心苦笑，一边跟她回舅舅家。她思想单纯到可以形容为头脑简单，但她对爱情的完美要求确实切中了我对爱情的梦想。在她身边，我总是感到十分温馨、安宁和满足。所谓鱼和熊掌不可兼得，要最终获得爱的圆满，看来我得彻底抛弃回楚城东山再起的幻想。

到舅舅家时正是午饭时分，舅舅热情地招呼我们吃饭，舅妈说大周有戏，你们可以去看看。去大周大概有五六里路，沿着一个灌溉渠走走停停，我们用了一个小时。据路上的人讲，这个剧团是江汉来的，我们问："是楚城来的吗？"他们说："不是，是江汉的。"——因为我在文化局长任上的时候，楚城每年春节也会出外巡演，走的方向也是这边。我那时每年还会专程去他们演外场的地方去看望慰问。她怀孕在身，这事到目前还没有什么人知道，我们不想让熟人窥破这个秘密、增添新的麻烦。于是，我们站在戏台远处，觉得并没有我们熟悉的声音时才逐渐靠近。这个戏班子应该是个草台班子，台口装扮很简陋，行头也很陈旧，有的甚至可以说破烂，伴奏的乐器也少。在楚城时，我就听说楚城楚剧团好几个离退休老艺人到江汉参加临时戏班赚外快，所以不敢走得太近，怕被楚城的老艺人看见，传回她怀孕的新闻。远远看了半天，她果然认出其中一个老演员。于是，我们就赶快离开戏场。

想到要在舅舅家待几天，没来由的就想给同学们打电话，但不知道自己要跟他们说什么。告诉行程？谁会关心？表示感谢？事情并没有完，还断不了要麻烦人家，总之是孤独空虚之中的无奈、无措之举。先打老鞠，没通，再打另一位同学，通了，接电话是一个女的："你是谁？"我于是自报家门，对方长长地"哦"了一声，拖出了许多大家都理解的深意，说："是李局长啊。"我声明不是局长。我听到听筒那边说："那个李福寿的电话接不接？"等了许久，听到一个男的"啊"了一声，官气十足。我报上姓名，他"哦"了一声，我说我回江汉了，要周六才回楚城，请他转告老鞠一声。他始终没有一句完整的话，都是"嗯"、"啊"之声。电话断了，我怅然若失，觉得自己不仅自作多情，而且还非常欠缺自知之明。

晚饭后，我们盘腿坐在床上，仿佛有说不完的话。从我们感兴趣的各种逸闻趣事，到以后的生活，我们谈了很多。她不肯到另一个房间去睡，说："干脆，我们就这样坐一晚上吧。"看着她，我也不想她立即离我而去。在厦门，我们没有哪一天不是相拥而睡的，我们每夜都是在轻声的呢喃中入梦的，可这是在舅舅家，农村的风俗，外来客不能在家同房，更何况我们到现在还不是合法夫妻。因此，即使是这样坐着，也要将房门打开，以示尊重。到了深夜12点多钟，她还不想走，我说："去睡吧，怀孕尤其要注意休息。"她这才依依不舍地走出了房门。刚走到门口，又跑回来，在我脸上深深一吻，我感到浑身的毛孔都洋溢着欢愉和舒畅，但我还是推开了她，她这才"毅然"走了。

一九九八年　二月二十五日　（多云）

昨晚睡得晚，不晓得自己是否曾经睡着。早晨5点，我躺在床上看着满窗晨光，头脑纷乱如麻。跟雅丹商量生计问题，她希望到厦门开家小书店，让我出去找工作打工，比如当记者什么的。我当然希望能找到这样的工作，但是现在的新闻单位招聘记者的年龄限制都在35岁以下，以我38岁的年龄，谈何容易啊？

昨天就约好今天到野外挖地菜。郊外坡角田头都辟有方圆长扁的小菜地，当地人叫"地角"，非常肥沃，长在"地角"边草丛中的地菜则又肥又嫩。我们一棵棵挖起来，去掉根须，不一会儿就一大把。她提着塑料袋，站站蹲蹲，发现大的地菜就招呼我过去挖。一些伺弄地角的家庭妇女见我们挖地菜，热情地邀请我们到她们家的地角去挖，说这个季节是地菜是最好吃的时候，挖回去包饺子或者下火锅都不错。

太阳很暖和，在绿色田野寻觅地菜，享受阵阵柔柔轻风的吹拂，很是惬意。我们一边轻声交谈，一边零星收获这肥沃土地奉献的清香地菜，暂时忘却了自己身处何境，竟都有忘乎所以的快乐。

挖满一塑料袋地菜，我们到一处南向的草坡上休息，她慵倦地吁了口气，说："等我们的孩子出生了，我一定要好好陪你到处玩玩。"我本想苦笑，又害怕影响她的情绪，孕妇需要一些脱离现实的梦幻情感。我说："现在这样，已经很不错了。"略歇口气，我在草坡上寻找一种我们儿时挖来吃的"丁丁萝卜"，一种指头大的纺锤状的根，剥开外面的皮，里面的肉洁白如玉，粉嫩可口，当地人叫它"地韭"。这片坡地都是黄色粘土，很板结，生长的"丁丁萝卜"经这结实泥土的挤压，剥出来的根肉更为结实、细脆，口味十分甘甜。她吃着，连声叫好。

晚上，我们和舅舅一家人一起看电视，舅妈再一次提到我们这个孩子。她认为不该要，也不能要。理由还是我们没有经济积蓄，即使离了婚，也没钱保证母婴平安，万一出点事，没有经济保障；我们没有经济来源，连自己都养不活，就算平安生下来也养不起；我们两个人都不会照顾孩子，养也养不好……我很为难，不应她的话显然没有礼貌，应下来我真的很吃力，感到越发前程吉凶难测。

舅舅早就听得不耐烦了，他说："是哪个在听你说？说了一百次的话，又不嫌烦。"我借故走到我的临时房间，一个人在那里静思默想。许久，她也过来了，坐在我侧边的沙发上。我握住她的小手，两人相视无语。

时钟敲打了10下，我说："我明天想回楚城……我知道……你在这儿太久了，下星期，无论如何先让你回厦门。"雅丹点点头，努力表现得开心些，我说，"你怀孕在身，让你跟我到处流浪，过不上一天安生日子，我的心实在难安。"她摇着头，不说话。许久，她才说："你明天回楚城去吧，白天舅舅找我谈了，他说舅妈嘴巴吵得烦，扯东说西的，我在这怀着孕出出进进，周围的邻居都在问，影响不好。"我知道这里无法久留，为了安慰她，我说："我会尽快了结楚城的事，争取早日回厦门。"她的手把我抓得很紧，泪水像断了线的珠子一样直往下掉，望着我，悲戚地说，"我知道你在楚城更加难过，连饭都吃不上，我们是不是走投无路了……"

我们早走投无路了，她到现在才感受到，可见她的单纯。我说："快把眼泪擦掉，免得被舅舅他们看到不好。"我沮丧而且绝望，但又不能再在精神上给她增添压力。舅舅收入没有保障，家境也不好，增添我们两个人的负担就更加难过了，看在亲情份上，他们能帮我们这么多，已经尽了最大的努力。

一九九八年　二月二十六日　（晴）

早起，她笑容灿烂地过来，问我："睡得好不好？"我笑着说："很好！"吃罢早饭，我向舅舅告辞，说想回楚城去活动一下，舅妈说："你是有事走呢？还是怪我们不热情？"我还没有开口解释，舅舅对她吼道："你多什么嘴，他有事！"

我和雅丹相约到郊外玩一天，下午4点我回楚城。从舅舅家辞别出来，我们沿南郊的水渠漫步。旱过一冬的水渠被黄中现绿的草坪覆盖得严严实实，渠道漫坡上星星点点的野菊花在温暖的阳光下十分惹眼，南来的柔风吹在身上很柔和。雅丹坐在渠道缓坡上休息，不一会儿就美美地睡着了。看着睡梦中的她年轻、白皙、清秀的面容，我辛酸的泪水止不住夺眶涌流。我不知道该怎么办，我更不知道何以保证她生产前后的身体健康、营养保障和孩子安全出生。出走八个多月以来，我一事无成，一无所有，一筹莫展，真不知将如何度过这艰难困苦的岁月。

到了中午12点左右，她醒了，脸红扑扑的，可见她昨晚也失眠了，这回得到了很好的恢复。我们回到街上大排挡去吃东西。我给她要了10个小笼包，10个水饺，自己要了一碗米粉，她坚持把包子、饺子给我吃，自己吃米粉，吃完一碗，不饱，又加一碗。吃完，她抹着嘴说：

"饱了。"看着她很投入的吃相和很容易满足的样子，我感到，她虽然已经25岁了，真的还没有长大，面对如此窘迫的困境，她还是像小孩子一样无忧无虑、天真烂漫，这使我既感到幸福又凄惶。也许，她如果成熟世故一些，我们的爱情中就会夹杂一些世俗的尘杂，正是因为她的灵魂少有污染，她才能爱得执著。这也是我们一如既往相爱的基础。她怀这个孩子，食欲、食量一直很好，而且身体也一直很健康，脸上总是红润而有光泽，不像有些妇女，一怀孕，不仅身子难看，脸上也变得狼狈不堪。

再次回到郊外的渠道那儿，我们走到渠边树荫下歇息，她又睡了一觉，直到下午快3点钟，她才醒来。看我只穿着高领衫，她问我："冷吗？"她摸摸我的手，才放心说："你的手好暖和。"又说："你的身体真的很不错，挺棒！"我笑着说："现在，棒也没用。"她白了我一眼，然后，偎依在我的怀里，说："我们的日子多得很，全部是你的。"

一九九八年　二月二十七日　（晴转多云）

早上8点到法院，法院通知：下周二开庭。法院的人说："你要有思想准备，谈不好，可能判不准离婚，也可能拖几年不处理。谈好了，说不定两三万可以解决。你在法庭的态度很重要。"我说我会好好谈的。办案人员还说："她的工作很难做，到时候，我们会组织3个人开庭，轮流做她的工作。虽然我们同情你想帮你的忙，但这种事，强行判离了，她再上诉到中院，就更麻烦，我们不希望办成这个结果。"他们的话说得相当到位。我要想离婚，必须至少出两万元钱，否则，结果是判决"不准离婚"。关键是，我现在不要说两万，就是两百对我也不是个小数目。

我打电话告诉雅丹这个情况，看来这次离婚有困难。她半天没说话，好半天才说："你尽量办吧……今天妈妈来看我，带来许多好吃的。"我叫她乖巧些，不要惹父母生气。她说："你放心，他们爱我。

只要你能离，他们没什么说。"我的心更添一层沉重，现在的问题是我离不掉。

　　路遇小汪，一个在我手上失意的小伙子。当初，在选择某公司总经理这件事上，我没有选择他而选择了另一个八面玲珑，似乎更善于交际善于做生意同时也似乎与我更亲近的人。他继续屈居副职。看见落魄的我，他非常热情，硬要拉我去晚餐。我不想去，可他不放手，硬把我拖进了"野味香"，又请了老钟等一起作陪。这餐饭，大家似乎特别理解我，除了安慰，只是喝酒。算下来，我至少喝了半斤，从"野味香"告辞出来，老钟陪我回借住地。他说老鞠跟他约好今天一起去看我。我告诉他准备于下周四回厦门，并就这段时间给他们添的麻烦表示感谢和歉意。借着酒劲，我也抨击了世态炎凉。他对我说了很多，反衬出我的许多天真和幼稚。他说："你这个人直，当初在位时，对朋友实心实意很真诚。你嫂子回乡里去，要手机、要车，你总是送过来，一般的关系，除了亲兄弟、皮袢（情人关系），谁做得到？至于社会上，像你说的过去很多称兄道弟的朋友，你就不要多想，现在的社会就是这个样子。你还能指望谁？一切都靠你自己重新开始、去奋斗……"他这些话，很中肯，我点头赞同。路上，他接到老鞠的传呼，老鞠已经到了。

　　在借住地，二位老兄帮我分析。对于星期二的开庭，老钟谈了他的看法。他说："你老婆请了黄姓律师做代理人，一是她不懂，二是她糊涂，这事根本用不着花钱请什么律师。请不请都一样。这案子很可能不会判离，而最坏的结果也就是判'不准离婚'，你既然晓得是走完程序，在庭上就多听少说，见机行事，别激化矛盾，半年后再起诉，肯定判离。"

　　他们走后，又剩下我一人。这个夜晚肯定又是一个不眠之夜。迷糊到半夜，噩梦连连，梦见面临悬崖绝壁，不是开车到悬崖紧急刹车，就是走到悬崖边被人推下去，到快天亮的时候，居然还梦到拦路剪径的……

一九九八年　二月二十八日　（晴）

早晨8点多钟，打李行长电话，他说他在家，叫我过去。到了他家，他热情地请我安坐，陪我泡茶。他很干脆，直接就甩给我两万元钱，说："我纯粹是为了帮你重新开始，发了，是你运气，发不了，算你没本事。"我说："我写个借条给你。"他不要，说："欠条没什么用，你就算是个骗子，骗了我两万块钱，我也不在乎。人在困难的时候，需要人拉一把，我相信你的能力。"我诚心感谢他巨大的同情心和义气深重的帮助。因为有了这两万元做底气，对于孩子的出生和未来的重新开始我就有了一些想象的空间。惶恐的末日之恐怖稍安。李老兄对我于绝境中的支持使我的孩子将得已顺利降生，他是我生命中的难得的贵人，说声感谢，分量实在太轻了。

走到文化局对门，我看到那个一直在那摆卦摊的白胡子老人。他正翻着书写什么，偶尔还用算盘计算。保持足够的神秘和敬业精神是这类术士的职业习惯，对于这些连自己的命运都无法预测并做妥当安排的人，我一向视其为娱乐界人士，或者算心理咨询师。算命可算是一种自娱自乐的方式，有时候也可以起到心理安慰、诱导作用。我走过去，看到地摊上到处都有的《诸葛神算》，里面排列着许多字，10字一行，每组10行，当中夹杂着"0"字。他用人名、姓氏、笔画数结合姓名的笔画数，通过一种固定的游戏方式，从书中挑选出了20个字，组成一首"五言诗"，曰："行到平安地，东山万里程，绿扬芳草地，风快马蹄轻。"渺茫记得自己曾经在武汉龟元禅寺求得一签，签文似乎也是这首诗，白胡子老人说："恭喜你，你历尽千辛万苦，将终入佳境。好事在等着你呢！"呵呵。虽然牵强附会，却也有些许的巧合和暗示，内心确实得到了不少安慰。

应邀到老鞠家吃午饭，借他的手机把得到李行长帮助的事告诉雅丹，她很开心，并告诉我，她到医院去检查过了，一切正常。这对我是一个大好消息，我们再已经不起什么意外了。

考虑到也许很快就要离开楚城，我决定去楚剧团看望雅丹的师傅，她患乳腺癌晚期，刚做了第二次手术，已经从武汉协和医院回到了楚城的家里。她对雅丹有知遇之恩，她也一直牵挂着雅丹。以后回了厦门，就不方便回来看了。雅丹的师傅是个坚强的人，虽然被切除了已感染癌细胞的右肺叶，剧烈的疼痛折磨得她死去活来，但她很要强，仍坚持上班，她隐忍剧痛忠于事业的精神令人敬佩。谈到雅丹，她师傅感叹良久，她说正月十几她的父亲专程来过，一个大男人只是流泪，说一直没有见着她。提到楚城有人怀疑她把雅丹藏起来的谣言，她感到委屈，说："你们根本没把我当师傅，这么大的事不告诉我。如果你们告诉我，这事肯定不是这个样子，根本用不着跑！"她接着说："如果你当时调到外市回避一下，或者把雅丹调到外地去，事情就是另一个样子。"她的话有一定道理，至少，当时采取有效回避的办法有利于解决问题。但是，世事难料，另一种走向也不一定会尽如人愿。赫拉克利特说："人不能两次踏进同一条河流。"后悔永远是无能之辈的借口或者自戕游戏。现在，一切木已成舟，无法挽回。我只能对她的一片好意表示歉意和感谢，告诉她我们下一步的打算，没敢告诉她雅丹已经怀孕，预产期就在四月底五月初。

一九九八年 三月一日 （阴转多云）

回到四李村大姐家，母亲还是跟往日一样，木然地躺在床上，叫她一声，只能应一声，再没有其他回应。大姐对她的看护很细致，每天给她洗澡、清理、出晒被褥、陪她一起睡。每当母亲蹬掉被子，再给她盖上。一日三餐，都给她喂得很饱足。现在大小便已经恢复正常了，只是睡着时大小便会弄脏被褥，有时一天要洗好几次。护理这样一个老人，需要付出的爱心、耐心和劳动是可想而知的。母亲在大姐这边，尚可过得安好，一旦失去大姐无微不至的照顾，情形可想而知。母亲的悲剧是我一手造成的，从我走出楚城那天起，就已经使自己的良心长跪在祖上的灵前。

太阳有暖意的时候，大姐、大姐夫又照例把母亲扶到太阳底下散步，然后将她安坐在铺好被褥的藤椅上。母亲坐在那，神情淡漠，满面愁容，那是一种痛苦到极致之后，精神崩溃而又沉淀下来的无可奈何和放弃。所有人生的快乐和痛苦已经不再存在于母亲的意识里了。想到我将再次不得已弃母亲而去远行谋生，我心底流血。我一直怨恨兄长在家族的重大变故中没有很好地当好顶梁柱，而实际上，我的冒然出走确实给他留下了一个乱摊子，剧烈地冲击着他的事业和生活。但许多的义务还得哥哥承担，我打他传呼，他说在别人家做客，正打扑克。我说："我下周二开庭，不管结果如何，我还是只能走，走前，想见你一面，谈一谈。你想说什么也可以说说，母亲和我儿子还靠你多照顾。"他答应晚上到大姐家，到时候把一家人都带过去。

这是在我出走之后，哥哥跟我对话语气最平和的一次。我转回老家，跪在父亲的坟前。沉重的负罪感压在我心头，我充满悔恨，祈望父亲在天之灵，原谅我的过失，给我弥补过失的机会。

晚上，哥哥和嫂子来了，哥哥表现出了很好的宽容心，而嫂子斥责我对老人不孝、丢下老人不管，把老人害成这个样子来跟我"讨说法"。我无心跟嫂子讨论这些问题，村里来了很多熟人，他们一些是为关心母亲来的，也有一些是想看看我这个带人私奔的家伙是个什么样的稀有动物。我向嫂子道歉，为我的莽撞、为我的不孝、为我给他们添的所有麻烦，请求她担待，说过两三个月之后，我生活安定下来，就会把母亲接走。她冷笑着，一百个不相信。

我和哥哥走出村子，在我们儿时熟悉的河边聊天。我说我把自己的事情搞得一塌糊涂，把整个家族搞得一团糟，说再多悔恨都是枉然。于今，关键的问题是母亲和我儿子，要他多担待，多关心。我两三个月后，会把母亲接到厦门去。我的新婚姻已经成为我重新开始的起点，不离婚，我在楚城就没有办法立足。因此，希望哥哥在这个问题上能多帮忙。他表示可以理解，并说："老娘不可能等那么久，我也没有指望你。"

一九九八年 三月二日 （多云）

看过母亲后准备回县城。我告诉姐姐和姐夫，这次起诉离不了婚，只能等走完程序半年后再起诉。离不掉，我就无法留在楚城，只能再次回厦门找工作，找不到工作就做点什么小生意谋生。姐夫说："不论做什么，都要稳着点，你已经是近40岁的人了。"临走，我坚持留些钱作为母亲的治疗、赡养费。大姐和大姐夫死活不收。姐夫说："你逃你的生路，马上还要有新的负担，正是用钱的时候，妈妈在我们这主要是花费精力和时间，不用花什么钱，我们都是她的子女，应该的。"姐姐流着泪说："只要你在外头能找口饭吃，尽快安定下来就好，莫再到处跑了。"我愧疚而辛酸地跪在母亲床前，泪如泉涌。常言道，男儿有泪不轻弹，可是面对母亲，我的泪不由自主地流。我知道作为一个忤逆之子，这些眼泪看起来极其伪善、虚弱，我已经把自己抛入了非道德的深渊，失去了爬上道德悬崖、实现道德救赎的能力。

回到县城，到二姐家吃了饭，想跟儿子见一面。能够叫得动我儿子的，只有二姐，我请她晚上把我儿子约到她的小吃摊。晚上从老钟家告辞后，赶到二姐的小吃摊，二姐去叫我儿子，不久就回来了，说我儿子不在家。后来从邻居老邹那里得知，我儿子请假了，明天要跟他妈妈一起出庭。他还说，估计这次很难离掉。我说："离得掉离不掉我已经不太在意了，事情到这一步，我已经做了最坏的打算，我只是想在走之前见儿子一面。"老邹来到二姐的小吃摊，坚持要炒几个菜跟我喝几杯，我没有推辞，二姐再去找我儿子，刚喝到第二杯，二姐回来了，儿子在大排挡门口晃了一下，看见我，扭头就走，老邹去追，他一溜烟跑了。我闷闷不乐地与老邹喝酒，才端起杯，儿子来了，他大大咧咧坐在对面那张桌子前，翘起二郎腿，摆弄着一串钥匙，双腿不住闪趺，一副玩世不恭的样子。我们父子谈话的开始是在儿子巨大的抵触情绪下展开的，要维系这无法割舍的父子关系，我早已做好了接受他所有责备的准备。他反复骂我"薄情"、"脸厚"、"不如去死"等，还对我与雅丹的关系做了显然不是他这个年龄所能作出的最为丑陋和恶毒的评价。我对他造成的伤害远不是任何道歉能安慰的,我也真的需要得到亲人们的指责和咒骂。所以,我得给孩子机会,得让他发泄出他心中积郁的愤懑,这或许也能减轻我内心愧疚、惶恐的压力。儿子说:"对于你,我只是关心钱,钱是没有阶级的,明天法庭见!"我无心喝酒,把他引出大排挡,跟他边走边谈。在跟他坦诚承认错误后,我极力证明没有抛弃他的意思,从出去的第二个月起,我在十分艰难的情况下,仍每月给他和母亲寄钱,认真履行为人父、为人子的责任和义务。对于我的所有歉意和坦诚,他全部不接受。他还是个孩子,我把如此尖锐、如此复杂的问题摆在他面前,又怎么能要求他平静的接受一切呢?他离开时对我说,他明天将以他妈妈的名义出庭,想到我们将父子对簿公堂,我只感到悲哀和好笑。妻子执意要把孩子扯进这场官司,我无话可说,也毫无办法。明天的出庭可想而知,我只能选择闭嘴。

一九九八年　三月三日　（晴）

8点整,我赶到法院民事庭等待。法院的人陆续上班,其中多有认识的。以当事人的身份出现在法院不是什么稀奇事,对此他们早已习惯并麻木了。但是,对于一个因私奔闹出新闻的曾经的领导干部,就多少有些不一样。他们的交头接耳都会被我误解为对我的议论。我厚着脸坐在走廊的条凳上,像一个等待治疗的病人一样。

关庭长曾经告诉我他们要准备三个人轮流出庭做调解工作的,但是,我的另一个朋友说一直在办我的案子,却在照面后并没有过来理案的意思。

8:30的时候,儿子和他妈妈来了。儿子的四姨妈也一起来旁听,我们就这样在一种尴尬的气氛中重逢。

关庭长宣布开庭,却连个书记员也没有。这种局面,我不知道是客观巧合还是刻意安排的。对付我这样一个已经掉了羽毛的家伙,似乎无须动太多的脑筋。总之,走完常规程序、在阐明儿子不足14岁,没有完全行为能力，不能充当代理之后，只有一人审理的事被妻子毫无悬念地提出来。她哪里懂得法院开庭一定要有审判长、书记员？关庭长承认自己没有安排好，只好宣布闭庭，择期开庭。我听到闭、开两个字就头晕，这个概念对他们简直是普通得如同微风过耳，而对我，却是度日如年的沉重。

像演了一场戏。妻子还是不依不饶地楼上楼下找人倾诉、评理，我内心翻江倒海，走出法庭，不知道这一切到底是怎么回事。我百思不得其解，于是返回法院，找关庭长问究竟，他说："我今天没安排好，虽然我们以前也一个人审理过案子，但是这确实不符合法律规定，对方又提出来了，只好改期。何况你这个案子很复杂，你只好耐心点吧。"这时，又听到外面的吵闹声，他说："你看，你老婆还在闹。"说完，摇摇头走了。

离开法院给雅丹打电话，告诉她事情办得不顺。她只是应声，没有说话。

这个星期注定又是死亡之周一样难过。

一九九八年　三月四日　（晴转多云）

晚上看电影频道至凌晨2点。睡不着，意识在烦躁中迷糊起来，那种曾经多次折磨过我的死亡一样的恐怖感又袭来了。我感觉有无数的恶魔在周遭窃窃议论、阴森狞笑。我无法动弹，似乎抬起上身拼命扭动、挣扎着要坐起来，但是身子被沉重压制，于是抵死大叫一声，也不知是否叫出了声，我才醒过来，知道自己孤独地躺在床上，黑暗中仍然恐怖不已。急忙打开电灯，我惊魂未定，自忖此番就此死去，也没什么大不了，灵魂消散，留下尸首，只是害苦了鞠兄难以跟他的连襟解释。

这个白天无法出门，衣服全都洗了，外衣、内衣，洗出若干盆黑水和一身臭汗，足见我最近身上有多么脏。洗完衣服，坐在床上看电视。电影频道播放《火烧圆明园》，没有惯常的民族愤怒，倒勾起许多个人的悲哀：国家也好，个人也罢，穷国即弱国，穷人即弱者。人类社会遵循的其实是最原始的丛林法则，弱肉强食，适者生存。国际社会、人际社会都是以经济强弱来排序的。亏我还屡发所谓世态炎凉的感慨，说幼稚、无知都是轻的。

除了看电视就是记日记，什么都记，包括出气、放屁。

中午和晚上到二姐家蹭饭。得感谢我的二姐夫。这个诚实敦厚的男人对于我这个因歪掰而失意的内弟给予了莫大的宽容和照顾。我当局长的时候，他们的三个孩子一个个成人，二姐曾经希望我能安排她的孩子，但我一个也没有破例，她虽然从没说什么，但我知道她内心还是多多少少有些想法的。我所有亲戚和亲人都没有在我当局长的时候获得好处，这也应该是我出走后众叛亲离的原因之一。我在台上没有好好栽花，因此，在台下别人不给我栽刺已经很客气了。只有我的两个姐姐、两个姐夫，包括他们的孩子，他们同样没有得到我在台上的任何好处，但依然给我以浓浓的亲情。

我很小就跟二姐夫的关系很好。准确地说，是他一直很喜欢我。本来他们做夜市都要做到凌晨两三点钟甚至通宵，一般白天要睡到快中午才起床，我上午过去时，他还在睡觉，被我吵醒，他马上爬起来做饭，我当时还以为他们没吃午饭，待他炒好菜、倒好酒陪我喝的时候，我才知道，他们10点多钟的时候已经连早饭带中饭一起吃过了。到下午，他又专门炖猪脚给我吃，说天天到处奔波，要补补。他一再强调，千万不要到其他地方去蹭饭，免得让人家瞧不起，到我们这儿来，只当是自己家里，我们不缺你吃喝。他还说："我知道我兄弟的本事，到这个样子，是运气还没到而已。"他再次强调，只要在楚城，就到他家吃饭。

回到借住地，找附近小店公话联系雅丹，我们已一周没见面了。想到她清丽、文静的面容，怀身大肚的模样，我内心温馨又爱怜，非常想念她。意念中，她的声气、笑容，还有她怀孕后像小母鹅一样朝我走来的样子，都让我无比动容。如果说过去，我对她的爱主要倾向于她的外表和性格的话，现在，她的整个生命已经融入了我的血液，我时刻地牵挂她、担心她，唉，这颠沛流离的日子，何时才是个头啊！我给雅丹讲了我的情况后，我说："真想你。"她也急切地说："我也是。"她提议明天我们到江汉见面吧。我连忙答应。这正中下怀，是我也曾想过的事，只是考虑到她已经怀孕七八个月了，行动不便，两个人搭车到江汉又要花钱，才克制自己没有给她发这个邀请，现在，她主动提出来，我想都没想就答应了。我们相约在江汉城东大转盘那见面。有了见面的希望，精神为之一振，情绪也相当安定。

一九九八年　三月五日　（多云转阴，小风）

8点到民庭，找不到关庭长，问了一个年轻人，说他正在二楼开会。去到会议室，一个熟人帮我把关庭长叫了出来，他说散会后定时间，初步定在明天吧。我跟他约定明天早上来听消息，并恳求他开庭及时点。我这样滞留楚城，日子非常难过，不管离不离，要尽快给个结论。他表示理解。

我跟雅丹改在离她近一些地方见面，这样，我多跑些路，她可少跑点路，而且，还不容易遇到熟人，避免暴露她怀孕的秘密。转了几次车，坐上一辆浑身响动的车，一路播土扬尘，颠簸到达目的地，身子骨几乎散架，幸亏没让她赶到江汉。一下车，就见她笑容灿烂地迎过来，挽住我依偎在我的怀里，说："等你好半天了。"一面走，我一面告诉她关于没有开成的"庭"、关于亲人、关于朋友、关于一个人的寂寞和想她的感觉。我说着说着，她竟然泪流满面地哭了。我说："你哭什么，一切都会慢慢好起来的。"她说："都是我害了你，如果我不和你跑，你好好的当着局长，哪里会吃这么多苦，受这么多气？你妈妈也不会到这个样子……"我说："你想太多了，这都是命运的安排，不走这条路，也许有另一条更加险恶的路，一切我都能承受。"

我们在一口水库旁的草地上相对而坐。艳阳普照，微风和煦。看着她似乎胖了一些的脸庞，我全身心轻松而温馨。听她讲她的父母对她的责怪和关心，她的舅舅、舅妈对我的看法，我感到他们一家已经不得已接纳了我这个准女婿。我们荒唐而草率的做法大大地对不起她的家族。

我们找到那家熟悉的餐馆，去年我送她回老家时，曾在这个餐馆吃过饭。我给她要了猪脚汤，请餐馆用我们在野地里拔的野韭菜加工成野韭鸡蛋饼，一起愉快地吃午餐。吃完后，沿路漫步，我们看到路边有一个在建的养猪场，占地百余亩，已建起四排猪舍。问一个小卖店的老人，才知道这片地已经被辟为开发区，这个养猪场是一个在外面发了财的老板与村里联合投资的，村里出地，老板出钱。我一冲动，对她说："我一定要好好努力，等将来赚了钱，我也要回老家去投资，我要在厦门、武汉、江汉、楚城……各买一套房子，买辆像样的车，办一家年收入过百万的企业，然后我就出钱修路，然后我就把企业交给别人去经营，我们就开着车到各地周游……"她听完，"扑哧"一笑，伸出手指，问："北风在吹吗？"我意识到自己犯了三家村杂文所讽刺的"一个鸡蛋的家当"（说的是一个只有一个鸡蛋的人，幻想如何通过蛋生鸡、鸡生蛋迅速成为百万富翁，结果不小心把鸡蛋踩碎，仍然是一个穷光蛋）的错误。多年以来，母亲对我的教育浓缩成了三句话：一，三条大路走中间；二，做事不要龙没现身爪现身；三，有麝自然香，何在北风凉？雅丹问我"北风在吹吗"意思就是提醒的这句话。我惭愧。年届四十，面对如此复杂而严重的生存问题，手中才两万元钱，还是艰难借来的，就发如此不知天高地厚的感慨，真是不知死活。

傍晚，我们一起吃了晚饭，在路边车站放跑了许多车，最后不舍地把她送上公共汽车，我才搭过路车经江汉转楚城。

一九九八年　三月六日　（雨）

家乡的雨不像厦门的雨，气候温润中雨也变得富有诗意。家乡的雨在料峭春寒的裹胁下沉郁、阴冷，教人情绪阴沉、低落，更何况是我这样进退维谷的落魄人。

10点到法院，关庭长说，昨天没找到人，没办法。我当然更没办法。除了求情，我没有什么别的更好的办法。我的莽撞，让一群人跟着做无谓的牺牲：母亲、妻子、儿子、雅丹和她腹中的孩子……所有的人都在为我的错误悲伤地埋单。

我央求他帮帮我。关庭长还是重复他的说法：你这案子不是一般的案子，一是你是过错方，过错方提出离婚本来就被动；二是对手不是很好说话，你那个老婆我不好说，她是受害者，我们一点办法也没有。我无语。站在他的角度，我可以想象，这事谁都不愿靠近，他愿意一直耐心接待我，给我解释，已经充分体现了人民法官为民做主的情怀，我得感谢他才是。关庭长走出了门，我也一起离开。他一路感叹："我也知道，你现在确实够栽的。你这案子，按照实际情况来说，可以认定感情已经破裂，可是，有什么办法呢？情况太复杂了，换了是我，你自己做错了事，该你倒霉！"他的话够尖锐、够真实。

走出法院，我不知道下一步往哪走。我像一个行尸走肉，在楚城等待一个早已明确却无法认定的结论。对我来说，我所熟悉的街巷人流、一草一木，都板着陌生的面孔，睁着陌生的眼睛，看着我做毫无用处的表演。

回到借住地，我找了个公用电话跟雅丹通报情况，给她解释，她急，烦，发牢骚。因为预产期越来越近，如果我们不能尽快回厦门，她随时都有可能生孩子。因为我的缘故，她随我到处流浪，有家难回，怀孕8个多月却无法过上安定静养的生活。放下电话，我痴站在电话亭前不知所往。即使下周一开庭，星期六日也将是难耐的两天。

在县城晃悠是不合适的。我的时间这样紧迫，又如此多余，恐怕没有多少人能如此强烈地感受到时间的紧迫和多余这两种状态同时存在的境况。在任何地方，包括街头的廊檐和野地的田坎，我都可以把头埋下去枯坐，掏空自己的思绪使自己进入到完全虚空的境界；在僻静的地方可以呆呆地靠在墙体上痴痴地望天，其实云卷云舒都不在我视线里，我的目光落在任何地方都累；看到人就尽可能地掩饰或者避开，避免反复去做鲁迅笔下祥林嫂一般枯燥的诉说……不知道是我自己在惩罚自己，还是命运在惩罚我。总之，我的生命似乎已经变得十分无奈和多余。

我想，这个时候走在街上，我一定狼狈如疯子一般，或者干脆就像一条丧家犬一样孤苦无依。

只有二姐家是方便去的地方。但是，他们昨晚做夜市，此时一定正在休息。最近，到他们那去也不是件轻松的事。我不知道二姐在想什么，她似乎仍然在不遗余力地挽救那已经被我砸得支离破碎的婚姻。最近她所释放出的信息，都是在把我往那个我已经无法再走进去的家里赶。前几天，她说我儿子说只要我们离婚，他就自杀，说得惟妙惟肖。昨天到她家吃饭时，她又编出许多话来吓唬我，说我儿子神经病一样自言自语，反复念叨"离婚，不离婚"。我不应她，她就不断提供一些新的不知道是从哪里得到的素材。临走，我说："二姐，我听得懂你的意思，你们要清楚我目前的处境，如果你还把我当亲生弟弟看待，就死了那条让我回'家'的心，帮我做做我儿子和他妈妈的工作，帮我们度过这个难关，尤其不要再把我儿子继续往这场纠纷里拖，他还要读书，还要成长。"

转来转去，我还是坚定目标，再回法院。今天，我无论如何要等一个确切的开庭时间。在法院民事庭，我像一个怨妇一样，板着脸，麻木地看着法院的人大声说笑，他们议论各种案子，讨论一些乖张到不可理解的当事人。我想，我离开后，也有可能成为他们说笑的谈资。终于，办我案子的人来了，告诉我开庭时间定在下周一。

雅丹告诉我，她父母今天上午去看她了，虽然她在舅舅家待了一个多月，但是老人生气一直不去看她，尤其是她父亲。现在，估计是觉得我们即将又要远行南方了，不得已还是忍不住亲情的召唤去看她。我本打算也过去见见她父母，但是，以目前这种悬而未决的现状，我过去对老人们说什么呢？承诺？决心？一切都是苍白而无力的，甚至是很不可靠的。

我搭车到江汉城东的大转盘，在转盘附近的一个土坡上坐了一个多小时，不知道要往哪里走。万般无奈之中，我到一水果摊旁找了个公用电话，跟雅丹通电话，她也说确实不好解释。她让我晚饭后再去，那时爸妈肯定回家了。我头昏脑胀，心烦意乱。

谁都不愿帮我，谁都不能帮我，谁都无法帮我，这就是我目前的状态。一切都靠我孤立地去做着一些徒劳的努力，真不知道要如何跨过这一关。我想象自己是一只没有洞穴的老鼠，到处乱窜，到处挨打，到处碰壁。这只鼠，如今蔫头耷脑、无洞可依，犹如丧家之犬，在旷野上顾影自怜。

放走一辆又一辆到李岗的车，到黄昏，我才挤上了一辆浑身除了喇叭不响到处都松垮响亮的中巴车。

一九九八年 三月八日 （雨）

早晨，我去买了肉、鱼及菜肴，由我下厨，做蒸肉和鲜鱼蘑菇汤，快到午饭时候，雅丹的父亲来了，见了我，老人还算比较高兴，喝了点酒，言谈中，一是对我们今后的生活表示担忧，二是表示只要办了离婚，一切都好说，三是他对这个即将出生的孩子表示了极大的担忧，现在计划生育抓得紧，没有准生证，这个孩子不好出生，而且我们又没有结婚证，这将十分难办。对此我也毫无把握，这场婚暂时肯定离不掉。下周一开庭，判"不准离婚"已是无法改变的定局。

过了一会儿，雅丹的父亲因家中有事先回去了，母亲则决定陪雅丹再住两天。我们一起打了会儿麻将，舅舅家来了一个戴礼帽的老客。午饭时，舅舅让我陪他喝酒。言谈中，老客以为我快50岁了。我沉默许久，问他："依你看我有多大年纪？"他说："40多岁吧！"我说我今年39岁，我苦笑了一下，雅丹坐在旁边没吱声。我知道我头发稀，加上最近颠沛流离，无望奔波，十分憔悴。饭后他们继续打麻将，我喝了点酒，头有些昏，浑身疲软困乏，想睡。我坐在床上，她侧身坐在我旁边，我们一起说话。好像今天的话题都很干涩。面对复杂的局面，我

第八章 抱耻鼠窜

121

俩都无法掩饰对前途未卜的担心。又都不想明说，我心情尤其沉重，我相信，她的心情也轻松不了。我的日记压在枕头底下，我把它们抽出来理好，放在桌上。再抬头看她时，她突然说："我去睡了。"下床就走了。我连喊她两声，不知她是没听见，还是故意不理，总之是出去了。我知道，她心中肯定有事。在一起生活的这段时间里，我对她已经十分了解了。在对面站了半天，她又转进来，说："你今天表现不好。"还轻轻在我脸上打了一下。我感到愕然，不知道我哪点表现不好。要她明说。她不说，又一次转到门外去了。大概她不想在我们间制造裂痕。我再喊她，她就过来坐在床边，我问她哪儿使她不舒服了，她不说，我劝她宽心些，她用拳打了我一下说："哪个叫你结了婚的？"言毕，泪如雨下，这句话她已经对我说过多次了，但今天说出来，包含了太多亲人们对她埋怨的内容。我顿时语塞。她又说："我不想到厦门去。"我说："你不想去也没办法。我知道我的处境，已经让你够累了，关键是这个孩子，不该怀的时候怀了，要不然干脆做掉这个孩子……"她的泪更多了，问我："你想要这个孩子吗？"我说："我今年39了，我当然想要，儿子我很可能是指望不上了，我希望能与你有个孩子。从我的角度来说，我当然希望这个孩子来得早一些。可我的情况太复杂了，也许我们真的不适合要这个孩子。"言及此，我忍不住酸泪涌流，我说："在楚城我比你在这儿更难。"她点头，说："我也不知为什么，一天都很烦，现在好了。"她吻了我，然后反过来安慰我，叫我不要想得太多。我说："一切不是我想得太多，而是情况确实太复杂了，我把我们两个人推到了悬崖的边沿，还将拖累腹中的孩子……"她在我身边缠绵许久，我头很昏、很沉，她让我躺下去，一直坐在我身边。我迷迷糊糊睡着了，也不知她后来什么时候离开的。

明天就要开庭，今天必须回楚城。

舍不得买伞，两个人冒雨到车站，她穿得太少，手冰凉，却不肯回去。我们只好在那家商场转来转去。她说："回厦门后，一定要好好转转，好好相拥着睡觉，好好两个人做饭吃。"她一连说了好几个"好好"，我点头。说到开庭，她表示了极大的理解，能离最好，不能离，马上走。

下午4点左右搭车到江汉转车，雨越下越大，不便在路上拦车，在站前一家店铺门前的雨棚里躲雨，远远看见一辆中巴车开来，就冲进雨中。见我拦，车停了，跑上去，头上直滴水，外套也湿了。

到楚城县政府路口，一下车，雨淋头盖脑，几辆麻木开过来揽生意，我爬上一辆匆忙往回赶。

这一夜，又将无眠。风里雨里，自造的苦厄，自己造成了复杂局面，自己又无力收拾。要打破桎梏，创造新的生活，追求新的幸福，是多么难。人生像一张网，无所不包，谁也无法逃脱和冲破。

一九九八年　三月九日　（雨）

冒雨赶到法院等到约8：30分，妻子他们已经来了，这次法院比较慎重，把人都配齐了，程序也非常清楚。

一切都在预料之中，她同意离，条件是将孩子的抚养费一次付清，直到大学毕业，所有费用共计56000元。对一个负债累累、欲借无门对人来说，简直是天文数字。我提出按年付，每年提前一个月付清，并反复向妻子求情，但她就是不让步。这样一来，就彻底斩断我在楚城重新开始的后路，我无法借重于任何前半生积累的人际社会资源，唯有滚出楚城，自寻生路。从此，李福寿在楚城彻底"死"了。

在二姐家吃罢午饭，我告辞回借居地收拾东西，并呼老鞠，还他钥匙。一个月来，不是他想法给我弄个落脚之处，我在楚城就真的"无枝可依"了。老鞠提出要为我送行，我说："对我来讲时间比什么都宝贵，老兄的情意，我领了，等我安定下来，能够养活自己了，再与兄弟们团聚畅饮。"老鞠表示理解，我便提起东西离开了。

路过五星商城，我花400元给儿子买了一辆三枪自行车，推到老邹的洗脚城，请他转给儿子，然后搭车去找雅丹。

面对这种现状，岳母、舅舅无可奈何，只好同意我们走。晚上舅舅设宴送行，做了许多菜，其情其意叫我感激不尽。我向他们谈了我今后的打算，在离婚前，将与楚城断绝一切往来，专心去寻找落脚之地和生存根本。

再次远行，再次破釜沉舟，我别无选择。

第九章　再奔厦门

走投无路的时候，时常是前方的路还没有找到，而脚下的路却正在坍塌。后退只是无可奈何的选择。对于迷失自我的人，哪里都没有避风港。

一九九八年　三月十日　（阴）

6点不到，舅舅就起床亮灯，我起床清理东西，开门出去时，舅舅正忙着为我们准备早餐，我与舅舅招呼一声，说去看看车。

黎明时分，没有什么人走动，朦胧的街道空寂冷清，冷风习习。一走出大门，我不由打了一个冷颤。为了御寒，也为了赶时间，我放开脚步，朝南边车站跑去，孤独的脚步声在空寂的街上响亮刺耳，每一步都引起空洞的回响，听着都有些怕人。跑到发热的时候，见车站那儿有几家早点摊已经开始营业了，问了一个摊主，说已经开始有车了。

回到舅舅家，舅舅已炒好了五六个菜，岳母也已起床。我们一起吃

125

罢早餐，他们送我们出来，前程未卜的我看着这我们临时视之为"家"的地方，心中不免升起一股心酸，悲从中来。无家可归的我们又要踏上流浪的旅程了。

行李一共有三个包，我提两个大的，雅丹提一个小的。岳母坚持要送，眼泪汪汪地送到车站。直到该上车了，才依依惜别。岳母站在那里，目送我们。我与雅丹不住地回头，她还站在那，晨雾中显得孤独、凄然。我看到她在轻轻拭泪，看看雅丹，她倒显得平静。心想，此番远行，比不得去年，无论如何，我不能让这些爱我们、关心我们的人失望。

转了四五次车，才到武昌站，今明两天的坐票和卧铺都没有了。刚出售票厅，两个女人就围拢来，问我要不要卧铺，说到全国各地的都有。只要我们到她指定的旅社住，卧铺票另外每人加80元钱，坐票每人加50元。我正想跟她们讨价还价，雅丹把我拉到一边，说："你头脑太简单了，人家一哄就跟着跑。还要多花钱，这样子，还想去做生意，怎么赚钱！"我仔细一想，感到自己的确头脑简单，办事冲动。回厦心切，加上手上有点钱，就有点不在乎了。

花50元钱住了间五六平米的小房，两个人才去吃饭。反复考虑，她这样怀身大肚，怎么好连座位也没有就上车呢？我们再到票房，去投诉窗口投诉买不到卧铺，在旅社却可以花高价买到，这明显坑宰旅客。那个女同志倒很客气，她看看车站电脑告示牌，说："有软卧。"软卧肯定贵多了，但没办法，只好花180元买了一张，退掉了那张站票。走出售票厅，我们转了一会，考虑到明早4点要下车，没有卧铺票不能去卧铺车厢，雅丹一个人也拿不动那些行李。怎么办呢？她说："我一个人不愿坐卧铺，你不在那儿，我也睡不着，等于还是买的坐票。"于是再退那张坐票，换了一张卧铺，这么来回一折腾的钱跟白天买硬卧加80元钱差不多。但她说："这是软卧，人会舒服很多。"两人遂不再犹豫。

晚上睡在床上，想到去厦门将要重新开始，没有工作，也不知能做什么生意。如果没有收入，这两万块钱恐怕也维持不了多久，不由地长吁短叹，怎么也睡不着。她说："你宽心些，睡觉不要老叹气，这样会伤身体的。"我说："你放心睡吧，我没叹气。"

这一夜迷迷糊糊地度过。

一九九八年　三月一日　（阴）

软卧果然不同于硬卧，躺在上面觉得舒服极了。这样，这次长途旅行我可以放心了。

刚上车，雅丹说她看到了原来在影剧院上过班的一个同事，但不知他看到我们没有。她指给我看那个穿毛衣的小伙子，我只看到了一个背吉他的背影。后来，大概他也感到遇到了一个惊奇的熟人，在软卧门口晃了几次，但最终没有勇气走进我们的包厢。后来她去上厕所，说又看见了文化馆的一个同事，她就退回来了。我说："没关系，这是没有办法的事，看到了就看到了，我们一切都听天由命吧！"

想想我自去年出走到今年回楚城起诉离婚，人生变幻，皆出于己，害怕发生的偏偏发生了，而我们不太在意的事，又总是逢凶化吉。天地说大不大，说小又确实不小。小小的楚城，我们与他们自相同的地点出发，怀着不同的目的赶车，结果，他们这帮组乐队靠为歌舞厅伴奏谋生的乐师们，竟坐在我们隔壁的包厢，还差点买了同一包厢的车票。他们要是看到他们过去无论是厌恶还是理解的局长今天狼狈地带着未婚先孕的雅丹狼狈逃窜时，不知要作何感想。他们一定看到了，只是不愿意也不必要来点破这层窗户纸，留作私下笑谈的素材吧。人生命运在有意跟我们开玩笑。不管它。

一九九八年　三月十二日　（阴）

凌晨4点多到达来舟，要转车才能到厦门。下车即通过地道出站，看到那儿已停了一列车，问一个车站站员到厦门的车什么时候来，她嘴嘟嘟囔着说"这就是"，一看，果然有趟列车正在放气松闸，正要走。我们赶紧往过跑，我提着两个大包带着雅丹过地道往那边赶。忙中出错，跑到那儿时谁知跑错了，才知道原有两趟列车停在那儿。又赶回来，这时，那趟列车正在启动，一切都晚了。我跑来跑去，雅丹也提了床毛毯上上下下像小鸭子一样跟我跑，累得气喘吁吁。那个站员说6点还有一趟到厦门的车，于是，我们只好到候车室去买票等车。

这是一趟慢车，沿途各站都要停靠。从早晨6点到下午8点，沿途停了40多个站。因是白天，窗外崇山峻岭，飞瀑流泉，特别是湍急的闽江，给我们填补了不少坐车的空虚，一度使我们感觉到仿佛有游山玩水的忘我。我们坐两个靠窗的座位，车上人也不多，很宽松。想想刚才我们赶的那趟车那么多人，要是赶上了车不知要怎么挤呢。唉，真是世事难料。

一九九八年　三月十三日　（晴）

今天是她的生日。

昨夜好好睡了一觉，一切旅途的疲劳都消失殆尽。厦门的气候特适合我这样的人。早上做了早点，我们吃过早饭，到快9点时，我赶去单位，心想如果能做下去，先做着也可慢慢找机会。

物业的刘总正与一个女孩子谈得兴起，一向脸上难有笑容的他今天看来情绪不错。他比刚来物业任老总时信心足了不少，现在开始有点儿难掩春风得意的劲头了。

看到我，他冷冷说了声："啊，老李啊，坐！"我就坐下，他问："怎么样？"我如实把情况告诉他，表明我还想在物业作下去。这时来了一个电话，好像是为了象山某单位用电的事，他反反复复重述一个观点：那样办可以。这时，张经理来了，我就走出去，还他车票钱。他很关心，要我好好找刘总谈谈。正说呢，郑总也来了，我招呼他，他很热情地与我握手寒暄，说："张经理升总助了。"我转身又说张经理说："祝贺你。"郑副总招呼我进他的办公室，告诉我，他调走了，去了一家能源开发公司。我说我大概在这儿做不成了，他说："应该有你的位置，你跟他们好好谈一谈。"我说好，就告辞出去。这时刘总还在打那个电话。在老张那儿坐了一会，见刘总终于放下电话，就再次进去。他没等我开口，说："我在电话中已经告诉过你的，现在各部门都满员了。"我只好向他告辞。把传呼机还给人事部，清了自己的抽屉，把钥匙交给张助总，然后走人。真正的再一次失业。

出了象山大门，我往湖里走。今天是雅丹的生日，总该送点什么吧，记得华昌路有家鲜花店，不如送她一束玫瑰花。

正午的阳光有点灼人，一路走得汗流浃背。赶到那家鲜花店，店主建议送花篮，说可以优惠。于是，我买了一个花篮，我又买了一张生日卡，给她写贺词：

在人生旅途，我有幸得到你的爱。
当我再次说，我爱你时，
我泪流满面。
由衷感谢你，
原谅一个无能的男人。
在你生日之时，
我能送给你什么呢？
唯有我永恒的爱和由衷的祝福
愿你永远像玫瑰花那样美丽、圣洁。

你的寿哥

1998.3.13

我端着这个五彩缤纷的花蓝回到借住地，她一开门，我望着她说："祝你生日快乐！"

她接过花篮，一个劲儿地说："好漂亮"，接着立即就问我多少钱？我告诉她，她扑到我怀里，说："好是好，就是太贵了，又花了那么多钱。"我说："不要可惜，再穷，该花的要花，何况是你的生日。"她打开贺卡，读着贺词，眼泪不由自主地涌出眼帘，再次扑到我的怀里哭了起来。我的泪也夺眶而出。我说："今天是你的生日，该高兴才是，一切都会好起来的。"她用手在我背上捶打，我又说："我是个无能的男人。没办法让你过得安定些。我有愧。"她说："我很好，很满足。"

两人相互安慰半天，然后一起做午饭。我告诉她工作无望，她说："不急，慢慢来，慢慢找机会。"她不让我下午出去，说："我过生日，你放假半天，陪我。"我笑着答应她。

下午，我们一起去街上转，买了些化妆品，然后回来做晚饭。按她的意见，我买了点儿新鲜菜烫火锅吃，又买了八支红蜡烛，一罐牛奶。煮好火锅，摆好酒、饮料，我把八支蜡烛点在房中不同的地方，关掉灯，然后给她倒上饮料，自己倒杯酒。我说："祝你生日快乐，愿我们的爱在任何风雨面前都坚如磐石。"我与她碰杯，她红润的脸笑容灿烂，说："永远。"我喝下这杯酒，房里烛光灿烂，我们边吃、边喝、边谈，依然是对未来的憧憬和向往。明天会更好——这是我们共同的期愿。

一九九八年　三月十四日　（阴）

吃罢早饭，我和雅丹决定一起出去看看能不能租到门面，做点小生意。湖里区避街窄巷，门面挨门面，但凡要转让的多是做服装生意的，转让费动不动就是5000元，包括货物转让，都不下两万元。就连寨上这样的乡村，那些拥有门店的店主也漫天要价。

寨上村陈氏宗祠附近巷中，有家小店面，做图书出租的，带卖文具，连货带门店转让费要1.3万元。说了几次，后来谈到9000元，他说要跟他老婆商量。最后没谈妥，我们只好走了。我们又搭车到松柏，一家做小吃的门店加一个家用电话，转让费6000元，月租2600元，季交，也不是我们做得起的，只好作罢。

两人跑得筋疲力尽，搭车到火车站转到厦大，希望看看那里的市场。厦大周围书店比较多，但没有一家要"转让"的，更没有空门店招租，转了一圈，腰酸背痛。最后，就在厦大门口一家小吃店，要了一盘8元钱的炒饭和鸡蛋汤，两人共吃。吃罢饭，打道回"府"。

第十章　糊涂创业

"人必先生活着，爱才有所附丽。"当庞大的现实生活逼近眼前的时候，任谁都无法闪躲。所幸，我没有被它完全冲垮，在我的心里仍有痴迷的期望。

一九九八年　三月十五日　（晴）

与雅丹约好，我一人出去，这样方便行动，我可以多找些地方。

我先到莲花图书批销中心去，想去问问市场行情。在莲花站下车，回头步行好远，才找到图书批销中心，那个女的说，要有执照才批。又赶到隔壁阳光书坊。这是一家在厦门拥有好几家分店的大老板开的，打听了一下，批发价是原价的71%~73%。抢手点儿的75%，有钱就批，真不知国营单位在这种竞争环境下还摆什么臭架子，还要执照。

坐在公共汽车上，目光像往常一样沿街梭巡，寻找转租、招租的店面，想起前几天记下的东渡、湖里的两个招租店面，一直未来得及打电话咨询，想找一个地方问一下，结果这个车到达的地方不是我要去的地方。我对这一片的环境太陌生了。阳光很辣，我很快就汗流浃背了。再走下去就是"联检站了"，那离我的目的地越来越远。没办法，只好往回走。

沿途再找机会，书店很少且没有转让。拐到寨上村，我在一个公用电话上打了两个招租户的电话，其中，东渡那个姓李的店主说门店是上下两层的，约80平方，租金每月2500元，于是约定下午5点面谈。其间，又去看了一个小书店，我问他9000元转不转，他连头也没抬，说："9000元太吃亏了，少了12000元不转。"

下午5点，到东渡看店面。这个一楼一底的房子较大，一楼后面还有个厨房，配有厕所，既做生意又住人真是好极了。只是租金太贵，每天差不多100元钱，我说能否便宜点，对方不让。实际上是我没有经验，太急了，那个地方，设施齐全的门店，租金也不过2000元，我不懂行情，又没有去深入了解，湖里糊涂的。我们最后谈成2300元。

我回住地告诉雅丹，她觉得租金太贵，还是从寨上做起，实际些。我说跑了这几天我觉得适合的门店不好找，而且做生意全靠卖书肯定不行，我的特点在寨上恐怕无法发挥，起点高一点，创业也快一点，我想放开手去干。这是幼稚的冲动和无知的跃跃欲试。

雅丹说："你算了账没有？"我说："我算过，门租含押金按8000元计算，书架柜台2000元，货物暂进6000元，留2000元备急用。"她担心，钱花下去，留2000不能解决什么问题……我听不进去，我豪情正盛，一定要背水一战。她又问："2000元买几个书架柜台？"我说："我想自己做，这种东西我一眼能看到底，我相信我能做出来，自己上油漆，40块钱一组，那老板说8个柜台有两组就够了。自己批灰打砂纸，自己上油漆，这样等于赚钱。"

晚饭后，我开始设计招牌，起名"阶梯书店"，配"以文会友日日进、与书结缘步步高"的广告联，又设计阶梯标志，创意为山后的日出。想一想，觉得只卖书，太单一，又改为"阶梯文化服务中心"或"阶梯文化服务部"，不知工商是否批准。设想经营范围是书刊、音像租售、录像放映、兼文案、企划、物业中介、婚姻介绍、信息咨询……我什么都想做。现在看来，如果不是我运气好，以我在生意上的百般无知，出什么意外都可能。只是我运气不错，老天爷在给我关上了许多机会的门的同时，总是给我打开了一扇窗。

想到将要开始的一切，这一夜我怎么也睡不着，各种设想、计划在头脑中翻江倒海，那种跃跃欲试和前程未卜的急迫与忧患，折磨得我昏昏然，几个蚊子"嗡嗡"在周遭闹扰，半夜2点起床开灯打蚊虫。这时，她也被闹地醒了，在半梦半醒中，她说："你别打了，那是我喂着咬你的。"眼睛并未睁开，我靠过去轻声说："你好狠心呐，你一个人咬我还不够，还要动员这么多蚊子来咬我，太残忍了。"她撅着嘴、闭着眼说："我就要。"说罢，睁开眼，抚着我的身子说："快睡觉，小心着凉。"

打死了两个蚊子，关闭所有门窗，我才钻进被子睡觉。外面风雨声正紧……

一九九八年 三月十六日 （晴转多云）

从湖里到信隆城下，步行到轮渡海边，这样可以节约1元车费，沿途还可以找找夹板、胶合板，问问价格。路遇一家农行，本来想去取点钱，结果忘了密码。这一来，去谈也没用，这事又要往后推。想自己做事是这样有头无尾，没有周密计划，我对自己都没有信心，不禁对前程产生更为深重的担忧。

做事真不易啊！权宜之中，只好先去谈成合同，便去找房东。房东说房地产市场不景气，所以租价才低，去年月租3000多元呢。这个门店原来是别人做石膏模型的，里面堆着许多模型残品，板材线材，都重得很，而且屋里没有一盏灯能亮，东窗是木窗，坏得差不多了，幸亏有防盗窗。厕所的门坏得不能用了，楼上楼下，杂物成堆，垃圾遍地。我脱下西服，把楼上的垃圾全部扫到一楼，然后，用里面装石棉的蛇皮袋一袋袋装好，放在门前，又把焊在墙上的石膏板全部敲下来。后面堆的石膏板尤其多，我把它们一摞摞全部搬到大门口堆放整齐。干到下午2点，竟然堆满半个房间。

清理完门店我锁上门，到海天路一家装饰材料去买胶合板三夹板。店里的导购小姐态度很生硬，她只在胶合板上让了5元的价，其余一概不让，我说明天再来，她口口声声说她的货最便宜，还给我木材公司的电话让我自己问。我离开了，自作聪明地要货比三家。后来，我又买了斧头、锯子、刨子，然后步行回住地。下午5点，我水米未进，仿佛这样就是在认真创业。

一九九八年　三月十七日　（阴转雨）

用那手锯锯木头、锯板，速度慢，费时，人也不知道要多吃多少亏。于是，一大早赶到湖里，想买个电动手锯。找到两家，一家480元，一家430元，相同品牌，谈半天，400元块买了一个。把东西放到东渡疏港路后，我搭车到厦禾路去，据说，那里装饰材料多，可谈价。几乎走通了厦禾路，价格比海天路那位小姐谈的贵很多。有个小店，两个妇女报价后，见我买得多，就打电话叫她们经理来。不一会，来了个毛头小伙子，站在我面前，能说会道的样子，他说："你有劲儿可以多跑些地方，找最便宜的。可是你知道那些东西的品牌吗？不同品牌价格也不同，你嫌贵，就请你去找别家。"我喝了两口茶，撇嘴笑笑，站起来说："我当然找别家。"说罢抬腿就走。

出了门我想，不要跑了，还是去海天路吧，于是又回到海天路，买了那家的胶合板、木条、粘胶等。现场没车，两个骑三轮车的小伙子积极地要为我送货，说10元钱可去。我开始还以为是大三轮车，推出来一看，是个自行车边三轮，光18张夹板就放满了，另一个小伙子马上凑上来，说："用两个送，保证给你送到。"我无奈，看着剩下的货物，只好叫他们装车。

开出仓库，司机和两个小伙子嘀咕起来，对我说："没有说送到地头还要我们帮忙装卸的。"司机也说那地方很不好进。总之，他们都有意见。我说："我不抽烟，没有烟发给你们，就给你们每人5元钱吧，麻烦你们送到我的店里去。"我给了钱，挨我坐的小伙子反倒不好意思。我说："不瞒你们说，我生意还没开张，钱很紧张，这点钱不成敬意，收下吧。"他们收下了。司机小伙子亲热地与我攀谈，问我是哪里人，做什么生意等等。看来这世界只有钱是他们的亲爹呀。

买了材料，我立马安好电，开始干起来。算好需要的各种尺寸的木条，量好尺寸，一堆堆锯好，中午12点半雅丹送饭来，我干得正欢呢。

这一天，把木条都锯好了，还订起了一个墙板，看上去还真像那么回事。电动锯给我立了一大功，要不然，真不知那些长长短短的木条、寸头要锯到什么时候。晚上6点收工回家，她照例倒杯牛奶给我喝，让我不要动。她说："我来做饭！"忙碌中，她间或过来拥我一下，给我一个吻或一阵轻轻的抚摸，叫我心中充满幸福。这样的老婆才是我心中向往的，此生别无他求了，只求此番生意开张大吉、财源广进。

一九九八年　三月十八日　（雨）

浑身脚疲手软，骨头仿佛散了架似的，累的感觉完全控制了我。把木料按图纸全部盘出来了，到下午，我做出了第一个书架。看着这书柜像模像样地立在我面前，让我确实深刻理解了"一百个想象不如一次行动"的道理。一直以来，信心总是支持着我，只要我想得到想得清楚的事，付诸行动，我就一定能做得到。

这几天，我赶工，她也忙多了，每天打杂清理房屋、做饭，还要给我送饭，忙得不亦乐乎，问她累不累，她说："我又没做什么，累什么？"一下午她都在我身边帮忙。看到那个新书柜，她说："你不做出来，我还真不敢相信你会做。"我难掩得意地说："只要我想得到的事，我就一定能做好，不是吗？"她笑着点头。"不过，"她警告说，

"有麝自己香，何在北风凉"，莫又"龙没现身爪现身"这几句话使我又想起了远在家乡的母亲……

一九九八年 三月十九日 （雨）

这一天是我平生最疲劳的一天，为了赶在今天把板子锯好，把框架全部搭起来，我一刻也不停歇，既是用行动给她信心，也是给自己打气。内心以为这样的努力，总会感动上苍，给我一点机会。这种可怜的希冀，不过是饥饿中乞乳的婴儿，是弱者毫无底气，毫无把握的悲鸣，甚至是自戕。

到下午，干到最后，我两腿两臂仿佛被抽掉骨头，疲软发抖，脸上也有烧热的感觉。我意识到这不是好感觉，尤其是一直用手电锯的手，现在又软又抖。我放下手锯，坐在地上，万分疲劳。面对着自己的劳动成果，我没有自信。书架还是太粗糙了，速度也还是太慢了，而我已经筋疲力尽了。每天租金近80元，每耽误一天，都是更接近危机一天。我没有信心，有些后悔自己租下这个店面。如果把钱留着做后盾，自己出去找份工作，至少比干这个把握大多了。这也是雅丹极力建议我的事。但是，我手头上有了这一点点钱，就开始认不得自己，足见我的幼稚和愚蠢。

怎么办呢？开弓没有回头箭，再困难，也只得干。耽误就是更快地浪费我们有限的钱，早一点开业也许能早一点迎来希望。只能背水一战了，我支撑起身子站起来，开始订框架。不知为什么，手敲着捶，一手拿着钉，那拿钉的手，总是抖，最后终于被无目标的捶敲掉了食指一大块皮，立即血流如注。没有创可贴，血怎么也止不住。听说多流血可以排毒，就让它流好了。最后，把手举得高高的，用另一只手去按，终于止住了。看看表，已是下午4点，还有三个框架钉好就成了，我坚持着。到5点多钟，所有框架总算都钉好了。

按图纸，给胶合板划线，然后锯板。那胶合板很重，我根本搬不动，又不好搬，只好用腋部夹住往前拖。工作间要上三步台阶，这三步台阶对我而言，简直不亚于三座山。以我疲劳之身，要把一块胶合板拖上台阶拖进工作间安放在工作台上，真是一件难事。我一坎一搬，一坎一拖，一点点往工作台放。6点时，我终于把所有的板锯好了。看着几大堆胶合板和那把电锯，我庆幸自己买了这把锯，要不然，真不知道要如何折腾。

正要关门走人的时候，来了一个背包提锯的小伙子，操闽南口音，他问我怎么一个人干，我问他得几个人干，他说最少要两个人。他的意思是，大家都很难找事，我一个人吃独食不好。我告诉他我给自己干。他问我是不是这里的老板，我告诉他我花不起钱请人，就自己干。他问是不是准备收工了？我点头。他想在这借宿，我没答应。他不住感叹，说现在不好找事，赚不到钱，没住处。所谓讨米的遇上叫化子，我如今也快没饭吃了。

回到租住地，雅丹已经炖好了猪腿，买了酒，人却不在家。我坐下来，歇口气，刚靠在墙上想眯一小会儿，房东代理老马来了。他婉转告诉我，房东认为我住了三个月只交了两个月的钱。我说："房东没道理，我每天都在记日记，给他自己看。"他说："我也觉得没道理，我跟他讲过了，老李是个爽快人，老实人，他转而扯别的。"我很累，正想转话题让他走，雅丹回来了，问我："你从哪回的，我接你没接到。"我说："我走的老路。"她说："老路有一家死了人，我不敢走，走了另一边的巷子。"

虽然万分疲劳，但是喝着黏稠的猪脚汤，喝着啤酒，在雅丹无微不至的关照下，我感到充实满足。吃罢饭，按雅丹的意思，我照例在床上躺一下，不想，这一躺就睡着了。醒来时，她打来热水给我擦身，说："你好大的鼾声，睡得很舒服吧？"我说："疲劳去了一半。"

一九九八年　三月二十日　（雨）

今天锯底板，轻松多了。准备好一切之后，我开始组装书柜。因为有第一个的经验，组装得很顺利。不慌不忙，装了两个，她就送饭来了。看到新书柜，她满意地夸我聪明。虽然自知活做得不怎么样，但听着她的肯定，这表扬也让我心热。装了5个书柜，天就黑了，我收了工。她说："昨天没吃完的猪腿，今天还可吃一顿，我已给你买好酒，你回去吃好喝好，我还有好东西奖赏你。"说罢神秘地一笑。我当然知道他要奖给我的贵重礼品，一种幸福感油然而生。

一九九八年　三月二十一日　（阴）

今天，八个书柜全部组装完毕，摆在店里两边，煞是整齐好看。有赖于先期的设计，尺寸规定得比较一致，质量虽比不上专业的光滑、细致，却也有型有体。越是后面做成的书柜，越是显得规范、整齐。今后要是再干这种活，恐怕赶得上正宗师傅了。

从店面向里一眼望去，后面那个半梯形房间显得凌乱不堪，未及运走的木屑和未用完的板材木料堆了一地。想到以后搬过来，这个地方可能会做厨房，如果将来生意发达了，还可以做仓库。于是，我用剩下来的一块胶合板做了一个屏风，把它漆成白色，在上面画上标志，写上字号，下面设一弧形花坛，养些室内植物。

中午，雅丹送饭过来，看了我的"杰作"，不免再次"鼓励"。我们一起去买油漆、滑石粉，回来用没用玩的白乳胶调灰。给家具抹灰是件比做木工更累更细致的活儿，更何况我的木工做得粗糙，基本上没有用刨子，这就更增添了抹灰的难度。整个下午，两台书柜还没抹完。而且看上去很难看。她帮忙抹了半个柜，很累，一个劲儿感叹油漆工这碗饭难吃。我说："哪里只是光油漆工这碗饭难吃，世界上所有的饭，吃起来都不轻松。"坚持抹了三个柜，在她的一再催促下，我们才于晚7点多钟回租住地。

照例，她做好几个菜，买一瓶啤酒，逼着我洗手洗脸，两个人才一面看电视，一面谈天，喝酒吃饭。一天的累消化在温馨的晚餐中。

一九九八年 三月二十二日 （晴）

我们约好，今天搬到店里去住。为了节约时间，让雅丹先找好微型车，我午饭时回去搬上车。从早上7点一直干到中午12点，总算给每个书柜抹了灰。说实在话，抹得自己都看不过去。

中午回去时，正遇房东来修水管子。他说："找个油漆工才50元钱一天。"

我说："这些柜得多少个工？"

他说："也就三五个工吧。"

那就是说，至少150元钱。我不再说话，因为我不能不可惜。

现在回头看自己吃的这个亏，很不值得。为了做书柜货架，我买工具、买原材料、费时间，前后花了2000多元，自己吃了一肚子亏，累到几乎虚脱。实际上，去买现代万能组合货架，总共的花费不到2000元，而且以后不做或者搬迁，这些组合货架还可以顺利拆走或者转卖。如果到旧货市场选择旧货，总花费不到1000元。所谓书生意气，我文不上档次，而做生意，更是外行。

我用白色涂料涂内墙，先涂楼上，给书柜打砂纸，弄得一屋灰。涂完打完，已是下午2点，收拾好东西，把书柜摆顺，正准备搭车回家吃饭，她笑容满面地跟随一个微型车来了。她走进来，让我看门外，原来她把"家"搬过来了。她说："一大群小伙子帮忙，我给他们10元钱，他们嫌少，就给了20元，这台车是30元。"那小伙子说："你老婆好能干啊，这么大肚子，干起事来一点不含糊。"他很卖力地帮忙搬，看到一屋的书柜，他问我多少钱做的，我说1000多块钱，他不相信，我说是我自己做的，他很惊奇的样子："哇，你也不简单呀，你们两人真厉害！"搬完东西，雅丹付钱时，多给了5元钱，说："他帮忙的确吃了不少苦。"其实，我在他帮忙搬东西时，又听了他那么多好话，就已经有给他加钱的意思了，我内心还想加他10元呢，唉！以这种心理状态做生意，到哪里赚钱？

一九九八年　三月二十三月　（晴）

白鹭洲办就业证很方便，钱一交就好。想办一个公用电话，就赶到邮电局，经营大厅人头攒动，排好长的队。好不容易轮到我，营业员小姐说，只有投币式的公用电话，今后不再注册计费器式的，价格3860元，投币式目前用户普遍不习惯，跟雅丹一商量，她也不喜欢，两个人决定还是去办一个分期付款的电话，减少压力，方便生意。

一九九八年　三月二十四日　（晴）

一早晨出去跑手续。首先是暂住证，东渡派出所在一座山腰上。问一个看厕所的女人，她指了个大致方向，沿着弯曲的盘山公路走了半天，才看到那个大白房子。走过去，楼头山墙上写着"欢迎你来东渡派出所，请从左边台阶下去"。要回头十多米才能下那个沿山坡的石块磊成的台阶。三弯一转弯，总算看到了派出所的牌子，"外口申报室"已经有两三个男女在那儿等着办手续。排队等了半天，轮到我，手续是齐全，可是没有相片，要到他们指定的山下照相馆去照，他们特别强调"不是那儿照的不行"。只好回头赶到山下去找那家照相馆。这里是居民聚住区，像村庄，巷子就是街，沿巷两边都是门店，那家照相馆不过是一间小房子，隔成两半，前面是门店卖点小东西，接待顾客，后面才是摄影室。走进去黑黑的，女主人摸了半天开关，才算在一响之后豁然而明。

"是在东渡派出所办证吗？"她问。

我说："是。"

她说："那只收6元钱，去别的地方要收10元。"

原来是市场经济叫他们"互相帮助，互相爱护"。

说好第二天才能拿相片。想到要办文化许可证，就往湖里赶。湖里区政府新近装修完毕，豪华气派。问门口一个衣冠楚楚的男人文化局在哪，他把我指到二楼。找到文化局，看到里面只有三张桌子，一个老人热情接待我，他把我指到湖里街道办事处，说手续要由他们报给文化局。我走出区政府，一路打听，找到湖里街道办事处，一个长得很清秀的中年男子指了指墙壁上贴的申办文化经营项目须知。第一项就是要找当地居委会，开一个同意开办的证明。这一级一级往下指，不知道居委会将把我指到哪个重要人物家里，要某某先生或某某女士同意才可出手续。"没办法，"清秀男人说，"现在办点事，婆婆妈妈就是多，如你要开办录像租售，那要找广播电视部门，不是文化部门的事，当然也要从我这儿办起。"

我知道居委会的地点。走出街道办，想起还要找工商，想先开办一个企划部，给人家写写文案，卖点文具工艺品之类的，也许能保住门租。不然，等他们把证件批下来，也许个把月过去了。找到湖里工商局，问湖里工商所在哪，一个大块老头往东一指，说："那边四楼。"在个体户管理办公室，一个大胡子男人正在写什么，我问他，他不说话，指我看墙上的办事须知。那里共有十条，写着办执照要准备哪些手续。因为刚来厦门时曾去思明区办过一回，有点经验，我略看了一下，按他的指点，领了两张表。

下午首先到湖滨北路邮局去办电话，回头再到工商所，让那大胡子审核我填好的表格。他一看，这不行，那不行，总之是不行，我问他要怎么才行。他说："你一个个体户管那么多干嘛，你管得了吗？"原来，是我的经营项目写多了。我说我不是要管谁的事，我是要给企业多提供几项服务。他说："你开店卖东西，就是从事个体劳动嘛，管企业的事干什么？"我说："个体劳动也应有脑力劳动者的位置。"他出出进进，走来走去，一副随时都想走的样子。我一面据理力争，一面求他帮忙，他终于答应去帮忙问问。一会儿他回来了，招呼我说："你过来咨询一下。"

在申报大厅，一个男人正在发执照，轮到我时，他说："起名'阶梯'容易使人误解，弄不好别人认为你是做楼梯的。"我想笑，没笑出来，一个劲儿附和，大胡子男人在旁边说："就叫福寿企划部得了。"我连忙说好，可那男人说："不好不好，像做保健品的。"总算答应给

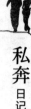

我办，他们让我明天早点来。

在厦门呆了14年，才知道，厦门对做小生意的人相当宽容。我当时完全可以先开业再慢慢去办手续。我这样没头苍蝇似的地到处跑，什么都要准备好，什么都想万事具备，什么都讲正规操作，其实是自己不知道到底要做什么。表面看我是在认认真真做事，而实际上是根本不懂得如何做事，该做什么事。可以说，事情还没有开始就已经决定了失败的命运。

第十一章　惨淡经营

这个世界因为对物质的依赖，充满着经营。为了生存，我也选择了经营。我对生意的经营与我对人生的经营毫无二致，一样糟糕。

一九九八年　三月二十五日　（晴）

终于拿了相片，办了暂住证，又到工商所交了钱，字号改成了"金梯企划部"。

花了2000元买了台冰柜，给书柜补漆，又到旧货市场买了一节1.8米的玻璃柜台。在旧货市场同时看到一个2米宽的大班台，花了300多元一并买回来，摆在柜台后面，还真像那么回事。我内心暗忖：做企划，没个好座位怎么行？把生意做起来后，我还要买个大班椅，一套沙发，一个茶几，一套茶具……可坐下来，算算花掉的钱，算算手中的钱，只剩4000多元了，算是流动资金，有这个月的生活费，万一雅丹身体不好的

医疗费……我紧张起来。

一九九八年　三月二十六日　（晴）

昨晚与雅丹商议好，今天到石狮看货、出货。可是晚上熬到12点多钟，一睡下去，头就发昏，那种恐怖如山般压下来。几经挣扎，总觉有无数魔鬼在周遭威胁、迫害，忘记自己睡在哪儿。强制自己醒过来，再睡去，又做了一个噩梦，我与雅丹一起坐了一辆平板车，不知到哪儿去，结果一个带拖斗的大卡车，向左打过来，正前行的平板车撞在大卡车上，我们被撞到平板车后面……卡车本来已经停了，可是，那拖斗却继续向我们压来……我紧拉她的手，想一起逃离险境，但是那宽大的轮胎还是直向我们碾过来……我叫了一声"我们完了"……惊醒过来，幸是一场梦，身上一身汗，心狂跳不止，而她此时睡得正香，鼻息舒缓，神情安详，我按捺住自己，强制睡下。

这个梦叫我无论如何不敢去石狮。我是个多少有点迷信的人，心理状态不好，也无法谈生意。就想就出点饮料、报刊杂志之类的卖一下。于是，乘车到滨北邮局，从前厅到侧厅，从侧厅到后头的二楼，又从后面被指引到前楼的八楼，终于问清，杂志公司在海后路邮局。邮政处那个同志很耐烦，打了电话又写了地址。找到海后路邮局后面三楼的集邮专刊公司，一个男的叫我到业务部，等了半天，来一个女的，她首先要我出示执照，否则，"不能建立业务关系"，说了半天都是这个意思，只好走。

无数行来过往的人，都说我的门店租得太贵，且地方太偏，不适合零售，搞批发还差不多。初涉商海，就如此惊险，我感到危机重重，我是个再也输不起的人，自己安慰自己的理由是：如果开始就一帆风顺，那世上的钱也太好赚了。

到厦禾路一个批发部，批了326元啤酒饮料，用冰柜储存好。总共卖了10元钱，雅丹算了一下账，毛利3元钱。虽然少得可怜，但这是我们在厦门做生意赚的第一笔钱。

一九九八年 三月二十七日 （晴）

天热得反常，穿着圆领衫也汗流浃背，燥得不行。上午到邮局书刊批销点进了600多元书刊，折扣由20%到25%不等，提着重重的两捆书刊，出门在太阳底下等车。正是中午时分，等车的人很多，每个人脸上都油腻腻、汗津津的，女士们都用各种小玩意遮挡着。

两捆书像两堆铁放在腿两边。等了许久，车才姗姗开来，人们一拥而上，负重的我自然无法上车，只好等下一趟。终于又来了一趟往湖里的车，我不顾一切提着书抢上去。从这到东渡不过三站路，以往轻装上阵，我都是徒步回家。到家时已经是下午1点多，今天没买菜，雅丹炒了一盘土豆，煮了一碗粉丝豆腐汤，凑合了一餐。饥饿的人吃什么都香，我一连吃了两碗饭。

她守摊，一上午只卖了20元钱。没零钱，错过了几笔生意，她一个劲儿埋怨我，要我马上去换。我就到附近工行。路上想想还是得办文化经营点，就转向居委会。找到那儿，一个中年妇女让我等管文化的人来，她说她们3点多才上班，给我倒了一杯茶让我等。我坐那看报。等到下午3点多，那个管文化的妇女才来，跟她一谈，她说要等主任来拍板，又等。到4点，一个五十多岁的中等个儿男人来了，中年妇女介绍，他就是主任，我赶忙向他作自我介绍，他查看了暂住证，叫那青年妇女盖章。

官任居委会在市政府斜对面，我打算到湖滨南路邮局图书批销站进点文学名著，充填书柜。步行到湖滨南邮局，经过三家银行，每家都不愿换零钱，最多只能换20元。在湖滨南路邮局批销点，进了600元文学书。

回到家，把这批书摆在书架上，稍看得过去了。倒是偶尔有人进来翻翻，不过看的多，买的少。这一条门店都是到深夜12点多关门，她也坚持要守，守到12点多，一笔生意也没做，全天才卖60.30元。

一九九八年 三月二十八日 （晴）

连续几晚守到转钟，全天都只做60多元生意。雅丹想再去批发些食杂回来卖，东西多，顾客选择余地大，也热闹些。我早上起来，把两块广告板油漆用细砂纸再打磨一次，准备下午上调和漆。又把柜台清理一番，她已把早餐弄好，吃罢已是9点多。再赶到轮渡邮局，沿途了解市场，批了两条烟和600多元食杂。有了这些东西，生意比昨天强一点，守到了凌晨一点，卖了140多元。

除了卖食杂，还进了点文具，这一天，总共投入900多元，买了四条小凳，一个打价机，一个算盘，总之还是在不住地投入。

一九九八年　三月二十九　（晴）

生意似乎略有好转，但也只售出百十来块钱，主要还是商品不对路。书基本上卖不动，倒是差点儿被人骗去100元。

一个操河南普通话的中等个儿青年来买烟，红梅的，5元钱一包，他给了100元，我找了半天，没那么多零钱，他说有个5元，我就把那100元退给他，他看着我找给他的钱，说："你只需找我90元就行。"我说："你那100元没给我，我怎么找给你？"他就嫌我的烟贵，我收回烟，他一溜烟骑车走了，说是去买别人的。回头一想，当时几个人在那儿打岔，买书的，买饮料的，那个黑脸农民工一会儿问这书什么价，那书什么价，看上去就不像会买书的人，我猜想，他们应该是一伙的。因为那个年轻人一走，他们也走了。

她买菜回来，我讲给她听，她没太在意，说小心就是了。

一九九八年　三月三十日　（晴）

今天一上午生意很热闹，忙过一阵之后，我给广告牌上色，她在那儿忙售货，隐约听到她在与别人议论5元、50元，好像已经找不清楚了，几个人一起在那跟她扯来扯去，她叫了起来，说人家那100元没给她，她找给了人家90多元钱，终于还是被那两个河南农民骗走了100元钱。他们骑着自行车飞也似的走了，她要我去追，往哪追啊？我烦她几句，只好苦笑作罢。做了三天生意，赚都赚不到100元钱，倒被骗了100多，这几天白干还要贴本。这帮人真可恶！隐约记得那个黑脸男子脸上有络腮胡子，红脸膛，像个杀猪的，他们那种找来换去的骗人伎俩其实并不高明，不过是一个人买东西，另一个人在旁边分散主人的注意力，让你忙中出错。她责怪我做事太专注，懊悔得眼泪直流。是啊，对我们来说100元太宝贵了。我宽慰她，劝她想开些。

晚上她坚持要继续守。我连续守了两天，都是到2点才关门，很疲劳。生意还是靠隔壁两家餐厅、娱乐厅维系的。

一九九八年　三月三十一日　（晴）

早上打电话给表姐夫，他告诉我，母亲已于两周前故去。

我潸然泪下，无可奈何远走天涯，竟无法给老母送终，我就这样"孝敬"母亲的晚年，此心何安！他记不得具体的时间，只说好像是十六七号。我无话可说，泪水直流。挂断电话，我心情如铅般沉重，我还有何面目重返家园？人生之路，虽有顽强不屈的性格，不懈努力的追求，离开社会基础，真是寸步难行，我将母亲推向极度痛苦的深渊，直至抑郁而终，我口无言，心无言。

那时，为了我能够继续读书，从五十多岁开始守寡的妈妈一直在含辛茹苦地坚持。

那年冬季的一个雪天，满世界亮白亮白，地上铺着齐膝盖的积雪。村子里卸下浓妆、脱掉华盖的楝树赤裸裸地在寒风中哆嗦，泥巴断墙上结着晶莹透亮的滑溜溜的凌冰，顶着雪朵，父亲穿着大棉袄，腰间系着草要子，撮雪、扫雪、喂牛。他不停地劳动着，也不停地唠叨着。捂着被子从窗户看到雪景，我很暖和，很安静，也很兴奋，雪是这样铺天盖地笼罩一切……

父亲矮胖而又忙碌的形象很令我生厌，他还唠叨，好像总是在有意破坏我的好心情。于是，我终于听到哥哥跟他吵了，哥哥早就忍无可忍了。我听到父亲好像打了哥哥，先是一些连贯的沉闷的声音，后来，是巴掌的一声响亮，不知是打在身上还是脸上，应该是脸上。我就听到哥哥很粗地骂了一句，接下来，他就与父亲对打了。我打开门看时，哥哥一手夹着父亲的脖子，一手一巴掌打在父亲谢顶的光头上，很响亮……我终于爆发了，冲过去想拉住哥哥，但被哥哥踹了一脚，倒在地下。他又像扔布袋一样扔倒父亲，父亲也瘫在地上。

后来很长一段日子，父亲像女人一样坐在堂屋的地上，用巴掌拍着地哭，像孩子一样泪流满面地哭。我也哭，我那时15岁，我安慰父亲说："我长大了一定教训他……"父亲叫我滚开，他泪眼看着我，哭着说："你们没一个好东西！"

那时母亲在做什么呢？母亲正在天门河水利工地跟男人一样挑土呢。生产队要求每家出一个劳力。父亲关节炎很严重，一到冬天就疼得龇牙咧嘴，无法挑担。哥哥在大队教民办，自然不能充作劳力，而我尚小，并且还在读书。母亲家解放前是当地的大财主，母亲从小养尊处优的，根本没干过活，但母亲二话没说就去了。在那天寒地冻的日子，母亲正穿着单衣淌着汗水参加生产队的劳动竞赛。工地的墙报还专门刊登过母亲敢与男劳力比拼的事迹。母亲回来后，得知哥哥打父亲的事，对父亲说："叫你不要跟他们打结，你不听，非要自讨苦吃。"父亲无语，后来他用头往堂屋柱头上碰，说他自己该死。母亲抱住他，叫冤孽，泪也出来了。

母亲出嫁时陪嫁的银元一直保存到我长大成人，每当我读书发生困难时，她就会到离村十多里外去兑换人民币，一块兑换五块，然后又步行到我的学校，给我交搭伙费，关照我一定要吃饱，别光吃糜豆腐酸菜，要多吃青菜。直到我当局长，母亲还剩下30块银元，说我没有继承祖产，把银元交给我。我说："这是您的东西，我不能要，我给您一个抽屉，您自己放好、锁好。"直到我离开楚城，母亲仍然没有舍得动这30元银元。母亲受了太多劫难，总想着要等到我们遇到什么紧急的事派上用场。

1978年，我19岁时考取了一所师范学校。也许因为期待太久，接到通知书时我并没有过于兴奋。父亲母亲多少有点感到这不是真的，他们安排哥哥到公社问问清楚，别弄错了。想想也是，因为家里成分高，去年我高中毕业后跟随生产队的劳力上漳河水利工地时，碰到征兵的机会，想去当兵，就直接去找大队的彭书记，他说："想当兵，没你看的灯，连贫下中农的子女都很难安排……除非你考学，考上了，我们欢送。"为此我还躲在被子里哭过。

高中教我语文的汤老师的到来，使父母彻底打消了疑虑，原来我是真的考上了，喜悦才真正降临到一家人头上，久病卧床的父亲竟然下了床，他瘸着腿到处请大队的各位干部到家里来吃酒，每一个干部都来了，包括那位彭书记，他进门时一迭声全是"欢送，欢送！"算是他没有食言。

父母送我出村，哥哥只将我送到村东小河桥就回去了。站在小河对岸的山冈上，我看到哥哥头也不回的背影，看到父母远远在村头朝我挥手的身影。我站着，竟没有给父母挥挥手表示回答，而是毅然决然地翻过山头，走了。

不到一个月，村子里的一个同乡到学校找我。他说："大爹走了。"我就知道，父亲已经走了，这早已是我意料中的事，于是我很平静地跟他回家。回到家时，父亲的遗体就躺在床上，很平静的样子，他那年54岁。我拉着他的手，算是一个儿子送别父亲的一种特别的方式。父亲的手冰凉而僵硬，给我的感觉是，他似乎是睡着了。大姐、二姐哭得像泪人。我坐在父亲身旁，居然没有流一滴泪。木匠们在用几块薄木板钉棺材，亲友来了很多，但没有人哭了，很安静，钉棺材的声音空洞回响。将父亲入殓后，按村里的葬俗掩埋了父亲，从坟地回来，我才切实感到父亲是真的离开我了，忽然悲从中来，号啕大哭。

我一直自诩孝子，以为赡养母亲，给母亲足够的钱用，就算是行孝了。自从我进城以后，母亲就一直跟着我。妻子对母亲非常孝顺，什么事都由着她。儿子从出生一直到13岁，都是跟着她老人家。接送儿子上学，管他吃喝拉撒睡，都成了母亲一个人的活儿。随着政治上的进步，我逐渐变得忙碌而大意了。我很少有时间陪母亲说话，更不用说陪她老人家上街。每每看到母亲望着我揪心担忧的目光，我还多少有些不耐烦。所以，她的唠叨我也大都大声顶回去了……

我泪流满面，我终于亲手将母亲推向了死亡的深渊。我心痛不已，跪至神台前默默流泪，为母亲烧花纸钱。再怎么悲伤复悲伤，都无法挽回自己一手造成的悲剧事实。还是鞠兄说得对，"你的这种行为是极端自私的行为。"我此举不仅把自己和自己所爱的人拖入了艰难尴尬的境地，也把一群亲人拖向了痛苦的深渊。不管他们为了谁或从什么立场出发，他们都是受害者。特别是我的母亲和儿子。

雅丹百般劝慰我，一味责怪自己，说"是我害了妈。"我怎能怪她，她也是受害人哪。

生与死，痛苦与幸福历来是相伴相随的，在人生的夹缝中，我只能往前看，往前走，用不懈的努力，重整旗鼓，争取自立于世，以告慰母亲在天之灵。

一九九八年 四月一日 （晴）

今天做门前洒水坡，对生意影响很大，整个白天，还没销到100元，上午进了一些烟、饮料之类，投进去491元，货品是越来越丰富了，但门前弄得凌乱不堪，进来看书的人也比往日少很多。没有卖出钱，倒花了150元钱，做洒水坡和挂广告牌，心疼得我懊悔了好半天。看着无人光顾的店，我心急如焚。

邻近两个高消费娱乐城给我们带来了一点生意。到晚上，别的东西卖得少，烟却销得不错。越是高档烟越好销，究其原因，娱乐场所什么东西都翻倍，中华烟外面29.3元里面100元，连红塔山也卖30元，看来，明天得多进点高档烟。

这一天总共做了250元，还是亏本。门店太贵了，靠这种生意，难以自保。守到凌晨2点半，两边娱乐城门前的车陆续带着小姐们走了，成群的出租车也基本上走光了，我关门睡觉。

这个晚上，头昏沉，迷糊。睡下去，那种恐惧感又压下来，赶也赶不走。也许这样一梦过去，从此不醒，这一辈子就这么可笑地过去了。

一九九八年　四月二日　（阴）

今天到工商所，执照还是没办成，原因是所报电话不对，他们无法找到我。这样也好，我正想改改经营项目。在这种地方，卖办公用品和工艺品是很难的，做食杂和烟酒更实际些，而且资金投入不会那么高，周转也会快一些。跟那个办手续的中年妇女说，她说："办公用品本来就没有食杂好做，你当初注册我就认为很难。"她说想改项目要找小杨——那个大胡子。好半天，他来了，跟他谈了一下，他说可以改，叫我回去等。

这一天的生意与往常一样，清淡复清淡。危机很明显，六月份即要交下一季度房租6900元，如果"企划"方面业务不能顺利开展，将无法继续做下去了。

这个晚上又守到了2点多钟，来隔壁玩的一个中年男子，来买了几次口香糖、烟之类。他给了我一张名片，我一看，是创意公司的，叫刘某义。他问我过去在哪儿做过？我如实告诉他。他说："你做企划可以挂靠我们公司，我们有这方面的业务，过去有人做，现在没有了，你做的话，有钱大家赚。"我说："这很好，我明天去找你。"说完他走了，我也要关门了。还是陈伟那句话，机会靠自己把握，也许这也算是一个机会吧。

睡在床上，还是赶不走那种昏过去的沉重和恐怖，用冷水洗了一下头，略躺一会儿，熄灯睡觉。她抱着我问："头很疼吗？"我说："我的头很疼，疼得厉害，这样下去，我会垮的。"她说："明天我守，你这些天太累了。"她给我按了一会儿，竟在相拥中，不知不觉睡着了。

一九九八年　四月三日　（晴）

近几天，天气转凉，饮料基本卖不动。这气候，有点像家乡的深秋。

早晨8点钟，工商所来电话，问我们的具体地址。电话挂断，我忘了问他们到底什么时候来，想到创意公司找刘某义，瞧他的名片，牌子都很大，他是"董事长"，管着六家独资企业，是一个事业很成功的男人。跟他打了个电话，他说我无论什么时候去都很方便。我打算先去看看，然后再看有什么业务。

创意公司在文物大楼三楼，离我们只有一站路，就步行去。创意公司占据了文物大楼三楼大半层，挂好几个牌子，里面人很少，空着许多座位，找到刘某义，他正与另一个男人谈事。坐了一刻钟左右，他把我介绍给一个五十多岁的男人，脖子很粗，说话声音低沉，有种成熟稳健的男子气概。我简单介绍了一下情况，对方的意思是，大家互相帮助，互利互惠一起合作，只要做好第一单，做得好，我们就采取签约的方式往下做。"有钱大家赚"，是厦门人的口头禅。我问他我在哪些方面可以与他们公司合作呢，他说他们主要做招商引资，这是虚东西，是做虚工，但有时又要做成真的，很难做，做成了，好处很大。我一时难以理解，如何把"虚工""做实"，也许这就是我至今没有融入厦门深层社会的原因。他拿给我几本杂志，说是他们公司和其他几个公司去年合作办的，其中有一些项目和单位广告，在我看来，没什么看头，出于礼貌，收好，打算回去研究研究，就告辞了。

回到店里，雅丹说工商刚走，工商的人说没执照不能开业，要等执照下来才行，书更不能摆。我说："我不摆怎么办？这么贵的房租，执照也不是不申请，从25号申请到现在，等下去，我有什么办法？"她说："工商的说这事今后发现了要罚款，他们叫我们不要进货了。"我说："货照进，门照开，车到山前必有路，走到哪儿讲到哪儿，就是罚，也要开下去。"

午饭后，我去出了点中华、恭贺新禧、黑七星、三五等中外名烟摆在架上，又进了点"乡巴佬"系列。她一脸不高兴，认为我擅自进货，搞不好会得罪工商导致受罚。为了找到最便宜的进货渠道，我从厦禾路到莲坂到湖滨北，到处比较了半天，发现还是我们进货的地方最便宜。回到店上，我又累又饿，十分疲劳，就上楼睡觉了。醒来时，她正跟一个顾客闲聊，我到厨房去择菜、洗菜、做饭。两个人吃饭时，已是7点半，隔壁几家娱乐城门前没什么车，他们今天生意不好。到了8点多，各种高级轿车约好似的，都停在他们门前，直到我们店门口。男人们有太多管不住按不下的欲望，台阶上停的，全是高档私家车和公用车，而人行道塞满的，全是出租车。他们每天都过来尽情玩，一两点钟就带小姐到宾馆开房，出租车司机给他们订房是家常便饭。隔壁的保安们说，老板招呼小姐都叫"快！你们的丈夫来了。"里面男男女女，风行一句话，叫做"老婆是大家的老婆，丈夫是大家的丈夫"，有钱人的糜乱由此可见一斑。

今天没人到我们这儿来买烟，奇怪。

守到半夜2点多，连续卖了几笔，营业额突破300元，这是开业来最好的一天。

一九九八年　四月四日　（晴）

连续跟老鞠老钟联系，他们的手机都关机。于是呼老鞠传呼，他很快复机，老鞠说："你现在最重要的是要好好干。"我向他介绍了最近艰难的近况，他表示理解，鼓励我努力，争取干出点名堂。我问法院判决书的事，他说他会请老钟去问一下。谈话中他问我最近跟其他人联系过没有，我知道他的弦外之音，就说："我母亲去世了，我没法回去。"

"你知道了？"他说。

我说："我身为男子汉，既未尽忠，也未尽孝，愧对列祖列宗，愧对楚城父老乡亲。"他劝我不要想太多了，现在重要的是解决自己的问题，亲戚和姊妹对我有个说法，他们都比较理解。我怕用他太多的话费，要主动挂断，他说没什么，跟过去一样，公家埋单的。

这一天生意不好，整个上午只做了40多元，到晚上9点也只做了150多元。

第十一章　惨淡经营

一九九八年 四月五日 （晴）

执照未到手，许多事情无法开展。

就这样一个小店，两个人都没多少空，清理货架，接待顾客……今天早晨起来，不知不觉就到了上午10点钟，然而，做不了几笔生意。

中午时分，雅丹提议吃泡面，下午再买菜，我想，这几天两个人吃饭都是马马虎虎对付着过，长期下去，有损体质。尤其是她有孕在身，正需要营养，我坚持去买了些排骨青菜之类回来，看到她正伏在柜台上泪流满面地哭，我还以为她跟顾客吵嘴吃了亏，待细细问来，安慰她，她才硬咽着说："你一走又来了一个骗子，骗走了50元钱。"

这从何说起，怎么这么好骗？

原来，那人来买两包恭贺新禧的烟，钱都找好了，一张50的，两张10元的加一些零票，那人边跟她闲谈，边说要买10包方便面，他要的那种柜上只几包，不够，就说要到别处买，把烟退掉，她就还人家100元，人家就把她找出的钱还给她，她随手放在钱箱里，待人家走远，她才发现那张50元的大票被那人暗中抽走了。

唉！这种低劣的伎俩也能骗人。我无话可说。只好安慰她，她太粗心了，算是补课交学费。我反复安慰她说，玩一天也要花50元钱，只当我们出去玩了一天。因为昨天我们确实计划出去玩的，但生意一开张，就出不去了。她怪我不该去买菜，我说："你不可以这样讲，我怎么能每天在家跟你做这点生意，这事，明显要怪你粗心，今后注意就是了。"

我当然很不舒服，50元钱对我们来说意味着什么？意味着可以过好几天的生活，买一条我现在急需的长裤，意味着三四天开店的纯利润，意味着今天又交了大半天的房租……50元钱对我们来说太重要了，但我不愿在她懊悔的心情上火上浇油，她需要情绪稳定。安慰了半天，她红肿着眼睛不能平静。第二次受骗对她打击太大了，她当然也十分理解我此时的心情，因此，当我再次到她身边安慰她时，她扑到我怀里，哭得浑身颤抖。她说："我们赚点钱太难了。"我轻拍打着她说："慢慢来，这种学费刚开始总是要交点的，关键要吃一堑长一智，吸取教训。"

生意做到晚上零时，也只做了220元钱。当一个顾客过来闲聊时，才想起今天是清明节，难怪今天我总有些心神不定。向神龛上上几炉香，烧了几叠纸钱，再次想起母亲，我泪流满面。

一九九八年　四月六日　（晴）

本来，电话无法计时，不能当公用电话用，但过往行人往往要借打，并许以钱，不好拒绝。隔壁两家娱乐城的一些小姐，一到晚上7点多钟，就纷纷挤在门前排队打电话招她们各自的相好来消费。这两家娱乐城订台都安装有投币式电话，不仅忙，而且贵。因此，这些吃青春饭的小姐常到我店里来打电话。一接通电话，她们总是千方百计向对方发嗲，一说就是半天，临走，交4角钱还不情不愿。前几天，她们竟推说没零钱，说声"再给"转身就走。听保安讲她们每人每天最低可得到200元的收入，比我开小店强多了，却来占我的小便宜。足见在钱的问题上，她们的脸皮比城墙还厚，而我们还在讲可怜的情义。

找的那家印名片的，技术不过关。一张简单的名片，做了三四天没结果。没名片，始终不好出去拜访企业。两个人每天就守着这点小生意，每天都在亏。要命的是，企划方面到底会不会有业务，我也没把握。如果企划做不起来，店租这么贵，日子难以为继。雅丹巴不得我每天和她一起守。依恋是原因之一，守不了是原因之二。受了几次骗，她的心也寒了，怕再上当。我给她鼓劲打气，叫她细心周到地做生意。她说，可能怀孕后变得很笨。我也觉得有可能。孕中女人头脑也许要简单得多，怪不得她，按说她现在应该好好休息，可是，我们这样的处境……我辛酸。"没事，"她靠在我身上，"只要我俩在一起，再苦再累我也毫无怨言。"作为男子汉，我还能说什么呢！唯有加倍努力，苦苦撑持。

她的小腿肿得越来越厉害，两个人都不知道是怎么回事，就去厦门妇幼保健院检查。于是检查了尿、血压、胎位、胎心音等，均正常。医生说，小腿肿也在正常范围。我放心了，她也很开心。看到她怀孕的幸福感，我感觉孕中的她尤为可爱，憨、痴、柔、娇、媚，只是少了过去的精灵与活泼。

一九九八年　四月七日　（晴）

今天是生意最好的一天，守到半夜2：40，售出了365元钱。吃了一碗泡面，一包饼干，我边洗漱边等最后一个顾客。那人是隔壁娱乐城的保安，很忧郁的样子，每天凌晨2点多下班后都会过来买三瓶啤酒和一些零食回房间去一个人吃消夜。其自言是江西人，远离妻儿来厦门打工，成天在"老婆是大家的老婆，丈夫是大家的丈夫"的环境中当保安，每月七八百元收入。他时常抱怨小姐们认钱不认情。我纳罕，认情还做小姐？洗漱完毕，我终于没有等到他，便关门了。

奇怪，今天头一点也不疼，上楼去告诉雅丹今天的成绩，她很高兴。但这仍然没有达到盈亏平衡，我不想影响她的好情绪。据说糟糕的情绪会影响腹中胎儿的成长。

睡吧！明天去争取新的机会。

一九九八年　四月八日　（晴）

早几天，雅丹就叫我去理发。到保健院给她检查身体时，她又坚持要给我买条裤子，买件像样的T恤，我都婉拒了。试了几件，有一两件我非常喜欢，但还是以颜色不好或太小或样式不称心拒绝了。到轮渡，她很不高兴。我说："我有两条裤子，只是染了点白油漆，也不太显眼，还可以穿。再说，像我这种人，还有谁注意你的裤子？"她说："你要外出跑业务，人家一看你一个穷酸邋遢相，谁愿意给你业务做？"

也是。不是有人在报上嘲笑当今某些人摆架子制造成就感吗？越是买不起的东西，举债行骗也要超前消费潇洒一把，以一种成功者的形象蒙骗世人，而世人一般在这种人面前也容易上当。诸如借款买辆豪华车的大款，一无所有成天拿大哥大泡桑拿舞厅的提包公司经理等等。但我做不了这种人，只能靠踏实劳动赚钱糊口，当然无法潇洒消费。

我这人本来十分爱面子，当然希望穿好点儿走出去潇洒大方，但钱太难赚。卖一盒烟才5角钱毛利，卖一听可乐3毛钱，卖完一整箱毛利才7.2元钱。像饼干，啤酒这类毛利两三毛钱的货，买的人很少，来钱太难。理一次发，要花一整条烟的毛利，买一条裤子就得守好几天。想想自己那次在武汉一个大楼门前给那排老弱病残乞丐每人发5元钱的情景，我羞愧。现在两三站路的距离，为了省1块钱我连车也不搭，因为一块钱相当于卖出10根火腿肠、5包如意饼、6包方便面的毛利。我不希望雅丹想这么多事，她还是更单纯、更浪漫、更天真才好，这样子更可爱。

多次跟家里哥嫂打电话，都无人接，不知道为什么，连续十几天都是如此，我担心家里是否发生什么变故。自从得到母亲去世的消息，沉重的负疚感笼罩着我，一直无法解脱。我想倾诉，想找个对象说说我的愧疚、悲伤、哀愁。

到晚上11点多钟，终于打通了哥哥家的电话，是嫂子接的，嫂子是个直脾气，她说："你哥不在家。"我问她怎么电话老打不通。她说："这半个月在外打麻将，没回家。"问哥的去向，她又说："你哥到舞厅跳舞去了。"语气极其冷淡，使我感到我不是在跟亲人通话，而是在与一个陌生人进行一项需要沟通的谈判。我不由自主地向她表示歉意。我相信我的语气一定是可怜巴巴的，我不能就自己的错误做任何有实际意义的解决和补偿，能说什么呢？只好请她向哥哥转达我的问候和歉意。挂断电话，临近深夜，我感到无比冷清、孤独，呆坐在柜台里，望着外面车水马龙的大街和拥挤在两家娱乐城门前的公私轿车、红色出租车，我的心一片落寞空寂。如何彻底改变目前的处境是一个像山一样沉重的问题。

有个老乡，姓费，是我在集团工作时认识的，算是老同事，他偶尔路过，会到我的店里小坐。今天他又从门前路过，稍坐一时，因为忙于台交会，他打了个招呼就走了。我以为他不会再来了。正做晚饭，他来了，我盛情留他吃饭，一起喝酒。弄好菜，两人边喝边聊。在所有的交谈中，他谈得最多的是他的怀才不遇。文章写得好，无法施展；字写得相当不错，没人欣赏。他讲了市面上流行的关于两个人赛跑的笑话：是两个英国人赛跑，一个跑到前面，一个会在后面死命追赶，英国人看来是不甘落后的人；两个美国人赛跑，一个跑到前面去了，另一个赶不上，他会在比赛结束后送给优胜者鲜花，美国人看来比较潇洒；而两个中国人赛跑，一个赶不上另一个，他会想方设法阻止那个人当第一，最流行的办法是使绊子。他说："这就是中国人的民族劣根性。集团一些笔杆子，看到你写的文章，不以为然，就说'我在上初中时就能写出这样的文章，现在写不出来了'；而另一些人就会说'李福寿这家伙这么有激情，一定有情人。'总之你的本事，要么算不了什么，要么是人有毛病。"

他说："你当然有才，这一点大家都承认。但是在象山集团，比你强的人多，是不是？像我们老总，他思维很严谨，很深刻，很佩服我的文笔和思想，我也很佩服他。"我朝他点头，并且配上笑脸。这种"天下文章出三江，三江文章出敝乡，敝乡文章数吾弟，吾与吾弟改文章"的俗套不难理解。两个中国男人在一起交谈，总是难免在口头上一争高下，我不想落这个俗套。不说天下，在象山集团，写文章比我强的人也一定多，只是需要机会展示。我这样劝慰自己。

今天再超记录，营业额达到478元，这样，一天可有上百元毛利。如果卖500元营业额，就可多赚几十元，难哪。

一九九八年　四月九日　（晴）

我打算每天抽100元营业额做积累，准备她生孩子时用。另外的钱用于出货滚雪球。最近每天营业额超300元，有200元增添货物，也算不错。

今晚又守到凌晨2点多钟，营业额372元，前几天投出去的1000元收回了，还超了300元，同时这几天每天都在进货，而且都是好销的货，内心不禁升起点点希望。但愿雪球能越滚越大。

今天开始出去跑企划方面的市场，觉得自己对这种业务定位不是很清楚。你能做什么？有谁会相信你需要你呢？

一九九八年　四月十日　（晴）

当今的推销有点像暴徒强奸。不管你要不要，听不听，理不理，他拿着他的产品，缠着你喋喋不休地向你介绍他产品的好处，要你买下它，甚至于强行在你身上使用他的产品，比如剃须刀、按摩器、按摩梳等，一边给你用，还一边哇啦哇啦地向你"推销"，叫你逃不脱，推不掉，无可奈何。

一大早，还未起床，就听见有人在不住嘴地向雅丹推销什么东西，好半天没听见她做声。我赶忙穿衣跑下楼，原来是两个戴眼镜的小伙子把她逼在柜台一角向她推销按摩梳。一个小伙子一只手拿着那把按摩梳朝她的头上梳去："叫你试试就知道它的好处，用一用就会尝到它的甜头！"看他们咄咄逼人的气势，不卖掉一个按摩梳是不会罢休的，可怜雅丹连一个插嘴的机会都没有，只会一个劲儿的说："不要，不要，我不需要。"见我下来，两个小伙子抽空招呼我一声又转向我推销，气势明显减弱。我看他们一眼，自己先坐下来穿袜子，然后笑着对他们说："你们够辛苦的，坐下来谈吧！"那个主要推销的小伙子已经养成了喋喋不休的习惯："这位老板挺客气，看样子是个文人，平常肯定做了不少脑力劳动，买上一把按摩梳经常梳一梳一定会文思泉涌、佳作频出……"我穿好袜子，说："我们不需要这种产品，你们可以在这儿坐下来休息一下。"他终于住嘴，两人难堪地苦笑一下，提起一袋按摩梳告辞出门。

雅丹坐下来叹息一声："现在的推销员简直像神经病。"这些推销员的表现确实都带有强人所难的架势，可见推销是件多么艰难的工作。相比之下，我太过文雅迂腐。自我推销中畏首畏尾，瞻前顾后，又想赚钱，还想顾及脸面。有个朋友说，现在搞推销，就要敢闯、敢说、敢干，有时就要不讲脸。我无法接受也无法做到，这也许是我很难打开市场的原因吧，即使我要去自我推销，我也无法这么做。念及此，我不禁对自己失望，觉得自己真不是做生意的料。这辈子恐怕也无法通过做生意来养家糊口。

一九九八年　四月十一日　（晴）

连续深夜守摊，我万分疲劳，一到中午头就昏昏然沉重。雅丹叫我上楼睡觉。我拿一张报纸上楼，听着收音机，看着报纸，不由自主的，回想起自己近一年来的所作所为，感到自己是一个愚蠢透顶的男人。虽然于人口碑中，还有洒脱聪明的内容，但自己做任何事，都只做了五成。比如出走，如果在家辞掉职务，办好手续，打探好路径，谋好出路，逐步站稳脚跟，再接她出来，就会少许多麻烦；比如租门店，慌忙签约，背上租金这沉重的包袱，现在欲罢不能，把自己再一次推上了背水一战的险境；就是做的这些书柜的质量也只有五成；还有那个自制的漆光照亮的钱箱，无论是形状还质量，也只有五成，自己真的成了个李五成了。

诚然，没有人把事情做到十成，只能说做得相对圆满些，这个"相对"的程度，大概至少也有七八成吧。如此看来，我们今天的这个处境，于我是事出有因。人最需要的是永远向上和不懈努力，只有为理想追求付出艰辛劳动的人，才有可能登上七成的高度，就以这个七成的目标，求取七成的成功，这个要求不算高吧？我哂笑自己：本来是上楼睡觉，却围绕着五成七成作文章，这行为，谁说又不是五成的行为呢？

睡。

晚上我守摊。按规律，周末的生意不好。隔壁两家经营"女人"的娱乐城，门口也"车马稀"了，男人们潇洒了一个星期，该回去骗骗老婆、哄哄孩子了，因此，两家的保安和服务生在门口望眼欲穿。到晚上

12点多，那些出租车司机依然在门口耐心等待，这也给我带来了一点生意，他们都在我这儿买烟或者啤酒。到凌晨1点多，几乎每个出租车都载有一个小姐消失在夜幕中。

今天再不会有生意了，卖了出租车司机最后一包香烟，就关门睡觉。算算今天的营业额，394元，比昨天多，没白守。

一九九八年　四月十二日　（晴）

今天一早起床，就带点钱，拿点吃的喝的，咬牙出去玩。

搭车到中山路，雅丹说我下周出去跑业务，还是要穿干净整洁点。就到那家卖79元一件西裤的店买了件上次试好的西裤，去厦门看到买115元一条万宝路香烟，外赠一个小黑皮包。烟可以卖掉，落一个包。就与她商量，买了一条香烟，这一来，带去玩的200元钱，只剩下返程的车票钱了。原计划到鼓浪屿去，虽然还有船票钱，但没有一点钱在手里中，心里没底，就没有勇气走太多地方。而且，钱花光了，她虽无怨言，情绪却明显低沉。她说，就到海滨公园去坐一下。我们于是到海滨公园的雨棚里坐。因为没买旁边那个小卖部的东西，那个负责收拾垃圾的老头过来说，不买这边的东西就不要在这里坐。我不服。本来是公园，大家随便进来休闲的，凭什么非得买他东西才能坐？又不是他家的私园。而且，他们的东西特贵，一瓶矿泉水，外面最高2.5元，我们一直卖2元，他们卖3元，赚200%；一杯冰激凌，外面卖2块，他们卖4块。我去买了杯冰激凌给她吃，算是买个座位。两人在里面待了不到一小时，她说想睡觉，就坐车回店。

停业大半天，到下午2点半才开门，守到转钟一点半，营收189.9元。

一九九八年　四月十三日　（晴）

上午9点多起床时，雅丹已经做了几笔生意。出去买了一点菜，做了餐丰盛的午餐，她又给我开了瓶冰啤酒。午饭后，我穿戴整齐，准备出去找业务。有这条新裤子，配上去年的白短袖褂，再拿上新买的黑皮包，多少找回了点过去文人雅士的感觉。我与她招呼一声，就出了门。

站在门口，南去还是北往，我一时竟不知所投何方，迟疑了一下，又跑进门店。她望着我直笑，"没目标，是吧？"我难堪地点头。我说："请给我时间适应，我这样子出去推销自己，对我而言，毕竟是头一回。"

略略稳定了一下情绪，我毅然走出门。我现在就是一个无业游民，凭本事吃饭就是最大的脸面，还在乎谁热情不热情？有了这思想基础，我沿途见单位就进。走了海天宾馆、东渡区、边防站、派出所、海洋研究所、水产研究所、药检所等，每到一处，我都从容地自我介绍，寻求机会。这些单位大多表示有这种业务，一定联系，也有说没有的。我想，这样每天走七八个单位，即使每天有一个单位认可也不错。一件新鲜的事，要人们认识，不光需要时间，还需要自己的不懈努力。

沿公路走下山坡，我实在太累了，但信心足了不少。到水产进出口公共汽车站，想到执照，就搭车到湖里工商所，还好，执照发下来了，交了80元钱（本月管理费）领取了执照，又坐车回到进出口站，到菜市场买了点菜，才回店准备晚饭。

一九九八年 四月十四日（小雨）

雨间或洒一阵，刚够湿润地面。天空露点蓝，太阳偶尔从云层裂出光柱，斜射地面。风的凉意很明显，仿佛能摸得着，捏得住。过一会儿，云层密合，又下一阵小雨，仿佛有意与人开玩笑似的。在街上走着的人大多没带雨具，但他们走路淋雨也不惊慌，仿佛被这小雨逗得十分开心，如同享受春日阳光一样惬意。可不，那些或浓妆或淡抹的青春少女、少妇们，背个小包，头上湿上小雨，有如梨花带露，更添一层妩媚，再加上那种骄傲自信的步伐，青春洋溢的浅笑，这世界真是鲜活美妙极了。

生意还是那样不冷不热，不温不火。两个人守到中午12点，卖了不到80元，干脆关门睡觉。到4点我醒来时，发现雅丹早已经做了半天生意了。这一觉真是睡得踏实，全身心如同清洗过一般鲜活，轻松。看到我下楼，她拥过来，我轻拥着她，用手轻拍她的肩膀，给她报以愉快的微笑。

我说："我睡得好舒服。"

她温柔地捶着我，说："你活像头大白猪，鼾声那么响。"

唉，也不知从什么时候我开始有鼾声，过去我睡觉从来安静得很，与同事外出，熟悉我的人，从来都极愿与我同房休息，他们说："李局长睡觉最安静。"

我说："是我把你吵醒了吧？"

她说："没有，我也起来没多久，到现在刚做了一笔生意，卖了一盒七星烟。"言下之意，生意太清淡了。

我望着她，逗了她一下说："还不是你说的，慢慢来。"

我们开始商量今天应该进的货，这样每天按销售情况进货，周转快一些，还是不足以抵房租。

定好货单，我问她今天的感觉，她还是说下腹有点痛，下肢肿胀不舒服。这世界实在是太不公平了，把生儿育女的幸福让男人和女人去共同享受，而把生儿育女的痛苦却加给女人单方面承受，好好的一个人，让一个婴儿在肚里慢慢长大，长到一定程度，还要强行从本来不足以让他或她出来的产道里生出来，把一个好端端的女人，折磨得死去活来，而女人在痛苦中居然找到幸福感。女性的伟大，真是非语言所能概括和表达，她们把这种爱和这种责任贯穿终生。由此，我又想到了母亲，想到这个神圣而伟大的字眼，我羞愧又悲戚。想到母亲生养了我，把毕生的精力都投入到抚养我、培养我之中，而在她的晚年，我却因为追求自己的所谓幸福，无情地抛弃她，让她未能安度晚年，未能幸福地寿终正寝，我真是天底下最不义不孝的混蛋。我眼泪不由自主地涌出眼帘，我说："做女人真苦……我想到了妈妈……我真是太混账了……"

她过来安慰我："上帝就是这么安排的，没什么，你也不要为妈的事过于自责，好好干出个人样儿，妈在天之灵，也会高兴。"她从我身后伏在我肩上，用脸颊轻轻摩挲我的脸。

此情难抑，此恨难消，此悔难过，此错难挽啊！从此往后，家乡、家、亲人对我都将都是沉重的字眼。

一九九八年　四月十五日　（晴）

今天连续访问企业，寻找机会。在新岛广场五楼碰上老费，他说他正有时间，约我到他宿舍一坐。我只好从命。

他住在单位给他租的公寓里，三房一厅的房子，住三个人，无论客厅还是卧室，再到厨房厕所，到处都给人拥挤零乱、狼狈不堪的感觉，书、衣物、餐具、桌凳等杂物到处都是。

老费这个兄长，怎么说呢？难得他自我感觉总是那么良好，那么自信，与我的低沉形成了鲜明对比。中年男人能有这种性情、兴致不多见。他告诉我，他老家的房产卖了十多万元，手中现在有二十多万元。准备赚足五十万就不干了。又说，老总对他不错，他在单位职务是部门经理，实际上干的是副总的活。后来又跟我谈起他的字。说他的字写得怎样怎样好。这话不假，他的字确实不错，我很欣赏。他告诉我，他在北京拜访了许多名人，从了许多名师，并高兴地要送我一副四条屏。

漫无边际地叙谈，不觉谈到我坚持写作中的《私奔日记》，他很兴奋，说："我也在记日记，我的必将是社会宝贵的财富。"这感觉刚好和我完全相同。他翻出一本他在内地当基层干部时记的日记，扉页上写着"随想"。第一句话是"当感情的奴隶是一切罪孽的根缘"。他特意指给我看这句话，说："我27岁就悟出了这个道理。"我不知道自己是不是感情的奴隶，也不知道自己的罪孽是不是经由感情带来。他的意思，人不能太重感情，太重感情就会误事，特别是误自己的事，当然有时也误大家的事。这话有些哲学的意味，令我迷糊且困惑。一般人的日记，总是记给自己看的，当然既亲切又自信。可是，不知为什么，我现在最怕看自己过去的日记，那里面的幼稚、可笑，常叫我十分汗颜。比如对爱情、对事业和辉煌人生的追求，就像一个裸体男孩站在山头上朝山下撒尿，还自以为尿得很远。

承蒙老兄不把我当外人，他还给我看了他的照片，并用他的一个摄影家朋友来考我。在照片中，他指给我看一个少妇，问我能看出点儿什么。我看不出，那是四个人坐在一个主席台上，三男一女，正襟危坐，没什么特别的。他说我没眼光，说"这女孩近我嘛，当时，我要坚决点，我们就走了你们的路。"后来他又说，他舍不得孩子，所以没离婚。他问我这女孩怎么样。我说："照片上看不出，感觉还行。"他对我的回答不是很满意，夸这女孩的气质风度怎样怎样好得不得了，总之品貌一流。他又指给我看他老婆，告诉我也是一流，只是病得很重，会不久于人世。我搞不懂。既然老婆患了绝症，他却辞职跑到厦门，几年来单身一个人过，这怎么过？算什么？当然，这些，是不劳我操心的。他能过得这么潇洒这么圆满总有他的道理。

临别，他送我四条屏。让我挂在我的店里。我说我的一楼是杂货店，挂这种高雅东西恐怕不合适。他眼睛一白，说："你挂在二楼。"可二楼谁去呢？我答应他，表示尽力而为。

走出他的住处，我反复思考他的话。他说："厦门人才很多，你还不十分了解，要在厦门成事非常难。你这样跑出来，抛弃家庭、抛弃老母、抛弃孩子是很不道德的。"——难道这就是答案？这答案我早就刻骨铭心了，如果有任何挽回的可能，或者时光倒流，我都会去拼命做，但是，我如今就像死掉一样，一切无法挽回。他的强调让我更添一层悔恨。只是我早就知道，这种悔恨不仅虚伪，毫无用处，而且还将继续制造新的悔恨。

一九九八年　四月十七日　（晴）

今天到创意公司去，我想，既然大家都可以拉大旗做虎皮，我为什么不能拉一张狗皮充一条狼呢？尽管创意公司这张狗皮不怎么样，但据说是国有公司。

私奔
日记

找到翁副总，他很客气，倒茶、让座，问我联系到什么业务没有，我说没有。这几天，正拜访一些企事业单位。我说："我这样子在外面跑，无法代表贵公司承揽业务，我能否以贵公司业务员身份在外活动呢？"他说这要问刘总。我又向刘总说了我的想法。他说："你就以业务部经理的身份在外活动吧！"呵呵，张口就封给我业务部经理。他接着说："你叫翁总给你张名片，照样子制作一张你的名片就行。"翁马上就要去行动，刘总白了他一眼，说："等会再拿。"翁很热忱地为我说话，刘总听得不耐烦了，说："这事已经说了，就不要再重复了。下周，企划方面的让小赵去做，老李你可以经常来坐一坐，聊一聊，也许就有业务了。过去这个摊子有一二十人，各种各样的业务很多，后来没什么事就罢了，养着那么多人，每月枉费几万元费用……这样子，有就做，没有就找，就等……"他还说我以后可以经常回公司来，他用的是"回"，但不一定每次来都要找董事长总经理。告辞出来，翁总给了我一张样片，他说："你就印上厦门东海岸招商部企划部经理吧！随时保持联系。"

走出门，我觉得刘总不过随便从废纸篓拽出了一个瓜皮帽让翁总给我。而翁总为了表示他的善意，又把这顶帽子上的灰拍了拍，再交给我。我不常戴这顶帽子，一来天气太热，二来我头发稀，三来戴久了，恐怕满头冒虚火。这顶帽子，只有在特别冷、特别孤独的时候，才可派上用场，说不定，也会带来一些机会。这就是说，撞上和尚，剃了光头说话更亲切；而碰到农民，最好是打赤脚高卷了裤腿说话，才更热乎。

回到店里，把这感觉跟雅丹说了，她也一个劲儿笑，说："现在的提包公司太多了。"

一九九八年 四月十八日 （晴）

去年的今天，我们开着桑塔拉2000到处谈恋爱。在洪山北部丘陵地带，我们寻春踏春，把两个人的爱融入绿色融入春天之中。今天回想起来，那种甜美的幸福感依然笼罩着我，像这样的日子，人生能有几回？

有这么一日，又怎不够受用终生？更何况我们的寻春踏春延伸到祖国的东南并未停止呢？我们的相知相爱与目前尴尬的生活依然令人陶醉。想来人生变幻真是多姿多彩。去年她在山坡上与我嬉戏时还身轻如燕、灵巧自如，那乌发随她的跳动飘动起来，如同一团黑色火苗，而今她走在我身边却是一种雍倦憨柔之态，活像一只母鹅，叫我爱怜不已。即将做母亲的那种惊喜、幸福和满足，使她变得有时更加温柔和顺，而有时又特别容易气恼，发起牛脾气来恨不得用犄角抵人，用牙咬人。不过，她这人发起脾气来火冒三丈，可是不出一会儿，那温柔娇媚的浅笑很容易回到她的脸上。

生意还是很清淡。就干脆关了门到市政府绿草地和白鹭洲玩。一路上，我打着伞牵着她的手。因为出门时，我向一家欲租赁舞厅的公司打电话咨询。她眉头一皱，火了，说："你完全是神经病，对方要押金3万块，月交3万元，你付得起吗？纯粹是吃饱了没事干，我不出去了。"我感到尴尬。其实，我的意思无非是想寻找一个机会，对方如果能考虑聘请一个人帮他管理，也不失为一个机会呀。当然，要找这样的机会很难。有谁会轻易相信你信任你，请你去管理？我真是没事找事。我不再争辩。一直逗她笑，她终于笑了。这才牵着手走到大街上。

我说："孵蛋的母鸡特别爱啄人，怀儿的狗也特爱咬人，我看，怀了孕的老婆特别容易发脾气。"她白我一眼，说："我是母狗，你就是公狗！"

太阳已经很有热力，绿草坪上热烘烘的，和缓凉爽的风很宜人。走了两站路，雅丹有点累。我们在一处草坪上席地而坐，并给她撑上阳伞。草地上游人稀少，不像凉爽很多的早春那样多。放风筝的人也少很多，只有两个小孩在奔跑牵扯，还怎么也放不上去。我让她躺在我的臂弯里休息。看到她很舒适地睡着，舒缓安祥地呼吸的样子，我感到，我们虽然过得很苦，但我们两个人发自内心的相爱，排除和化解了许多烦恼，她跟我受了那么多苦，但从无怨言，总是苦中有乐。

她睡了好久，醒来后吃了点自带的食物。为了省钱，我们步行到湖滨南路去换零钱和打货。湖滨南路批发市场谈了几家，都没谈妥，只好还是走到厦禾路，列好了货物清单，连我都很累。问她，她一个劲儿说："不累，真的一点也不累。"

一九九八年　四月十九日　（阴转小雨）

今天越发没生意。与其这样干等，还不如出去玩。我们决定到鼓浪屿去。她怕花钱，不想去。我说："想开点，该玩就玩。今后周末至少出去玩一天。"她勉强同意了。其实她也是个很爱玩的人，只是因为现在我们的经济状况实在太差了。

我们从三丘田码头上岸，手拉手沿海岸漫步。鼓浪屿游人云集，各种旅游团带着红、黄等不同颜色的太阳帽，由一个举三角旗的导游领着，他们掺杂在游人中，一拨拨很成气势，看到这么多游人，吹着这么好的海风，感受海边五彩缤纷的各种广告，装饰画和绿草翠树、五色花朵。她说："我太喜欢这个地方了，这一切，都曾是我梦寐以求的，所以说什么我们也不能回楚城，我们一定要努力在这扎根。"我说："我也是这么想的，一起努力吧。"我暗下决心，我们一定要在这里扎根，虽然这很难。

毛毛细雨下起来，神游在街巷的人大多是外地的，他们没有习惯厦门这种近似与顽童一样的雨，都有些惊慌失措。这使雨伞一时十分俏销，25元一把一会儿就卖掉一大堆。可以肯定这些买伞的人中没有一个厦门人，因为不到十几分钟，雨就会停，这些买伞的人就会为这把碍手碍脚的雨伞而添烦。果然，雨一会儿就停了，再过一会儿，阳光在亮亮的云彩中隐现，微风中渗合馥郁的花香，整个鼓浪屿像信心十足的少年一样生气盎然，又如同纯净清新的少女一样艳丽多姿。上天赋予了厦门、赋予了鼓浪屿太多的浪漫和幸运。

海边沙滩广阔洁净，海浪轻轻叹息，缓缓、柔柔地吻着沙滩，这里是游人云集的地方，沙滩上老人、青年、小孩，男男女女不少人席沙而坐，一些少男少女赤了脚在海边打水仗、打沙仗，逗闹声、欢笑声融进海涛声，增添了许多自然活力。少男少女们表现欲都特强。少男们的嚷嚷声越响，少女们的笑声越亮。泛滥的青春激情在海的面前总是显得轻浮可笑。雅丹问我："你在想什么？"我望着她，会心一笑，说："我在想，我们现在什么都不缺，就缺一样东西。"她撇嘴一笑说："就是。"她玩着沙，抛洒起来，说："等我把孩子生下来，我一定配合你好好赚钱。"她充满信心地说："凭我们两个人的能力，我们一定会拥有很多钱。"我拍拍她的肩膀说："我一直都是这么想的。"

　　沿海边洁净的绿色甬道漫步，沿途的榕树把这条甬道装点成一条靠海的半封闭式绿色长廊。说"满眼都是画，人在画中游"一点也不过分。穿过山洞走到鼓浪屿西岸，那里的树更大、更茂密、更古朴。海边泊着一些帆船，一些人借这些帆船为背景照相。有一个背几部相机带三脚架的年轻人看上去很专业，他正在给一个孩子照相。相机靠岛边山坡很近，而离那条一半吃水一半船底淹入沙中的黄色歪木船很远。孩子在船与相机之间不经意地玩着一些贝壳，仿佛并不知道有人给他照相。我相信，在这个镜头中，孩子、船、海和远处的岛屿，群山加上云缝烈光的天都会进入他的镜头。在那些光柱的豁然斜射下，海边童年的主题将会呈现出辉煌灿烂的魅力，那种充满希望、渴望、追求的意境将充满整个画面。这景象令我十分着迷。我说："我一直想抓住这种天空射下万道阳光笼罩大自然的风景，可是总是没机会，真可惜今天没带照相机。"她说："其实这种景色是很难抓住的，不相信你认真看一会儿，很快，这种景象就会改变，小的时候，大人们就告诉我们，天上的云彩最怕看、怕指，一看一指，就变了。"我说："美就蕴含在这变幻之中呀！不变，就不会有这千姿百态的美。"她白了我一眼说："真服了你的激情。"我说："我就靠这点激情去爱，去追求。"她会心地挽着我，推我往前走。

　　这一天，我们满载了厦门的纯情和自然的恩赐。

　　人海茫茫，天地很大，同时又很小。到晚上，当我到公交水产进出口站那儿去买蚊香时，不期碰上楚城工商局廖副局长，我们两个人相对迟疑片刻，终于都认出了对方。他说："不是听说你在东北吗，怎么在这里？"我说："我一直就在这里。"他马上把后面一起来厦门的同伴吴副局长介绍给我，说他现在是某公司总经理。他乡遇乡亲，我们自然别有一番亲切。他们热忱地约我到他们的住处去坐，我说："我去打个转，跟雅丹招呼一声，马上就来。"

他们住的宾馆，与我们可说是近在咫尺。买了蚊香回去，我告诉雅丹，她说："我守摊，你去吧！"

找到1402房，两个人热情招呼我。我坦言自己至今还在寻找机会，在外面没有社会关系，不好混，吴先生马上热心快肠地说："我要好好帮帮你，至少要帮你解决生存问题。"他说他跟厦门好几个大老板是铁哥们。我表示感谢。我想，他与这些大老板会是怎样的"铁哥们"呢？现在的大老板跟谁是铁哥们呢？吴先生无非是在一个落魄的男人面前焕发出了当救世主的冲动。吴先生开始不住地打电话。后来打给一个范老板，对方好像正在吃饭。他说："我有一个朋友在厦门，要请你帮帮他。"听出对方明显觉得现在谈不方便。他就说："你吃完饭后打电话给我。"我们谈了许多如何翻身做主人的办法。任何时候，纸上谈兵，总比实际操作更浪漫更令人心动。人在纸上谈兵时，天上地下，纵横驰骋，无所不能。直坐到晚9点，我正欲告辞回去，这时电话来了，吴先生用非常生硬的普通话向对方介绍说："我今天在路上碰到一位朋友，是我们楚城县原文化局长，很能干很不错的一个人，因为家庭问题出走了，现在还没离婚，在厦门过得很艰难，请你帮帮他……"他的话在与对方的对话中语调不断降低，最后收线，劲头就没刚才那般救世主的冲动了。他说："他有机会帮你的。"我说："非常感谢你热心相助，现在的厦门，机会不大好找。"的确，有哪个老板会凭义气帮助一个素不相识的人呢？不会的。我告辞回去。他说："明天我请你，你不要多心，我用的公家的钱。"他们来厦门，按照礼道，该我请他们才是。但我不能打肿脸充胖子。请他们一餐，至少得三四百元，这笔钱对我来说，是很难的。雅丹马上要生孩子。我婉言谢绝了，并表示自己的歉意。他们两人都劝我，热情请我，我婉拒了，实在不好意思。

回到店里，向雅丹坦言。她说："你不去也好，这种事用不着难堪，他说得很对，横竖他们花的是公款，你请花的是自己的血汗钱。过去你在场面上，有多少人吃过你的白食？"

我说："毕竟我现在在厦门，是东道主。"

她说："你去了更难堪。"

晚上，我守摊。今天生意奇差，只卖了108元，刚好够梁山108好汉一人喝一口酒。

一九九八年　四月二十一日　（阴）

按理，我还是应该当一回东道主。但反复考虑，反复商量，这客不好请，或者说，请与不请，不会有多大区别。一来这几天生意太差，一天营业额百十来元。做一天，不说赚，连本带利都不够请客。加上她有孕在身，人家请客，可以借故不去，可自己请客，总不能再避而不见。我打消了还席的念头。以我们如今的状态，只要是通情达理的人，应该很好谅解，毕竟，我们并没有过上正常稳定的家庭生活。为梦想而抛弃光荣的人与生活在光荣中的人，谈起话来，难免掉进窘迫的陷阱。这里，只好在内心请两位老乡原谅。

一九九八年　四月二十二日　（阴转多云）

不知道世间动物中竟有蠢如苍蝇的笨蛋，明知死路一条，却纷纷前仆后继，扑向那无声的屠场。就因为受了那张纸上气味或者好处的诱惑，它们义无反顾，带着索取的梦想，落上去了，企图轻松收获。结果是，收获是收获了，就此，也就被粘上去了，无法动弹。有些侥幸挣脱的苍蝇，受了反复的诱惑，再次落上去，最终累死在这人造的屠场。贪心苍蝇举不胜举。这张36开的粘苍蝇纸，不到1小时，竟黑森森有一层苍蝇挤在上面丧命，偶有三两个奄奄一息的，还在上面踏着同伴的尸体，沉重而艰难地蠕动。因贪而粘，因贪而丧命。

苍蝇被彻底地粘上去了，它们永远不会有机会后悔或重新开始。无法动弹的苍蝇们在那张小纸片上筋疲力尽，抑郁而终，给人留下笑柄。随手揭起苍蝇纸，非常轻松地，它们就随那张纸片进入垃圾中，回到"泥土"中。比之于苍蝇，人真的是高明很多的动物吗？

为了自己的生存，人类想出许多好办法来限制、捕杀或保护与之一起生存的动物。原则是"顺我者昌，逆我者亡"。对异类，无论是天敌还是朋友，他们可以捕杀、囚禁、乃至剥皮烹肉，他们穷尽一切办法，意欲赶尽杀绝。那种偏执、残忍常是人自己也无法相信的。人们还把这些原则、手段一样不落地运用到社会交际中，尔虞我诈乃至刀兵相见，无不表明了人的孤傲、恶毒、凶残和卑鄙。相对于宇宙来说，人类的许多努力、许多成果无异于小孩的雕虫小技，也无不带有强烈的侵略欲和占有欲，有哪一种人愿意与如此偏执、自私、狭隘的东西打交道呢？苍蝇的被粘、被控制直至抑郁而死，不过是人自身处境的缩影和写照，因为人其实也是被粘在一个狭小的空间里在拼命挣扎着直到抑郁而终，他们还沾沾自喜地认为自己在奋斗呢。

走访企业寻找业务真是一种既艰难又丢面子的工作。很少有人表示欢迎，即使有，他们承诺可给的业务也是遥遥无期不知有无。有的说"我们这里不需要"，连看也不看你，把手一挥叫你出去。有的说"我们这里大学生成堆，用不着。"把名片还给你。送你一句"就这样啊？"意思是，你滚吧！还有的说"我们这行专业性很强很强，你干不了，也没法干，你另找别家吧！"只有很少的人，会接待、让座，与你好好交谈，然后答应有类似的业务一定主动联系。总的来看，这个行业，潜在的市场很大，前景广阔，关键是如何找到业务。

来厦门近一年，从找工作，到给人打工，到找机会租门店，到今天进一步寻找机会，我看惯了冷眼，受惯了渺视，心平气和了。机会靠慢慢寻找，有足够的耐心才能成功地推销自我。多年磨炼下来的底气，支撑着我坦然对待一切公平和不公平的待遇。我相信，总有一天，我的市场将逐步打开。

一九九八年　四月二十三　（阴转多云）

"危机四伏"是我们目前的处境。

孩子马上就要出生。

谁来照顾孩子？哪里去弄几千块钱保证母婴平安？

没有任何证件怎样度过孩子出生这重重难关？

房租六月中旬就要交，又得6900。

每天只有近300元的营业额，天天都在亏。

企划没有市场，守着这空房无法发挥效益。

谁能帮我？

当然不会有人帮我。回顾过去，自幼年以来，我最大的感受是，要解放自己，谁也靠不上，只有靠自己，唯有自己才是自己最真诚的朋友。指望别人，就会迷失自己；投靠别人，就会失去自己。这就是人生的写照。

该怎么办呢？总不能束手无策吧！

目标是明确的，一是母婴平安，二是守住门店稳住脚跟。能捱过今年夏秋两季，我就可以骄傲地宣布，我们可以自己养活自己。

任何想象都只能是空幻的，只有行动，才会有收获有成效。

隔壁保安建议做烧烤。他说他们的服务生、外面的小姐，还有他们保安及门前的出租车司机，晚上都会饿，都想吃东西，常半夜跑好远，如能上这个项目，生意一定会好。这倒是一个不错的主意。烧烤的利润高。每天做100元最少赚50元，比卖东西强多了。我觉得可以一试。但雅丹说，生小孩拿什么做钱？她是按我前天的计划在思索。前天我说，最近要尽量少进卖不出去的货，每天尽可能多抽些钱出来，同时减少不必要的开支，一切围绕孩子的出生。冒这个风险需花500多元，有何不可呢？仅三天时间，就可以收回，而生意好的话，就此可改变经营不景气的局面，说不定这下真守住了这个门店。我决心试一试，明天就开始行动。

一九九八年　四月二十四日　（晴）

好像满城很难找到如"胜辉"这样一家专业经营各种厨具的商场，也许正是这个原因，他们的东西标价很贵，同时又可以灵活地还价。上次买他们的冰柜，开价2500元，七还八还，2000元成交。这次去看烤箱，标价1700元，吓了我一跳。我还以为这种简单的东西只需要三五百块钱的。唉！跟老板还了半天价，他说："就这一台，是1400元的进的，我少收100元，1300元怎样？"我还是不想买。七八百元我还是想买的，但他们不让，最后说成1200元，我说我回家拿钱。1200元刚好是我们现在的全部积蓄，投出去，至少要20多天才能收回，而雅丹也许在最近几天就要生产。万一她提前生产，我到哪儿找钱应急？我想再找其他几家谈一下，结果找遍了也没有合适的。

回到店里，她不支持也不反对，她认为现在有点热，搞这种烧烤不合适。我想，厦门的气候白天热夜里凉，气候太热未必会影响晚间烧烤，而且，我们这位置有优势，附近没有人可以竞争，错失良机，岂不可惜？

咬咬牙，我还是决定，烤。但她坚决反对。

——以我如此冲动，钻进头不顾屁股的思维方式和行事风格，真的很难办成一件事。在许多原则问题上，我时常不如雅丹来得更清楚明白，富有经验。总结自己一贯的教训，这个问题几乎可以涵盖我所有的错误。我办事粗糙，不善经营。

一九九八年　四月二十五日　（阴转雨）

厦门的蚊子之厉害是我们来厦门就领教得刻骨铭心的。一年四季，不管什么时候都有蚊子，而且，一咬就是一个大红包，几天也不消，奇痒难忍。大概是没有受过寒冷的威胁吧，它们的毒性简直可以说是登峰造极。特别是那种长脚蚊子和花身黑蚊子，叮一口，痒得钻心，叫你恨之入骨又无可奈何。偶尔打死一只，也不一定是咬得你奇痒的那只，而那只让你奇痒难忍的蚊虫早已跑得无影无踪了。

一个小小的蚊子，伎俩也不过是一接触你就输给你麻醉剂，然后深深扎入你的皮肤，吸你的血，中途被发现拍成肉饼的事偶有之，一般也难解恨。蚊虫太多，办法太少。打死再多，也难阻止更多的蚊子挑衅而来。

施放烟熏它们的时候，自己也被熏。那种呼吸不畅的难受也许并不亚于蚊子；拿工具赶它们打它们也自知无法使它们绝种，因此最好的办法是，拿各种帐幕来拒绝它们进入自己的空间。也只有这样才可高枕无忧，放心睡觉。但真的能达到高枕无忧吗？人睡着了的时候常有一两个蚊子不知从哪儿钻进来美美地享受你的鲜血，公然进入人设置的帐中咬人的蚊子一般是逃不脱的，饱餐一顿后随之而来的是追杀和死亡，这种乐极生悲的惨剧常是一些人的人生缩影。据说，吸饱了鲜血的蚊子，都会因为无法消受那么多鲜血而死掉。大概那些逐渐长得很大的蚊子，才是真正聪明，不拖泥带水，不留痕迹，不留后患，留有余地的蚊子。似这种蚊子，那才是真正防不胜防的蚊子精。冒生命危险去铤而走险的蚊子和人一样，在这个世界上层出不穷，前仆后继。

一九九八年　四月二十六日　（雨）

本意是要到海边去玩。走出门，她瞧着天，说："这天气说不定会下雨，我身子这么重，走不动，也不好玩。"我说："那就在湖边走走吧！"

这面湖，是一个内海，因西堤的建设，割海为湖，与海连接。湖两岸规划整齐，高楼大厦鳞次栉比。湖水每月两次更换，因此，干净清澈，三五只白鹭点缀空中，连绵翠绿簇拥湖边，使湖滨南、湖滨北的高楼大厦连同湖中岛白鹭洲公园，成为一个不可分割的巨大园林景观。

阴云密布却不昏暗，天空地下亮得很，风很大却无凉意，抚在脸上柔柔的。我们在湖边林荫石板路上散步，走累了在湖边的大理石栏杆上坐下来，一起享用自带的饮料和杂食，任这风、这景去陶冶我们的性情。好半天，我们默默守着这景，吹着这风，不说话，只偶然相视一笑，达成融进自然的共鸣。

不知什么时候，天零零星星下起了小雨，是从湖面发现的，我们并未感觉到有雨点打在身上。再坐片刻，雨略大些，她得意地说："怎么样，我有先见之明吧，这一下雨，海边就不会那么好玩了。"我说："只不过你现在不能淋雨。其实，在海边，在沙滩上，面对天空滚滚浓云和汹涌的大海，如果淋着雨去观赏云涛海浪的汹涌和鸥鹭海燕的翱翔，那一定又有另一番迷人的意趣呢。"她白了我一眼："又开始抒情了！"我说："我说的是真实的感觉，难道不是吗？"她也说："那当然是不错的，真的，你很会玩儿。"她这话本没有什么其他的意思，但是，在我听起来，那种激情雅趣就不由自主地被冷却下来。会玩算什么呀，一个人只有会创造，才算本事。既会创造，又会玩儿，才可以成就从物质到精神的双重美满。

雨越下越大，我把伞遮在她的头顶上，两个人不慌不忙地在湖滨石板路上散步。

第十二章　天赐娇女

这个孩子的到来，被我称为"上帝没有忘记对可怜人的及时救助"。她的出生使我从此儿女双全，这感觉抵偿了我所有的哀愁与失意，使我重新有了目标和动力。

一九九八年　四月二十九日　（阴转雨）

一早起床，雅丹就叫，说下身有水流出，而且下腹胀痛。我摸了摸她已经下坠的肚子，想起她这几天一直不断叫阵痛，我自语道，别不是要生了吧！

急忙翻了翻《胎教&优生&育儿》一书，她所说的感觉和症状，完全是临产的征兆。于是，马上去医院。没有任何证件，也没多少钱，我把钱箱的大钱和楼上1000元全部拿在手上，两个人一起到中山医院去。

中山医院病人很多，她拿出一把票据，其中有一张要查尿的，我抽出来去交费。那里，五六个缴费窗口排着长长的队。这个窗口收费的是个男人，本来很慢，他边收费，边跟一个女人谈笑。别人急得不得了，他像没事人一样不慌不忙。对那个女的说话他眉开眼笑，一面对顾客，就板起老脸，一副很不耐烦的样子。后面终于有人吼起来，一个青年女人跑过去叫道："你是坐这儿收账啊，还是闲聊？要闲聊你们到里面去！"

那人朝外一白眼："你管得着吗？"

青年女人气往上冲："你没生过病啊？站这么长的队，别的窗口收几十人，你才收两三个人，干不了就别干。"她的话很大程度上代表了大家，站我这队的人都附和着责备那个男的。众怒难平，男的不再说话。好不容易轮到我，他说："去拿病例卡来！"把我的缴费单丢了出来，塞给我一口闷气。我说："我站这么长的队，都一个多小时了，还要病历卡？"

他不说话，只是朝外挥手，叫下一个。

没法，还是白站。我只好回头去取病历卡。回到她等的地方，她在那儿泪流满面，说现在一阵阵很疼，疼得厉害。我拥着她说："不急，我再去，你要去把病历卡拿出来，没卡他们不让交。"她才一抹泪，去拿病历卡。

再回到她身边，一看表，11：40了，医生下班了。问问门诊挂号处，还要等到2点才上班，我们两个都很沮丧，特别是她，一阵疼一阵。我建议到外面找个地方坐一下，弄点东西吃。我扶着她慢慢走出医院，走进附近的嘉禾园。那里面花团锦簇，正中灯光喷泉有一座裸女雕塑，很是圣洁，坐在水池那儿，一手抚头，仿佛凝眸沉思的样子。

天还在零星下着小雨，我给她打着伞，把她安顿在一条木凳上坐下，一些花脚蚊子乘机赶来寻求吸血的机会，我自己的手臂、腿很快就被咬出了几个大包，我不能让蚊子咬了她，给她不住赶，她一疼，我就给她捶腰捶腿。她说这样很舒服。问她想吃什么，她不住地摇头，只喊疼。我说："预产期是不是搞错了，今天说不定就会生下来，你一定要吃点什么，好有劲儿生产。"我赶忙去买一罐八宝粥，一口一口喂给她吃。她吃几口疼起来，就停一下。一口八宝粥吃了半天，最后一点还是给我吃了。

好不容易等到快两点，我把她扶到医院，她先上楼去看医生，我去查尿，拿出结果，她的入院证和B超单已经下来了。

医生说："预产期算错了，应该是4月30日。"

那就是说今天明天就要生了。我扶着她往住院大楼去，心中直打鼓，不知道没有证件能否住进去。手里只有1800元钱，是否够交押金。这教人深感寸步难行，每往住院楼靠近一步，我的脚步就沉重一分。我不能影响她的情绪，一面安慰她，给她捶背，一面扶她上楼。住院部护理站的医生见她那么大个肚子，叫我赶快去交钱，让她坐下来休息，她们指我到一楼住院处去。

赶到住院处，那里交钱的人不多，排在前面的几个人，张口就是四五千，最低的一个人，也收了2500。到我，我把单子递进去，他连看也没看就说："交1500元。"

我心中石头落地，连忙数过去1500元，把手续办完，赶忙上楼。她问："办好了吗？"

我点头说："办了。"

"交了多少钱？"

"1500。"

我把手续交过去，两人明显轻松多了。医生都很温和，说要做详细检查。稍坐片刻，一个医生就把她带到产房去了，叫我办好手续认好床位，去外面等。

办好手续，我们是34号床，与一个小个大肚子同房，她在那儿正时而哼哼唧唧地哭爹叫妈地喊痛。我到产房门口等了一会儿，一个医生出来了。我问："我太太她……"

她说："她不出来了，你在外面等。"

这就是要生了。可是她还没有吃东西呢！我跑下去，过医院大门口天桥，到好清香大酒楼的大排档，去买了一个饭，两碗排骨汤，赶忙提上楼，跑到产房门口，想送进去，又不敢进，试着进去，看到她正在一张床上忍痛。

我征得另一个产妇的同意后，赶忙拿着饭进去。我劝雅丹多少吃点，吃了有劲儿生孩子。不一会儿，医生来了，大声吼："男同志出去！"我只好又出去。那医生又对雅丹吼道："你也可以到病床上去等，疼厉害了再进来。"我扶着雅丹出产房到病房，使劲儿劝她吃，但她每隔两分钟就疼，根本没办法吃好。两碗排骨汤喝了一半，饭一点儿没吃。

　　雅丹躺在床上，一疼起来，额头上直冒汗。我说："不要大声叫喊，叫喊会消耗体力，要坚强点，积蓄点力量好生产。"她从此不再大叫，每疼一阵，就咬紧牙关，做深呼吸，而隔壁床上的女人仿佛示威似的，叫得震天响，那男的在那儿无计可施。我不住给雅丹揉腰，捶腰。上帝把人类繁衍的义务全部交给了女人，看着她疼痛难忍不住呻吟的痛苦样子，我的心针扎一样痛。我很自然地想到了我母亲，生下我就倒床了。她这样子扯心扯肺地生我，养大我，送我读书，到晚年，却遭我无情抛弃，以致不能善终。我的泪不由自主流下来，只好把自己那份愧疚和那份爱全都寄托在即将做母亲的雅丹身上。

　　到雅丹疼得实在受不了时，才被送进产房。医生进去后，我到护理站去问要作哪些准备。一个操北方口音的医生说："我们也搞不清楚她什么时候生。现在弄东西吃不太合适，你去弄点高丽参碾成粉末，给她生产前喝下去。"

　　我问："我怎么把高丽参交给她呢？"

　　她说："你交给我吧！"

　　我赶紧下楼去买高丽参。站在医院门前，对面正打着一个售参茸拈粉末的条幅，是个药店。我跑到对面，花50多元钱买了6克高丽参粉末，交给了医生。然后就在病床那儿等。我想，孩子一生下来，我的事就更多了。

　　不知过了多久，医院的灯全亮了，我站起来到产房门口去打探，正巧碰到那个操东北口音的医生。

　　"34床生了。"她叫道。

　　我问："是34床？"

她说："是，生了个女儿。"

我又问："是顺产吗？"

"顺产。"她说。

太好了，母婴平安，这是第一位的。从今往后，我有了一个女儿。我李某人自成人以来，就一直在想，像我这样的"聪明人"，生一个孩子，太对不起人类、对不起祖上了，至少要留下两个后代。在我的手上，也许不能给祖上带来什么荣耀，也许在他们手上会有些希望呢。

我急切想看到我的女儿，医生说，还得等两小时才可以出来。我问医生，"生之前，那高丽参她喝了吗？"

"喝了，你现在去弄点吃的给她，要热的。"

我跑下楼去，卖了两份排骨汤，一份肉粽，送上楼，交给医生。

在产房门口徘徊许久，医生护士出出进进的，忙得不亦乐乎。原来与她同病房那个产妇难产，她仍一个劲儿撕心裂肺地大叫。我有点相信，这种事越叫越难，消耗体力，也许会付出更大代价。这一点，她显得特别坚强。护理的老乡送出空饭盒来，说都吃了，吃得很香，并且说："你太太真是好样的，六斤四两的孩子，疼得汗流也不叫一声。"我自豪地说："那当然，进产房前，我给她打过气的。"

到11点多，总算出来了。我等在产房门口，不一会儿，就见雅丹躺在床上。我走上前叫她，她扭过头，看见我，一脸幸福的微笑。活动床推到我身边，我才第一次看见她身边躺着的女儿，干干净净，脸上红嫩嫩的，居然有那么密的一头黑发。看眉眼、额头、鼻子、小嘴，几乎可以说无处不像我，特别是那双耳朵，硕大的耳垂更显示了来自于我的显性遗传。我把嘴贴到雅丹耳边，小声说："你辛苦了，谢谢你，生这么漂亮一个女儿。"

把雅丹抱到床上，把女儿放在她身边。卡片上是写了关于女儿出生的信息，时间：4月29日晚21点10分；体重：3.2千克；顺产。叫个什么名字呢？我曾给他或她起过李龙飞、李龙珠、李楚英、李光朴、李之琪等名字。不知道叫什么好。跟她商量，她因为很累，不大想说话。对以上名字，她都不太满意，而我也一时拿不定主意。龙珠很传统，楚英和

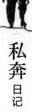

之琪也比较俗，而且，楚英是我一个老师的名讳，不方便。

就叫李之琪吧，俗一点，顺口。琪琪、小琪乳名也好叫。且琪是一种美玉，但愿她能成长为一颗灿烂的美玉，不求太显眼，但求有价值。

一九九八年 四月三十日 （雨）

老是这样搭车去搭车回，一天往返门店和医院三四个来回，既要照顾她们母女，又要开门店，忙得一塌糊涂。

早晨一回店，就边开门边给雅丹准备中餐。把鸡炖着，就开始洗积了几天的衣服，满满一大盆。几次与她家联系，大嫂答复今天会有准信，说已通知妈妈今天过来商量。我觉得应该把室内清理一下，免得她们来太看不过眼。

生意清淡，一上午卖了50多元钱，凑合着关了门又出了两条烟，一点副食，像比较好卖的阿诗玛、红梅烟和如意饼干、鱼皮花生之类。回店时，鸡已炖好，看时间已是下午1点。我赶忙盛好饭，炒好青菜。到医院时，已快2点。进病房，女儿在哭，她也在哭。原来，女儿不会吃奶，雅丹也没奶水，脸色苍白得很。雅丹一边哄孩子，一边嘀咕："晓得是这个样子，我不该出来的。"这句话一出口，我从上到下凉了半截。我是个情绪化的人，在这种自造变故的磨练中，情绪已装进理智里面去了。我说："让你受苦了……可我有什么办法？我一个人跑进跑出，跑上跑下，恨不得分三个人长六只手。"沉吟一会儿，又补充说："你情绪要稳定。再苦再累，都是我俩自讨的。动不动就后悔，有什么用？说实在话，你一后悔，我就觉得我的一切努力都白费了，只要我们一家人健康、平安，我再苦再累也不后悔。"她抹着泪，不再哭泣，开始叙说她的痛，她的难。我说："慢慢来，妈妈来了就好了。"

我喂她吃饭。鸡肉她不怎么喜欢，只喝了点汤。我说："这可不行，要吃肉才有用。"她才勉强吃肉。

她养孩子没经验，孩子总哭，但一到我手上就不哭，睡得很香。医生来指导她好几次，教她喂奶，她仍不会。女儿哭，她也跟着哭。帮忙弄了一下午，女儿总算衔住了乳头，要牵她耳朵，才知道吮吸。

到下午4点又回去做饭。除了鸡肉，又加了一个白鲫鱼炖豆腐。路上下起了雨，我又被淋了个透。赶到医院时已是晚7点了。

见我一身雨水，她担心我着凉，说："你再一生病，就越发没办法了。"

我说："我身体好得很，不怕。"

脚下踩得咕咕响。把鞋脱下来，倒掉鞋里的水，没想到，这双鞋吸水功能强，倒不出，鞋子沉甸甸如死鸡。晚8点又往回赶，还要开门做生意。

回到店上，我以最快的速度换上衣服，把皮鞋里的水压干。天一直下雨，店上生意更不好，卖到10点，想雅丹和孩子在医院，不如过去陪她们。就关了店，赶往中山医院。

到那里，她还以为我不来哩。我说："我要不来，你更在这儿后悔了。"

她白了我一眼说："我就喜欢说，说了，心里就好了。"

其实，我心理负担更重，添了女儿，生意不好，收入低，还不知今后怎么过呢？据妻兄嫂讲，她很可能与岳母带着孩子一起来，这样，一大家人口，生活开支也许不会太大，但不守好这个店面，大家连住处都成问题。而眼下距离交下期店租的时间只40天，这40天对我来说，真如40年一样难，又如弹指一样快。为了不影响她的情绪，我把这些压在心底。所谓车到山前必有路，走哪儿讲哪儿吧！

一九九八年　五月一日　（阴转晴）

据说鱼汤好发奶，我到市场上买回三条白鲫鱼留作晚餐。到下午，雅丹要喝银耳汤，就顺路到西堤市场买了银耳、冰糖、红枣，一回店就炖上。炖了三个多小时，那银耳还是如同猪脆骨一样嚼得响，不知道是质量不好还是火候不够。拿过去，雅丹只把鱼汤喝了，银耳汤也只吃了红枣，喝了点水，就放下不吃了。

她说："味道不正，很酸。"

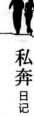
家里打算，雅丹的母亲、嫂子和她的孩子以及雅丹的弟弟一起过来，已经买四号的票，嫂子要求我到来舟去接。可是，我到来舟还有九小时车程，我一走，雅丹就要一连几餐没得吃，这是个莫大的难题。我反复向嫂子说，问她是否能自己带他们来，她说她一向很少出门，不认识路。这是事实。

怎么办呢？我告诉雅丹，她也没办法。她说："你一走，我怎么办？"

总之我分身无术。还有一个问题，他们来了，至少要有床睡吧，要置一套床铺，没有三五百块钱，是不行的。

一九九八年　五月二日　（多云转晴）

因为医院楼上装修，维修的工人在楼上打炮一样，不时弄得楼房地震一样响。我们投诉到护士站，护士站的人没辙，说管不了。找到院办公室，办公室"五一"放假，院长之类全不在，只一个总务在值班。跟总务反映，他说他想办法找院长，实际上是搪塞。到下午，楼上还是照样敲，孩子根本无法睡觉，光哭，噪音显示器上显示噪音达65分贝，它的下面就有一个巨大的绿色"静"字，家属们都极其不满，我更是气得不行。

前几天一进院，医院就给你一个规章制度，不准这样，不准那样，要这样，要那样，让你签字。可是，院方选择"五一"长假搞装修，真是"违规有术"，叫你投告无门。经验告诉我，这种事，找谁都没有用，找护士小姐也许能换个地方。我于是改变策略，与护士站护士小姐们陪笑脸，请她们帮忙给换个地方。这一招果然奏效，不到下午7点，我们就搬到了西头那间又干净又通风的房间，同屋的那个产妇也一起搬过去了。这个病房有三对母婴，其中一对今天出院，因为要办手续，医生向她们索要身份证等证件。雅丹望着我，有些紧张。我知道，我们什么也没有，她的内心一定十分慌张。

我靠近雅丹，附耳安慰她说："你别担心，到时候自有办法，你还怕他们把你留在这儿？他们可养不活。"她说："怕是要罚款。"我说："罚款？那么轻巧？"

其实，我在安慰她，内心也十分没底，弄不好，这种等小孩出生以后"秋后算账"也许更加严厉。唉！

今天小孩的脐带拆线了，明天，她也该拆线了。没什么意外，后天，我们就可以出院。

一九九八年　五月三日　（多云）

一个人能做多少事？全看他乐意不乐意。

楚城县的李福寿是什么人？跑腿的事别人做了，麻烦事别人担了，自己动动脑筋，动动嘴，事成了；出门，坐车；吃饭，不是坐餐馆就是回家吃现成；平时不是睡觉，看电视，就是三五个朋友到卡拉OK去"吼"歌。那种生活，在别人眼里，是多么风光多么潇洒。可那时的我，每天头痛脑胀，常常下肢发冷，关节炎发作疼痛难忍，身子又倦又懒，整个人渐渐胖得走形了。心理上，不知是哪来的压力，每天忧心忡忡，抑郁不乐。虽然儿子可以带给我一些欢乐，可那种情欲未得到充分满足的郁闷、冲动和空虚常常折磨得我六神无主、心神不定，甚至偶尔有以自戕了却残生的冲动。

今天，我做了多少事？开门油盐酱醋茶，买菜、打杂、洗衣、做饭、送饭、护理产妇和孩子、夜间陪坐……在店与医院之间，每天来回三四趟，我倒不觉得疲劳。过后想起来，自己也难以相信，我哪来这么好的精力和耐心？

看到雅丹日渐恢复红润的脸色，我欣慰。看到一天一个样子的女儿，我幸福。这小家伙，虽然不懂得看着大人笑，但梦中，时常甜甜一笑，让人如沐春风，心中暖暖的。有了女儿，我的人生又向完美迈进了一步。从今往后，再大的困难，我更有信心去克服，去创造，去给女儿和儿子的成长努力创造一个宽松的环境和良好的条件。我对不住儿子，但在今后的人生旅途中，我要让他逐渐理解我的苦衷。不求原谅，只求理解。

一九九八年 五月四日 （雨）

岳母、大嫂及小舅侄今天上车来厦，估计明天下午2：30到达厦门。刘家人不得已接受了这个事实，也是我们的荒唐行为逼迫所致。所谓骨肉相连，对亲人，刘家人保持了优秀的传统美德——亲人没有不能原谅的过错。我从内心感谢他们。反思我这边的亲人，我感到悲哀。从一个小地方的有限辉煌境界，成为落难之人，亲情之不堪一击，令人不寒而栗。

明天他们就会来，店上乱糟糟的，睡处也未落实，何以迎客？店门不开，没有收入，何以待客？我不愿让雅丹承受太大压力，不明言这些，陪就多陪一会儿吧。看着我们健康、漂亮的女儿，雅丹的幸福之情溢于言表。她说："我们两个人真是无法无天无政府。"我笑。当然是的，可是，我们是善良的人，是好人，好人一生平安。我说："愿上天保佑我们度过一切难关。"她坚信"会的"。

下午4点多钟，我回去给她做吃的。回到店上，开了门，做了几笔生意，我边开店边泡上这几天的衣服和一直以来没洗的线毯床单。今晚睡觉前一定要将这些清洗出来。按这里的气候，虽然下雨，一夜一白天，应该能干。看到满屋石膏板垃圾，我束手无策。这些东西堆在门口肯定会挨罚。唯一的出路，还是出钱请人把这些垃圾拖走。我能做的，仅仅是把屋里的细小的东西抹光洗干净而已，唉！

一九九八年 五月五日 （阴）

这是个不眠之夜。昨天约定，岳母一行到来舟即与我联系，列车正点的话，今晨4点就会到来舟。我安顿好雅丹母女，回店开门。生意零星，细小，有如欲断未断之山泉，难成气候。到凌晨1：30，娱乐城两个保安过来，借地喝啤酒，反正今夜不想睡，就给他们摆桌搬凳，由他们去喝酒猜拳。后又拉我入伙，酒、花生、牛肉干之类都是我提供的商品，不好意思去分享。说实在话，他们那种抛却一切烦恼无忧无虑喝酒的情形深深感染了我，我接受了他们的邀请，用两根火腿肠炒了一大盘黄瓜，过去加盟，有了热菜他们更起劲。

4点时，他们问我，是否要睡觉，我说："我岳母他们要来，我等着电话。你们尽可以玩，给我做个伴。"于是他们喝到早上5点才散。

收拾完毕，刚上床迷糊想睡，电话来了，原来火车晚点，他们只能搭6点的车过来。这样，他们要到明晚8点才到厦门。

一九九八年　五月六日　（阴）

因为岳母一行人到得晚，我有充分的时间去办理雅丹母女出院的手续，清理屋里所有垃圾给贵客准备睡具。

8点起来，就往医院赶。由于没睡觉，我头重脚轻，脚像踩在棉花上，头脑里有点热热的昏胀感，这不是好感觉。在楚城时，我成天就是这个样子。我想，等他们来了，我一定要饱饱地睡一觉。

医院为我们作好出院准备，好像并未索要什么证件，除了结算现钱，没什么要求。一个无计划生育的孩子就这样平安来到了人间。抱着孩子走出医院大门，雅丹临上出租车前望着我说："再放心了吧？"我笑，又说："我们真的没有政府。"我再笑。

把雅丹母女安排到楼上休息好，我松了一口气，今天岳母他们一来我可再松口气。

午饭后，就出去采购床铺物品，手中可用的现金只有六七百元，不仅要保证店铺周转，还要让他们来吃好睡好，紧巴可想而知。随便转转，床得五六百，被得两百多，一床蚊帐就要一百多，什么都不敢买，最后只买了个装毛毯的被套。回到店上，已是下午5点。

列车正点到达。把他们一行四人接来，她们旅途劳累与我的劳累没有两样。炒了几个菜，就着猪脚汤吃罢晚餐，岳母就用席子垫棉絮给我和内弟铺地铺，她自己在雅丹和孩子的小房间的地上铺了地铺，嫂子和侄儿就和雅丹睡床上。

就这样一家人对付了一夜。

一九九八年 五月七日 （晴）

创意公司翁总不在。我找那位新来的赵副总，他在电话里约定上午9时在公司等，我8：50到创意公司，他不在，打字员小姐给我一个号码，让我自己联系他，打通他的手机，他说在外面，要半小时后才回，我耐心等待。

到9：50，赵还未回，我只好离开。下楼正碰上刘总，他要我再等等，说："赵副总要挤公共汽车，时间没个准。"我说："他可以打的啊！"他说："现在连总经理也要坐公交车。"

我再上楼等。10点多，赵终于回来了，是个干练的中年男人，黑黝黝的。言谈中，他告诉我，他受聘于创意公司当副总是不拿工资的，有业务然后大家分钱。看来这是种新的公司运作方式，谁都可以到这家公司兼职，有业务再分钱。

我没有兴趣，谈了十来分钟，告辞走了。

一九九八年 五月八日 （晴）

人多了，事也多了。倒没见得我能闲多少，只是苦了老岳母，又要伺候雅丹母女，还要伺候嫂子母子，做老人的好像是心甘情愿忠于职守的仆人，远走千里，后人们还要撑着让他们伺候，中国父母的翅翼太大太硬太不知疲倦了。我很过意不去，希望减轻岳母的压力。但舅侄成天不是这儿痒就是那儿痛，老是哭，仿佛遭遇了天大的委屈，哭声震天，无法停止，两代人都在哄，像伺候老佛爷似的。吃个饭，一个人喂，一个人给他打扇，喂烫了，扇风小了，都会受到他毫不客气地指责，生气起来还骂，而岳母还是一个劲儿笑。我看不过眼，心中不快，又不便管。他母亲不喜欢别人说他不好，老宠着他。

小舅子是个很不错的小伙子，非常善解人意。他很同情我们的处境，帮我们又是动脑筋想办法，又是替我们守店铺销货，他性格随和，待人真诚，上了大学后，谈吐中可见得视野开阔，见地颇深。据说，他为我俩的事做了父母不少工作，给予了极大的理解，我从内心非常喜欢这个小舅子，两个人到一起自然无话不谈，很投机。他只请了五天假，要赶回去上课，就动员他嫂子一起回去，说这里的条件不好，你待久了，回去又没人做伴等等。但我想，他们来了，我再穷，也要让他们在厦门好好玩玩。我说："不急，你也不要急着走，大家都在这儿帮帮忙，星期六我给你们当导游，一起出去玩玩。"这个提议得到了大家的赞同。但小舅子提议星期六走，岳母要我去买两张票。我不好意思，嫂子说玩一圈就回去，等你们混好些再来玩。就决定买后天的票。

一九九八年　五月三十一日　（晴）

这个月无暇言说。

嫂子回去没几天，就打电话催岳母回去，说小孩没人带，先后三次。最后一次还哭了。岳母十分为难，想回去又不好意思说。我不好说话，她老人家两边为难。唉！想到岳母来了这些时，从没出去玩过，有天傍晚，就让雅丹带孩子看店，我带着岳母去看筼筜湖夜景，逛白鹭洲公园、看音乐喷泉，她十分高兴，一路上，我们说了很多。她很直率，说了自己的许多难。我想，都是因为我们麻烦太多，让老人为难，我只有愧疚和安慰。

迫近月底，岳母归期渐至，雅丹身体恢复很好，只是孩子身上老起水泡，一破就流水，流到哪儿烂到哪儿，这柔弱的生命怎么经得起如此折腾。看她身上到处结痂、脱皮、发红、流水，我心乱如麻，不知如何是好。一个人抱着她到中山医院看医生，医生看了，个个指责我没护理好。他们说，这么好的孩子，养成这个样。给接生的产科医生看，说孩子没什么大问题，只是不要让病情再发展，若酿成败血症，孩子就没救了。我越发紧张，抱回孩子，我开始亲自过问孩子的卫生，帮孩子洗身子。因为太小太软，抱起来软乎乎滑溜溜的，不好洗，只有我臂长、手大，加上动作麻利，每天给孩子洗个透澡，换上干净衣服，小家伙就黑眼珠骨碌碌转，十分可爱，病情逐渐有所好转。隔天，我又抱到一医院看专科医生，拿了些药，每日洗完澡给她擦，渐渐就好起来了。

岳母决定5月31日动身回去，我提议一家人到海边，到鼓浪屿去玩一玩，把孩子也带去。岳母、雅丹欣然同意。岳母到底有点儿文化，看海、看鼓浪屿，她甚觉我们有眼力，一是相中对方，二是选中这样一个好地方。她捡了些贝壳，这些都是在餐厅一抓一把的东西，她都视为珍宝。在鼓浪屿，又买了些珍珠链、海螺等纪念品，照了一卷胶卷，看到洗印出来的照片，岳母笑得合不拢嘴。她说，她年轻时照的照片十分漂亮，大多弄丢了，现在有好多年没有照相了，没想到照这么好。她连声夸我照得好，其实，傻瓜相机谁不会用？我把大部分相片装进相册送给她，又清了些我们在厦门过去的照片装进去，她十分高兴。

这日送岳母上车。想她一个人，从未出过远门，这回要沿途转车回去，我又无暇送她，更无钱让她坐飞机，我很惭愧。在车上问了一整节车厢，都无人在南昌转到武汉。车开动时，我看到岳母流泪了，她叫我回去。我想，她大概是为我们今后的处境担忧吧。她一走，我们将更加难以过日子，我更没有时间外出做什么了。这一点，她来了一个月，十分清楚。不过我总信奉自己吉星高照，车到山前必有路。一个不向命运低头的人，总会有办法的，而况我总是在山重水复时柳暗花明呢？

车远去了，我走出站台。我知道，许多已经经历的和未经历的艰难困苦在等着我，我没有多少时间为自己去悲哀。因为我突然想到，假如现在走的是我已故的母亲呢？因此，出站口验票时，我泪流出来了，那个验票的小姐一脸奇怪——男人竟有如此多愁善感的。

回到店上，雅丹一个人正忙不过来。孩子哭闹不休，三两个人买东西，屎片尿片丢了一地。

都捡起来吧，这些从此都是我们自己做了。养孩子，一把屎，一把尿真不容易，可是母亲把我养这么大，我为她做了什么？我在这一夜因谴责自己而难以入眠。

第十三章　进退维谷

当生活波澜不惊时，我死在那份沉寂中；当生活来去汹涌时，我又淹没在那阵狂潮中。我就在这生活的浪潮中起伏、进退……

一九九八年　六月一日　（多云）

我们打算把门店转让出去，能收回一点是一点。

早上7点，鞠兄来电话，说汪、周二位老熟人陪同新上任的刘县长到厦门考察，人已在厦门，他们打听我的电话号码。我说："一则见见无妨，我又没做什么坏事，二则是个机会，也许他可帮我落一个公职。"我还说："我还想请他们的客哩。"于是，老鞠给了我汪的手机号。

我知道老鞠又要怪我"抱幻想"了。很快与汪联系上，他请我过去一起吃早点，强调说："反正是公家的，方便。"

他们住假日海景酒店，五星级。

191

雅丹在家又看店，又照着孩子，够忙的。我跟她商量，她说："没什么，你去吧！"还说："你尽管开朗些，这些人不一定比你潇洒多少，他们懂得什么叫男子汉，什么叫生活？"我说："有你这么打气，我的底气更足了。"

到海景酒店，原来还有李副县长、外经办朱主任及外经办的几个工作人员，有七八人在那儿，大家都是熟人，一起握手，朱说："听说你当大老板了。"我很平静地与他寒暄、微笑，我对朱说："你是耻笑我呢？还是真听谁这么说？"

他一笑，说："真的，好像……"

汪和周一直等我一起吃早点。三人点了一些甜、咸点，要了三罐啤酒，吃喝中，汪、周问我情况，我如实相告，在外混饭，过得很难。周的言辞相比汪要少得多。汪说他们在福州的时候，请了许多楚城老乡吃饭，有几个过去在楚城搞乐队的，在福州混得不错，何不去找他们？我问都是谁，他说出过去楚城地面几个留长发、蹦迪、喊歌的年轻人的名字。他认为，我混到今天这个样子，应该去求他们给碗饭吃，但我跟他们是一路的人吗？我说："我不是他们行道上的人，再说，我投靠他们混饭吃能做什么呢？"他又说："我要是你，就踏踏实实去吃大苦混出个人样来。"我白他："你怎么知道我就没有吃大苦呢？"他接着又说："不是我说你，你这个人脾气要改一改。"我不便再解释，也不想说这个话题，以笑作答。我改什么呢？我过去是通过文化系统那个八面玲珑的家伙认识的他，他如何知道"我的脾气要改"？无非是那家伙告诉了他许多内容，可是对那种有奶就是娘的势利小人，谁的脾气会好？

吃完早点我告辞走了，并向他们致歉，时下无力做东。他们二位都宽慰我，说反正我们吃公家的，没事。汪晒了一下他所住酒店的豪华，说这星级酒店的房间290元一夜。又谈到昨夜娱乐，问厦门小姐消费水平，我说："我隔壁就有一家比较大的娱乐城，据说小姐小费200元。"周说汪昨夜只跳了下舞，给了500元，我说："你有钱给1000她更高兴。"汪说："反正是公家出钱。"唉！公家啊！公家！我这个离开公家的人现在终于明白，离开公家的代价有多么巨大。不靠公家在外生存有多么难。看他志满意得的样子，大概在落魄者面前晒成功、晒潇洒很爽很受用。我给了他自信到骄傲的机会，只感到自己可悲可笑。

离开海景，我回到店上，面带红光，向雅丹说我的感受，她说："看来你见他们比上次见那个姓吴的强多了。"我说："我得不断调整自己。"

晚上很晚，岳母还没来电话，也不知是否平安到家，想她孤身一人，为子女奔来奔去，我深感惭愧，如果有钱，让她坐飞机回去，也省得她旅途多次转车劳累，可我现在连买卧铺都很困难。

好汉无钱到处难，我能怎么办？店转不出去，10天左右我就将无处可依，这么多东西，连放的地方都没有，该怎么办呢？为了孩子健康成长，我只好把这一切压在心底，全天做了不到200元生意，这样下去，真是举步维艰哪！

一九九八年　六月二日　（多云转雨）

贴出转让广告，整日无人问及门面，看来很难转出手。这回下海，呛水的感觉就如同斗败的公鸡一般既不服气又十分懊恼。

还是陈伟的那句话，"机会靠自己争取"。隔壁娱乐城经营状态不好，主要是内部管理差，外部环境也没营造好，一帮低层次的管理者带着一帮低层次的员工，怎么会生意好呢？我觉得这是个机会，想争取一下。如果能获聘管理这家娱乐城，也许能找到一个舞台。尽管我知道这种希望十分渺茫。但如今生意做不下去，门店转不掉，眼见一家人又要无处可依无家可归了，我不争取机会怎么办？

雅丹说："你想得对，有一点机会就要争取。"

我斗胆走进娱乐城，想找那个周姓的老板谈一谈，但总台人说，老板在包房陪客，没时间。等他有时间且愿意跟你谈，我们过去通知你，反正你在隔壁嘛。我只好悻悻而去，不抱希望地等，终于没有来人通知。

后来，再次斗胆给周打电话，几次未通，通了，里面问"你是谁"。我简单自我介绍了一下，他问："什么事？"我说："我想就你娱乐城管理的事跟你谈一谈，希望有机会给你打工，过去，我在这方面积累了很多经验……"他很不耐烦，说："晚上吧！"我问："什么时间？"他说："7点钟。"接着，电话挂断了。

这个周老板，我见过的，个不大，留寸头，很年轻，来来去去，风风火火的，我不知道他从哪里弄来这么多钱，能投资几千万开这个娱乐城。他显然不太乐意跟我谈什么管理。也难怪，人家不了解你，能跟你说什么呢？我自我安慰。

到晚上7点，再打电话他，他还是那样"你是谁？""什么事？""什么？""你说吧！""没时间！""明天吧！""下午2点半。"完了。电话再一次不容商量地挂断。

他好像把约定忘掉了。

一九九八年 六月三日 （阴）

放下政治，在科学领域里合作显示了人类对自己命运的共同关注，"阿尔法磁谱仪首次升空"即是例证。今天，中国科学家参与研制的磁谱仪随美国"发现号航天飞机"在美国佛罗尼达州的肯尼迪航天中心升空，中央电视台派出了二十多名记者做现场直播。6点6分发射，5点开始直播。

永磁体大概是阿尔法磁谱仪的心脏吧，它由中国科学家研制，这是中国人的骄傲，同时也表明，中国在人类探测宇宙领域里已经进入了一个历史性的重要位置。其实，人类发射一个航天飞机，与顽童放飞一只风筝，放飞一个冲天炮具有同样的情怀。对太空奥秘的神秘感和探索欲源于人类好奇的本能和对自身忧患的关注。进入这种境界的人，注定是人类进化进步的基石，而我们，则只不过是如同大树的枯叶，随风飘去不知所踪。这种危机感和忧患意识也应是人类共同的。

今天，离交下期房租的期限只剩六天，在这六天里我能有什么作为或会有什么机遇呢？这同样如同"发现号航天飞机"升空一样不可预测。我努力是一定的，所获得的效果可想而知。昨天，为了给孩子做乙肝疫苗接种，结果防疫站没人，针没打成倒使孩子受了风寒，有点感冒，不住咳嗽，鼻子呼呼作响，常会因憋气难受而啼哭，雅丹一个人照顾怎么也忙不过来，一夜没睡好觉。我也是辗转反侧，无所适从。早晨，欲去买菜，买早点，给孩子买药，又不便出门。无力分身，只好先冲杯维他麦充饥，然后关门，上街去。如果出生在贵族之家，一有点小毛病，还不立即到医院住起来护理！可我的孩子，一来生不逢时，正是我们艰难的时候，二来投胎慌不择路，竟投到我们门下，合该她要吃些苦头，有什么办法呢？

　　那老板果然是信口开河，2点多再打电话联系他，一个女的仿佛打发要饭的一样，极不耐烦地挂断了电话。打另一个号码，也不知是不是周本人，他说："我问一下他，如果他愿意跟你谈，我就过来找你。"电话又挂断了。我真是有病乱投医太自作多情了。看来饥不择食已经开始改变我的人格。我感到自己十分可笑。还清理出所有的有效证件，刮了胡子，换了衣服，一副仿佛去见国家主席的狼狈相。

　　可话又说回来，毕竟别人不了解你，"呼唤者和被呼唤者常常不能互相应答。"看来也包含这层意思。本来想写封信向他坦言自己的想法和意图，这个念头一露头就被我按下去了。对他们用这一手，肯定是对牛弹琴，无非招惹耻笑，继续操练继续等待吧！

　　心情当然很糟，雅丹说："想不到你竟然有兴趣跟他们这些人打交道，我真为你伤心，你这是糟蹋自己，有病乱投医。"我很烦，说："我现在是什么机会也没有，我有什么办法，男子汉大丈夫，现在眼见要无家可归无力庇护老婆孩子，我怎么办？"

　　她望着我直笑，不说话，真亏她好性子。她凭什么稳如泰山这么相信我？

一九九八年　六月四日　（阴转雨）

女儿晚上咳嗽厉害，喉口呼呼作响，看她吃力咳嗽的样子，我与雅丹十分心疼，立马启程，到一医院去看医生。开了点青霉素丸和治气管炎的药。中午喂一次，晚上喂一次，虽然很难喝，喝得她皱眉苦脸，还是忍心强行让她喝下。晚上症状就好多了，喉口咳嗽也好了。下午又去买了20张棉尿片，比那种旧床单做的尿片吸水多，也舒适，她的觉睡得也比往日平稳，两个人打心眼里高兴。

养个后人真是难哪。这小家伙非在人身上睡才安稳，一放到床上就醒，就哭。看店、洗衣、洗尿片、做饭……两个人每天都如钟表上的秒针一样不得空闲，忙得不可开交。特别是心理压力大，因为还有几天，我们就无处可依了。怎么办呢？

《HX都市报》登启事，聘编辑、记者，我打算明天去试试，虽然我不合条件（学历大学，年龄35岁以下）。

一九九八年　六月五日　（阴转雨）

今天到《HX都市报》厦门分部碰运气，交了证件复印件，填了表，又花了50元报名。不少朋友告诉我，一，你不能说你曾当过局长；二，你不能讲自己的婚姻纠纷，这样别人会不敢用。可是，不说就能瞒得住吗？在象山集团求职时，我倒是什么都没说，可后来，还是因为后一个原因被解雇了。如今，关于每一个人的生活每一个人的事，可以说无秘密可言。今天不说，明天情况发生变化，别人再知道，很可能就再一次前功尽弃。坦坦荡荡处世，老老实实做人，已经走了人生这个弯路，一切都要用行动来重新开始。我还是把自己的实际情况作了书面说明，并在填表时填上了自己受党纪处分的事实，想当新闻记者，诚实和实事求是是基本素质。

下午去给女儿做乙肝疫苗接种，因吃药及时，她的气管炎基本痊愈。每天又恢复了吃了睡、睡醒玩的常态。她非常会争取爱抚，每回把她放在床上，她马上就醒，一醒来就哭。这么小的生命，我们不忍心让她因为需要爱抚而花费精力，因此，两个人交换着抱她。到防疫站，我发现，她第一次因为大人逗她而笑了，目光也比过去有方向，十分可爱。

经常要伺候女儿吃喝拉撒睡，就难免身上不沾屎尿。刚给她擦了屁股就去弄饭是常事。因此，很难保证我们不吃下她的屎尿分子。过去非常怕脏的雅丹这回被女儿经常弄得左湿一块，右黄一块，一把屎一把尿还满面笑容，夸她女儿聪明，说她要拉屎拉尿都懂得报警。看来，爱可以改变人的许多习惯和观念。

一九九八年　六月六日　（阴雨）

今天我们一家到筼筜湖玩。我抱着女儿，她提着食物，我们沿湖边林荫道往前走，满目碧水绿树在微风中清新整洁，厦门环境令人叹为观止。

我们边说笑边漫步。女儿睡得正香，小脸白嫩红润，不时在梦中露出开心灿烂的笑容，那笑对我而言，就如阵阵春风吹进心田，让人感动无比，骄傲而幸福。我相信，她将来长大了一定是个美丽善良而又聪明能干的女孩。我们谈笑着，全忘了不几天后，我们也许将无家可归。

近一年的颠沛流离，也使我们逐渐习惯了动荡不安的流浪生活。只是如今要拖累幼小的女儿一起到处流浪，心中充满愧疚。她毕竟是一个全新的生命，应该得到更周到更完美的呵护！

在湖滨南的草地上坐下来，我们让女儿睡在铺好浴巾的草地上，再遮把伞挡阳光，她睡得很香。到11点多钟，我躺在草地上打盹，因为疲劳而睡着了，是雨点打醒我的。女儿也早就醒了。她已经把有些烦躁的女儿料理了半天。看来，外面的风太大。我摸她的手，听到她的喉咙又有些呼呼作响，就赶紧回去。幸亏雨不大，到屋时是下午2点多钟。安顿好女儿，我感到浑身脚酸手软，很疲惫。

今天一天没生意，整个下午只卖了一盒鹭芳冬瓜茶，1.2元钱。

一九九八年　六月七日　（晴转阴）

十分疲劳。

洗衣、洗尿片、买菜、做饭、看店。虽然生意不好，总是抱着希望的心理来承受一切。到下午，两条腿上楼时，酸软颤抖，眼发花，头发昏。我狠狠心关掉门，上楼睡觉。但女儿不喜欢在床上睡，她一个劲儿闹。把她身上弄得再干净，她还是哭。她需要爱抚，需要在大人怀里睡觉才安稳。雅丹已经被她弄得很疲劳了，我只好起床抱着她哄，让她睡。嘿，你要她睡，她偏不睡，她偏非常清醒，完全是睡足吃饱后的好心情。有什么办法，只好与她逗着玩，直到她疲劳了睡着。

总算睡着了一个多小时，醒来时，我感觉轻松多了。打开门，坐在那里，也不像刚才那样心神不定。我们面临的形势非常严峻，再持续下去，就再次无家可归了。应聘记者，前途未卜，而雅丹依然快乐如故。她说："有你，我什么也不怕。"她那种爱，那种信任与尊重已经深入骨髓。而我，怎么能辜负她的一片心？还有孩子，她是应该特护特保的对象啊！

我怨恨自己无能，离开自己土生土长的环境，要干成任何事，都几乎是不可能的。我真的很想回楚城，很想再吃"回头草"。经过这一年的磨炼，我已深知，个人再大的本领，离开适合他的土壤，就如同将一粒很好的种子种在石头上。

一九九八年　六月八日　（晴转雨）

这几天继续看中央电视台《人间正道》。我在想，什么才是"人间正道"，作家、艺术家给我们阐述得很清楚，为人民谋利益谋幸福，才是人间正道，否则是邪门歪道。说得多好。

当初，我有了一个舞台，是何等左右逢源。正是这种顺利，使我错看了自己的能力，一夜之间抛弃一切。虽然想得到的爱情是得到了，但自己失去的是同样十分珍贵的信任。个人将事业与爱矛盾起来，导致思想走入误区。

一九九八年　六月九日　（晴）

家里没有一点消息，看来，岳母回去寄钱的希望基本没有了。

我想去打工，这样可以保证稳定的收入，虽然不高，维持生活应该没问题。我当然也这样想，可是谁要我呀？厦门目前下岗工人多如牛毛，自己也并非那种了不得的人才，没有机会。官任居委会张主任带着几个人送"创业"宣传单，他们发现这屋里有个刚出生的婴儿，大吃一惊，要查各种证件，雅丹跟他们东扯西拉，就是拿不出证件。他们说："你干脆趁早回老家去，免得上头查起来，不光要罚你的款，我们也要挨批。"他们倒"网开一面"——可我怎能回去？

走投无路，只好硬着头皮往前闯。如今的人，多一事不如少一事，也许可以在万一之间找到生存的夹缝。门面转让无人问津，这么个冷地方这么贵的房租，除了我这个笨蛋谁要啊？许多人，一问租金摇头就走。

这几天生意没有哪一天超过200元，这就是说，每天要亏掉近100元钱，还不说我们的劳动价值。我得认输，在经商这方面，我是个低能儿，没有经营头脑，即使吃再多的苦，又有什么用？所谓商海无情。

头重脚轻时，我疲惫地关门睡觉。

一九九八年　六月十日　（雨）

终于有个人愿意租店，但价格压得很低。他不要我的货架，只要货、冰柜、台桌，总共6000元，还要等明天再谈。我想，为今之计，为了避免扯皮影响一家人生存，只好先去租一处住房把雅丹和女儿先安顿好，或者，有便宜的门店租好搬进去。

那人说是明天下午3点谈，我到湖里，去寨上找了一下，门店最低，一个月1000元，住房没有合适的，价格在每月300元左右，怎么办？

淋了一身雨，没跑出名堂。回到店，雅丹还在一味安慰我。其实，她也很疲劳，不想开店了，能转出去，她正巴不得呢。

一九九八年　六月十一日　（晴）

今天去找住房。东渡片区动不动就是月千元，没有合适房子，租门店是无力了，只有租住房。西堤周转的房子是700元，上下层，倒是卫生、安静，但每月700元我们负担不起，找不到工作，钱从何来？

老费先后三次打电话来关心，他是真关心我，给我提供了西堤等三个找房子的线索。他让我到鼓浪屿去试试，说那里租金便宜，还给我一个电话号码。可我这些杂七杂八的东西怎么搬过海呢？得多少钱才能过海，今后又怎么过来？

但我还是过去看看。

雅丹感冒，头痛鼻塞。午饭后让她休息，我边开店边等那个接门店的人，等到了3点，没来。想必那人已跟房东达成一致，叫我空等。等到3点半，那男的来买可乐。没提转让的事，他说："等他老婆来再说。"

人家做生意三思四思五思，而我却是猴急。什么时候我才懂得稳健做到稳健呢？一切的亏都吃在这方面。怨天尤人，懊悔莫及都是徒劳无益的，唯有吃一堑长一智，勇往直前。即使今天血本无归，也总有个出头之日。

一九九八年　六月十二日　（阴转雨）

在隔壁娱乐城上班的一个姓张的高个儿想租这个店面，但条件很苛刻，他不要货架柜台，只要冰箱和台桌，连押金只出4000元，电话也不要。这样，我其他东西除部分可以自用以外，货架柜台基本上等于没用，因为从这个地方搬出去，把住房一租，就没有钱另找店面了。即使这样，他还说，要跟他老婆商量。

下午，他和他年轻的老婆来了，那女人没说什么，只是说冰箱、台桌不值3000元，他们提出要与房东等三方一起谈。我想，房东与他都是本地人，两人套在一起，岂不成了一个无法摆脱的套子？

雅丹说我太过敏。

我急，期限一到，这些东西落在这里，走不了，又做不下去，那才叫尴尬。

这一天守到2点，没生意。

一九九八年　六月十三日　（晴）

《HX都市报》通知我去福州考试。我鼓起勇气，决定去搏一场。

老费是说我个性太强太直，没有在象山集团干好，锋芒毕露，弄得办公室杨主任和其他同事都不喜欢，所以被排挤出局。他指教我要改，要夹着尾巴做人，他的经典口头禅是"现在的领导不需要什么人才，只需要奴才，听他的话便是。"

他的话有道理，但我永远也无法照他所说的去做。人穷志短，混栽了，再聪明也没用，蠢笨之议是无法避免的。而砍削落魄之人，是春风得意者的通病。当初自己青云直上时不也好为人师吗?

中午，张先生来了，按谈定的方案，他付了我3000元，我才找来房东的代理人小龚，阐明我的观点。三方很快达成一致。后来，小龚明言不必罚什么钱了，谈定我16号从福州回来再搬迁，他们也都同意。三方谈得好好的，很愉快。下午，张先生过来拿那3000元钱，他说："没问题，我们签约时一并给你。"我说："已经谈定的事，再变就不好，如果你与房东谈不成，这个钱我退给你。"他推说是没有钱去跟房东签约，才来拿这个钱。我当然不能相信，没给他。约过了一小时，他老婆有点气恼，单刀直入说："我什么也没拿你的，凭什么给你钱?"我说："这个问题，上午就谈好了，你们同意我才找房东，现在你们谈成了，又反悔，我真搞不懂你们的意思。"她终于说："就你这冰箱、这台桌能值3000元?"我说："值不值也是你们同意的，再说，我转给你的这两件东西，其他东西都等于废掉了，这个损失该谁认?门面要不要，你们自己选择，还是那句话，谈不成，我退给你们。"于是，我们谈定16号交接。

第十四章　风雨飘摇

我的船搁浅，是因为我离开了大海。在凄苦的沙滩上风雨飘摇成为我的常态。虽然我奋力想回到大海，但我已经离得太远，陷得太深，即使我的桨够强劲，但在岸上划船，桨是没有用的。

一九九八年　六月十四日　（多云转雨）

因为要转店，所以没进货，基本上也没生意，倒是饮料、烟等全部卖光了，就剩下一点副食和啤酒，算总账，一共卖了大约1600元钱，余下近400元的书可做藏书，五六百元副食可留作外出游玩时用，加上即将收回的4200多元，不含柜台，我可以收回现金5800元，货物1500元，柜台等就不值钱了，不做生意，那东西一文不值。但眼下我和雅丹两个人怎么办呢？我感到十分为难，肯定要找个地方打工，不然，一家三口就只好饿死在厦门了。

下午去长途车站买票，到福州要59元，是直达车，下午4点开。买了票回去，雅丹一个人正忙得火起，孩子哇哇直哭。我真不知我明天走了后她在"家"怎么过。恐怕连饭也难吃到口。

一阵大雨后，太阳又出来了。天气依然躁热得全身针扎般难受。我清理好里外的东西，作好搬迁准备，已是下午3：30了，她催我走，我换好衣服，担心她晚上会害怕。她说："你去吧，我不怕。"这时房东来电话，问我几时搬，说他已与张签好约，我说最早要等16号下午，我明天要到福州，他说可以。这样看来，转是转出去了，我在东渡路做了3个月生意，其间做了7个柜台，一共做了70多天生意，生下了女儿，过了3个多月的生活，亏掉了15000多元，商海无情，叫我呛了一大口咸水。

4点开车，晚10点左右到福州。为了方便明天考试，在考试地点附近的宾馆住下来。很便宜，一个床位35元。

一九九八年　六月十五日　（晴）

福州虽是省城，我感觉不如厦门，公共汽车不报站名，车上很脏，秩序也不好。许多车站没站牌，令初来乍到的人很难找到目的地。街上也不干净，也许是我没有走到干净整洁的地方吧。也可能是城市大了，很难像小厦门一样管理。

考试在福建日报大厅15楼进行，分三场。一场现场采访即兴作文，一场考校对，一场考编辑。现场采访地点是乌山风景区，要求写随笔，中午12点前交稿，出发到乌山风景区已是上午9点多了。10点多回到日报大厦15楼，我交了稿。

估计写作题难博领导好感，校对没有什么问题，只是最后一场编辑，我花了太多时间研究那些材料，等做起来，时间快要到了，只好草草完成。没办法，横竖自己只有这点本事。而且，也许老天爷也不太帮忙，要不然，怎么今天这场考试没有往日的灵感呢？

交了卷，记下综合部吴主任电话，我连夜去赶车回厦门。先后两次打电话给雅丹，两次都听到孩子在里面剧烈哭泣，她说："没什么，我们很好，你安心考。"

回到厦门，已是16号凌晨2点多，许多出租车过来问我是否租车，有个女司机甚至开着车跟我老远。这次去福州，除了给她买了一套运动衫花了80元，另花了250多元，还不知道有没有希望，我坚持从火车站一直走回到东渡住地。

到家时，雅丹因为饿，正开着灯煮方便面吃。见我回来，开了门，非常喜悦地扑过来撒娇。看得出，她一个人在家，很辛苦。

一九九八年　六月十六日　（晴）

估计他们下午就会来交接。我把东西该打包的打包，整理好，然后，出外找房。两处物业处都说原先定的一房一厅租给别人了，只有两房一厅的一月千元，一分不能少。我只能问问而已。

在开元物业部，那个小姐和那位小胖嫂很热情，找了半天，没有。小胖嫂又打电话到别的物业处，问那边有没有。谈了半天，答复有一房一厅，她说你快去，那边要是租给你价格会比你想象的便宜。她又写给我对方的名字"吴维芳"。怕误事，我一上公路就打的直奔拆迁办物业处，找到吴维芳，她正巧在经营部负责，很热情，把我指到一个小姐那儿，交给她一张房子情况的清单，那小姐找了半天，说湖滨南周转房没有了，看湖中有没有，我说不管哪儿只要有就行。她终于找到一套一房一厅的，我立即交钱办理好手续，房租果然不贵，一房一厅44平米，只528元。

回到住地我马上就开始搬"家"。下午张和房东过来，三人办好交接，我请一辆微型车搬到湖中新村E1栋203室，已经记不清是第几次搬家，也不知今后还要搬多少次。总之是到处漂泊。

新房南向二楼，既通风又向阳，且配套齐全，雅丹很满意，把东西放好后，我们在里面用电做了第一餐饭吃，这也是来厦门后，在像模像样的家一样在客厅规规矩矩喝酒吃饭。她很开心，而我却很沉重。因为实在不知道今天过来明天怎么办，这个月过了，下个月怎么办，今年过

第十四章　风雨飘摇

了明年怎么办。许多的怎么办压得我喘不过气来。从明天开始，就要去好好找工作了。如果《HX都市报》没希望，我将如何去找呢？

晚上，我打电话问福州的吴主任，他告诉我在他拿到的名单中没有我，他说这次参加面试的都是本科，一个专科也没有。我当然知道这是安慰。去考时，我就有点不好意思。八十多人考，就我年龄最大。都是大本，看那花名册，专科没几个，还有好些文学硕士生。看来，自己文不足以成材，武又不能屈尊去干体力活，难道就该在厦门挨饿吗？

回到家，我垂头丧气，雅丹问："没考取？"我点点头，心情沮丧，她过来抱住我的头说："没什么，再找，机会总会有的。"

我说："失去这个机会，是否表明我这个人已经有点儿过时或根本不具备这方面能力呢？"

她说："你能力肯定有，就是没人认识你。"

我知道她在鼓励我，虽然明知她是为了让我开心，听着她这样的话，心里好受多了、平衡多了。明天再找吧！

一九九八年　六月十七日　（阴转小雨，多云）

每天三餐饭，还要照顾一个小孩，不管两人怎么合作，总是忙不过来。买菜，洗衣，做饭，洗碗，洗屎尿片，抱孩子。光是抱孩子就得一个人。这几天气候变化无常，孩子可能偶感风寒，也不知哪儿不舒服，光哭，抱在身上不住抖才稍微好一点。好像我手臂长手大些抱着要舒服点，她一到我手上，就哭得少一些。雅丹说："看来这孩子与你有缘。"我也觉得有缘，要不然成天给她洗那脏兮兮的尿片，一捏一手屎，还乐此不疲。人就是怪，看那灿烂的小生命一眼，满心烦恼，满身疲劳就一扫而光。她一颦一笑加上哭泣都是那么引人爱怜。

在东渡29号时，那个大水池用刷子刷起尿片来很方便，在这里就不方便了，每天只好垫在凳子上或者腿上刷，有时干脆用手托着刷。洗得多了，经验也丰富了，才晓得怎样刷才又快又好又不至于刷破尿片。刷完再用洗衣粉漂洗，最后用开水泡，泡好再拧那热腾腾的尿片起来晒。

每天一大盆，洗完足足得三个多小时，足见其中的劳动强度。

我们商量去找一个保姆，不然，我根本没办法上班，两个人抱着孩子去白鹭洲劳动市场，坐在那儿等。她主动去找了半天，不是不干，就是根本瞧不起每月300来块钱。其实，厦门的实际情况，一个小姑娘能找个供吃管住还发300块钱的工作，也算不错。另找了几个，那些女孩不是嫌孩子太小，就是嫌钱太少。两个人白等到中午，打道回家，以后再说。这再一说，就又不想找了，我目前没工作，真找来，怎么付人家300元？再添负担，我们怎么过？

下午一忙，这事就搁下不提了。她说暂时放一放，两个人吃点苦再说，我说："中"。

一九九八年 六月十八日 （多云转小雨）

老把柜台放在人家的地方也不是办法，我决定无论如何去处理掉。

直接去找旧货市场，约一个人去看货，那些柜台早已被他们搬到二楼后面靠山坡的露天下，雨水已淋坏了纸背板，看上去很不成样子，我自己也不好意思说价钱，那人说："你送给我，我也不要，没地方放。"他最后只要了那个铝合金柜台，出100块钱。

反正已经亏死了，给他吧，就卖了一个铝合金柜台。剩下的，只好让他们放在那儿，我也没地方放。那姓张的老板很不耐烦，认为我不近人情，不住发牢骚。这事我不对，影响人家施工，但我是不得已为之，因此赔了几句不是，他们继续唠叨，我出门溜了。

处理完这些事，顺道到老费那儿去看了看，他见我穿了件新衬衫，说："真想不到，你还是风采依旧。"我说："我这种人是那么容易打倒的？"他说："那我就放心了。"原来他还不"放心"。难道怕我们出意外的极端不成？其实，他老兄怎么会操这个心呢？

三言两语，费兄不忘给我指教一二。他事情忙，先把我带到他的办公室叫我坐。我坐了会儿，用他的电话打了个传呼，他马上过来叫我到外面厅里坐。我只好出来，他锁了办公室，把我带到门厅那儿，让我在门厅的沙发上坐。来来去去忙了几个事，匆匆又过来陪坐。他心不在焉地叫我实在些，随便找个事先干着，还找出一张报纸，上面有个房地产公司招办公室主任，叫我去试试。我准备把地址电话写在手上，他批评我办事草率，说拿出任何东西要规范。就找出一张黄纸片，亲自给我写好。写字是他的强项，当然比写在手上强多了。有种感觉，跟他接触一回，我就心灰一回。

一九九八年　六月十九日　（雨）

重新回到流浪无着、艰难困苦的原点。转了一个圈，我们唯一的收获是，有了一个可爱的女儿。

今天去交电话费，并把分期付款改一次性，服务小姐说，那要等15天才可办移机。我后悔交急了，本来就缺钱，现在倒好，交了钱也不能获得方便，找工作照样没有联络工具。

从邮局转到人才市场去看看，正巧是人才交流日。人才市场人头攒动。花5元钱进市场，聘人的单位还真不少，但几乎所有广告，都写明35岁以下，适合我的单位只有两三家。上前打听一下，都说要控制年龄，有个台资企业，坐那招聘的是个女的，五十多岁，她说："我的老板只三十多岁，年龄大了他会不好做。"看来，这里没有我的机会。参加交流的面孔满眼都是青春靓丽的少男少女，混迹于他们之中，我自惭形秽，但是没有办法。最后看到一则广告，一家周报聘一名常务副总编，没谈年龄地区限制，打算投资料试一试。

在特贸门前的阅报栏，我看到一则《中国商报》驻厦记者站的招聘广告，也是要求35岁以下，就按指示号码打打试试看。对方说让我先把资料送过来看看再说。我赶紧印好资料，送了过去。一个小姐听了我的自荐把资料拿进去给站长汇报，站长叫我跟她先谈谈。谈了半天，那小姐说："你可真会推销自己。"我不知道该怎么说，是否说太多了呢？从交谈得知，是新成立的《JY导报》招编辑记者，她叫我等消息。于是，我留下了朋友老杨的电话。老杨是东北人，能侃，说话口气大，但为人直爽，喝酒不扯皮。我原来开店时，曾帮过我的忙。

一九九八年　六月二十日　（阴转多云）

这一天基本是在家里忙。本来，她想出去玩一玩，但是一忙，半天就过去了。我说："明天再出去吧！"一天天，一周周就这么过，工作的事没有一点着落，出来这一年，什么事也没干成倒落拉下3万多元的债。想起这些，我忧心如焚，不知如何是好。是否我已经过时了。过去凭社会关系基础和一点点本事，加上率直、坦荡的性格干得热火朝天，今天失去这些基础后，自己如同失去翅膀的老鹰一样无法起飞。而且，要命的是，我一不懂财务，二不懂英语，三不懂电脑，现代社会需要的素质我一样也不具备，即使写作算个特长，似乎也并不突出。是不是我过分固执对自己的努力方向定位不准呢？我真想回楚城去重新开始。就是做生意，在楚城也一定会好做些，虽然承受一定舆论压力，但相对我现在的困难而言，那些压力又算得了什么呢？可回楚城，谈何容易。自己的莽撞，斩断了我回故乡企图东山再起的路。我的婚姻问题至今仍然是悬案，女儿的出生成为新的潜在问题，我是彻底"逃出楚城的人"，就算别人再宽宏大度，允许我回去混口饭吃，没有离婚，我是怎么也不敢回去的。我是离经叛道、离亲叛众，活该众叛亲离。命运注定要到处躲藏，到处流浪。面对过去熟悉今天陌生的一切，怎么办？

想打电话给一些朋友。但总觉得在这种时候，谁还是你真正的朋友？什么样的朋友才叫真正的朋友？不要再不知趣地去给别人添麻烦了。何况还要花钱，不打也罢。万般无奈，冲动之中，我向楚城的马书记、刘县长各写了一封信。我想，再怎么说，也该给我个身份，以便能找个单位调来。不然，进入任何单位，都是游民。人生要重新开始，真是难如上青天。我自知这又是自作聪明、自作多情、自作自受。早知今日，何必当初？心寒，心急速下沉，沉入绝望。但我还得强打精神，面对孩子，面对雅丹，如果我就此消沉，或者显得束手无策，雅丹一旦绝望，我们就真的完蛋了。过去是只有我们两个人，如今是要拖累刚出生的孩子。

一九九八年 六月二十一日 （多云）

今天到白鹭洲玩。是她提议的，我没心情。她说："反正没什么事，不如出去散散心。"她的话在理，只是我面对困境，心情沉重，难以释怀。我真的很难理解她何以如此放心，难道她不懂得我们的处境？她说："没什么，该玩就玩，是你说的，车到山前必有路，办法总会有的，我相信你。"

按照我的性格，我要告诉她真相，甚至跟她争执，但是我放弃了。一个单纯到不知道危险的人，她必然是快乐的。她的这种放心，全来自于对我的信任和爱，你一定要告诉她所谓真相，打碎她所有的梦想，让她彻底曝露在严酷现实中孤苦无助吗？这是不道德的，甚至是残忍的。于是，我强迫自己抛却烦恼，带上微笑，抱着孩子，像许多其乐融融的家庭一样，到白鹭洲晒幸福。

碰巧，白鹭洲养的一些地鸽被放出来与人同乐。几个女的在那儿一块钱一包出售小麦玉米，我们买了一包，抛洒起来，一群鸽子围着我们上下翻飞啄食。凉风梳过树林，吹过绿荫草地，使人感到格外惬意。

她说："可惜，没有相机。"

我说："就是！这么好的情景，多美。"

突然不知是哪里放炮，轰地一声响，群鸽扑腾腾一齐起飞，黑压压一片，在空中盘旋，久久不落。

一九九八年 六月二十二日 （多云转雨）

想去找工作，不知道到哪里去找。

走出去，在特贸那儿看报，没什么好消息。七转八转，转到菜场，买了菜只好回家。烧火，做饭，给孩子洗屎尿片。

回到"家"，雅丹一脸灿烂。她总是一脸灿烂。虽在哺乳期，因为生活安排得好，隔天就做白鲫鱼豆腐汤给她喝，不仅孩子长得白白胖胖，她也越发成熟靓丽了，这是我的福分，也是支撑我拼下去的精神支柱。

这天，老杨来了，告诉我《中国商报》通知我去面试，下午3点。这是个好消息。

下午到华兴大厦15楼，刚好3点。等到3：30，一个高个儿男人进来，打开站长室的门，他看着我那叠资料，说："你叫李福寿？"我说是。他把我叫进会客室，很随便地聊起来，他并没有考我什么，而是告诉我他做不了主，要把资料传到北京由北京定，一般试用半年，对我只试用3个月，试用期工资1200元，没有住房等。后来他又说："万一不行，我推荐你到另一家杂志社去，那里也许不会让你做普通记者，工资待遇也会高一些，条件也更好。"我纳闷起来，天底下哪有这么好的人这么好的事，我说："非常感谢你，我还是到你这里工作吧，我一定不遗余力把工作干好。"

在后来的谈话中，我才知道，他和我是老乡，姓刘，已来厦门多年了。他的一番乡情令人感动，这么念老乡情意的湖北人还真不多。我们又谈了半天别的事，然后我告辞。他说："要不然，你先等等，我打电话问问《HX商情》杂志，他们那招聘主编，我给你推荐一下。"我很感动。不知道他拨了那边什么人的电话，只听他问："那高总什么时候回来呢？"高总是他介绍过的高晓，XD集团老板。刘先生说，北京和这边的《HX商情》，两边都要等。

一九九八年　六月二十三日　（雨）

耐心等待。

耐心等待。

耐心等待。

根本无法耐心。

钱一天少一天，坐吃山空的简单道理常蜇我如黄蜂。何况我们并无"山"可吃。我知道办成任何事都需要耐心。

好在每天和雅丹在一起。总是在心情低落时，因为对她们的爱而恢复信心，涌起豪气。有这么好的老婆这么好的女儿，还有一个自己无情抛弃的儿子，自己说什么也不能倒志，再难也要朝前走。所谓"榜上无名脚下有路"。

总不能被动等吧！得干点什么。

我清理出自己的小说稿来。这些东西，今天读来，也并非一无是处，真整理好甩出去，说不定能找到新的机会，至少，可以建立心理上的希望。有希望才会有前进的动力。去年六七月份，写得多点，在一个月就发了好几篇，今年，也要争取有所突破。

所谓勤奋，常常不仅是环境的逼迫，很多的时候需要自己逼迫自己，即所谓"战胜自己"。

一九九八年 六月二十四日 （雨）

早晨睡回头觉，梦中分明是哥哥在呼唤我，声音清晰异常。醒来之后，望着天花板，我不知道家人是否平安。哥哥读书不多，难免世故，他不想念我是不可能的，毕竟一母同胞啊！

近来，天气预报老报家乡大雨，不知是否有洪水暴涨，老兄供职的地方是洪水易发区域，他正忙于防汛是一定的。很想致电问候，但又怕听到他冷若冰霜的声音而徒添烦恼，令我这孤独的心无法寻求到亲人的抚慰。我想念哥哥，想念大姐二姐他们，更牵挂儿子，他幼小孤独的心受我伤害之深，是成人也无法承受的。窗外雨滴滴嗒嗒，犹如我滴泪的心情，一下下重重地敲击在我的心坎上。

起了床，我跑出去找机会。在人大礼堂，我用IC卡打电话打给刘站长，不通。后来打他传呼，他复机了，说："你是否到那家杂志社去试试，我已把你向人家推荐过了，那人姓彭。"他告诉我电话号码和地址。他说："这事和你到我这儿应聘不矛盾，我这儿一有消息马上告诉你。那边条件更好，待遇更高。"我只好按他的意思去试试。打给彭先生，对方说："我这两天很忙，要不然你后天来吧！"只好等后天。后

212

天是星期五。

一九九八年　六月二十六日　（多云）

刘先生极力劝我到XD公司《HX商情》杂志社去求职。他说"那里待遇高，工作环境好。"他反复强调，"这与到他那儿应聘没矛盾，他那儿一有消息，马上就告诉我。"我有点匪夷所思，不知道这里面到底是怎么回事。

他这样热心，我不能却意，就去试试吧。准备好资料，找到湖里信息大楼，杂志社在二楼。吧台小姐说彭先生在开会，请等一等。我就坐在门厅的沙发上等。

该公司可谓家大业大，所属的《HX商情》原是一份集团的内部刊物，后升格为公开发行的杂志，向海内外发行。

从8点40等到10点多，彭先生终于开完会。他是个矮小的男人，言谈之中，透露出他是临时负责。他说他们前不久已经在六十多名应聘者中招了两个人，现在要进来没编制，让我可以先投投稿件，互相了解一下，也可先了解一下他们的杂志。我当然只好告辞。给他资料，他说不必了，这些我已经看过了。

离开《HX商情》，我把情况向刘站长反馈了一下，刘站长说："你应该直接跟人事部谈。"我语塞。心里想：不是你叫我去找姓彭的吗？他接着说："这家伙是武大郎开店，见不得比自己强的人。"对我来讲，这是没办法的事。他又说："你干脆去找总经理秘书，星期一再去。"我答应星期一去，反正我现在是无路可走的人，多个机会总比无所事事强。

一九九八年　六月二十七日　（晴）

在家闷了一天，看电视，抱小孩，洗衣服，做饭。到晚上，两人抱着孩子到白鹭洲乘凉。那里风清月明，非常宜人。转到音乐喷泉那儿，许多人在露天舞场随音乐跳舞，我们抱着孩子去跳了一阵，引得许多人

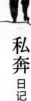

关注。待一身汗出，就抱着孩子朝"家"的方向漫步。

如果有一份固定收入的工作，这个夜晚一定更加美妙。

一九九八年　六月二十八日　（晴）

事情繁杂，就是不出门，在"家"也没空。

下午，我研究杂志。写好自己的看法和建议，我联系刘站长，想征求一下他的意见，我说找个地方边吃饭边谈，他不让我破费，说随便见见面谈谈就行。我们把地点定在莲花麦当劳。

准备雅丹的晚餐，我安排她们洗完澡，就带着稿件，搭车到莲花麦当劳。7点，给刘站长打手机，他叫我等一等。

算起来，我与刘站长通电话次数很多，但见面只有一次，搞不好，这次见面也不一定认识，因此，不敢在室内等，只好站在热浪扑面的门口等。麦当劳餐厅的广告音响在那里喋喋不休地反复重复，直叫得耳朵和大脑起老茧。快8点了，刘还没来，我到附近的一个公用电话亭给他打电话，他问我在哪儿，说他已经在门口了，我赶忙付钱起身，看到门口有个大块头在那儿，不错，就是他。

两人找个座位。他说不吃什么，只喝杯饮料，但我还是点了两份端上去。他不吃，忙着看我的材料。看完，他说："你完全可以直接去找老总，那老总很爱才，就你的才气去干那个杂志社主编应该没问题。他们现在到处找主编。"两人谈了半个多小时，他开车把我送回湖中新村，叫我明天一定去找秘书。还说老总去了美国，最近不在家，你把资料先递过去再说。

一九九八年　六月二十九日　（晴）

一早，我就赶到湖里，找到XD公司，指明找魏秘书，前台小姐联系了多次，都占线，只好等。许久，联系上了，魏秘书出来，是一个穿着很朴素的小姐，很清秀。她问我什么事。我告诉她，她把我带进一间会客室。

我谈了来意，并把资料交给她。她说老总不在，把我的资料先交给人事部，人事部初选中的话，就会交给老总看，到时候会通知我。这可能要等些天。

我说："没事。"

她的话证实，他们的确在招聘主编。

一九九八年 六月三十日 （晴）

用挂号向高晓先生寄出了我的求职信和资料，总觉得，这样的事，对我而言，希望不大，真成了，是天上掉馅饼的好事，哪儿找？

信心不足，但机会总靠自己争取。

一九九八年 七月一日 （晴）

不得已，让雅丹致电家中要钱。

渐渐穷途末路，即使回楚城，也是无计可施，看来，种种迹象表明，我这个人是笨到家了。即使是沿门乞讨的人，他也有日日进财的本领。可我，别说拉不下面子乞讨，就是拉下面子，恐怕也不会有人给。有什么办法？

依然是每天去寻找机会、买菜、做饭、洗尿片、擦地板。只是抱着小琪琪，心中总有一种慰藉，同时，又感觉对不起她，看她一天天会笑了，渐渐会咿呀学语了，这娇嫩的小生命沉甸甸地健康成长，我真有了日渐苍老无能的感觉。

是我不够主动，不够努力吗？可以说，能争取的机会，我都争取了，也尽力了，可是，机会不属于我。晚上，吃罢饭，雅丹的胸罩都旧了，小了，带子都断了。她说："我想买两个背心。"

我随口说："能不买就尽量克服一下。"

她说："你不答应我，我就哭。"语毕，她面带笑容，而泪却夺眶而出了。

我心中一酸，是啊！过的什么日子，只不过是背心，也舍不得了，关键是没有钱啊！

我答应买。

两个人闲扯了一会儿，因为电话才装，据邮局的人说，明天早上可能通，想与几个地方联系，没办法。出外打，又很贵，只好不打。这时，有人敲门，打开，是老杨。

坐下寒暄完毕，他问近几天的情况，我如实相告。他说："你老乡叫你回电话给他，我问他是否有急事，他说不急，我是特意来告诉你的……"多次希望、失望，叫我对希望这东西也戴有色眼镜，打了折扣。是哪个老乡呢？老刘？老费？我给他们都留过老杨的电话，不知道是谁。我说："现在太晚了，还是明天再说吧！"

老杨与我同岁，也不知道他最近到底在忙些什么，老在找门店老没定下来。说成立了公司，又不知他做什么业务，可说起来一套一套。凭心而论，他是一个颇有水平的人，对我也不错，做朋友，他可靠。在今天的言谈中，他透露出也想找份工作的意思。这与他过去的话大不相同，说明他也过得不容易。他曾告诉我，有单位花5000元月工资请他当副总，他不干；还有家集团公司要聘他做总经理，年薪开得吓人，180万，真正的天文数字。这位老兄就是这毛病，喜欢自己先吹个大肥皂泡，把自己装进去，然后自己在里面美美地睡觉，做梦，即使这个肥皂泡破了，他也照样睡得安稳。东北人似乎大都有这样可爱的性格，我不好说破。同是天涯沦落人，有好的自我感觉，方便继续往前走，我何苦非得要让他像我一样狼狈呢？稍晚，老杨走了。

雅丹说："肯定不是老费，他才不会找你。他没这份心情。"我说："别这样说，老费这人也不错，哪个人不靠点自我感觉支撑着活人？哪个人为了生存没有点言过其实、待人接物的漏洞？"

这一夜，我辗转反侧。信心不倒，主意全无，胡思乱想，六神无主。

一九九八年　七月二日　（多云）

果然是刘先生找我，他主要是关心我找工作的事。

他问："你没问问老总什么时候回？"

我说："没有问，你认为我可以问问那位魏秘书吗？"

他说："那应该没问题。"他还说："你尽量争取机会，那边只好等，他们的事，非老总拍板不行。我这里再帮你留意，北京一有消息，就马上通知你。"

我谢过他，表示今天就去问清楚，并找机会。

到早上9点，电话依然没通，就打电话查询。然后，到湖里去，主要是给孩子拿麻痹症糖丸。顺便问问那位高总经理什么时候回。在湖里，我拨通魏小姐的电话，问她，她说："有情况，人事部会通知你，我们老总要到7月中旬以后才回来。"

这个7月中旬以后是个模糊概念，要么中旬，要么下旬，中旬以后……等下去，不知会是什么结果，大半是没有结果或者是没有用的结果。

下午，老杨过来，他说在白鹭洲劳务市场看了看，几个人的场面，只几个职位，现在工作不好找，他劝我去一下。又问跟刘站长打电话的情况，我说："没什么事，他就是打听一下。"他建议我到刘先生家去拜访一下，交个朋友，也花点钱，讲个意思。别人也许不在乎，但心中会舒服。我也认为在理，如今的社会，就是这么世故，更何况，至今，我也不能完全解释刘先生何以对我那么关心。我答应明天去试试，反正名片上有他家的地址。

老杨说要到中山路去一下，我正好要去买点东西，两个人结伴外出。转了大大的一圈，没什么事，他找店面，我买东西，请不起贵的，请他吃了一个三色脆皮。两人分手时，他又给我打了一回气。

晚上做了几个菜，雅丹去买了瓶啤酒，喝下去，吃了一碗饭，酒足饭饱之余，就特想给楚城的熟人打电话。打了张部长，说雅丹留职停薪的事情。又打老钟，他不在，嫂子不轻不重地又奚落我一回，向她打听我儿子的情况，她说："他妈妈花8万元买了套房子，欠了几万元账，你要好好赚钱哩！"我无话可说，从做人的角度讲，前妻没文化，却比我做得圆满，我敬重她。此生有负于她，老天爷正惩罚我，我无话可说。

电话挂断后，我到刘家去，中午曾打电话与他相约，他说他今天加班，家中没人。但我想，他总不会说请你来。

我看了看表，20点，于是，我转几次车找到他家，果然没人，我就在小区大门口坐着乘凉。等到近22点，车来车往，没见刘先生回来，就打电话给他。他说："你在哪儿？"

我说："在你家大门口。"

他说："我不是说了，我今天加班吗？你怎么这么……"

我说："我无非是想到你家拜访一下，讲个客气。"

他说："客气没必要。"

我说："那就改日，我今天在这儿等了一个多小时。"

他问："你坐在哪儿？"

我告诉他在小区门口。他说："错了，那是我们原来办公的地方，现在分给别人了，改天我请你到我家去吧。"

只好悻悻地提着东西，打道回府。

唉！这年头，在一个陌生的地方谋生，连礼都送不出去。

一九九八年　七月三日　（晴）

人才市场仍是卖的多，买的少。大都是招聘年轻漂亮懂英语的女秘书、女助理、女司机，再不就是招35岁以下、六级以上英语水平懂电脑的人才，没一样适合我。准确说，是我不适合任何一样。这就是说，在人才市场，我是卖不出去的东西，是滞销货，连一点卖出的希望也没有。

里里外外，一遍遍转，都一样。正要转头离去，一个个子不高的稀发男人正招呼："你！你！就你！你过来。"我正疑惑，发现中年男子是在招呼我。定睛看看，是《SS日报》招记者编辑，就走过去。那位儒雅的中年人正在问一个大个儿年轻人，要他去采访一下今天的人才市场。大个儿有点不情愿。旁边一位先生递给我一张表，让我填。中年人给我一张名片，说："我对你第一印象不错，你明天到石狮去面试吧！带上你的作品复印件。"他姓余，社长、主编。

出了人才市场，我想，到石狮去？那就意味着电话没用了，房租白交了，一切要从头开始，怎么在厦门老是找不到这样的好机会呢？

关于明天去不去的问题，大脑一片空白。

一九九八年　七月四日　（阴多云）

像往常一样，孩子6点左右就醒了，逗着兴奋的她，雅丹也起床洗漱。这个早晨还蛮像那么回事，心情平静，安详。打电话给余主编，简单介绍了我的情况。他说："你过来吧，我们面谈一下。对于你的一些细节问题，我们不在意，反正都是聘用制。"

我决定还是去，雅丹也赞成。

拿了200元钱，提了点干粮、凉开水出发。因走得急，到车站才记起我把零钱都拿走了，雅丹吃什么。打电话回去，她说："我会有办法的，你去吧！"

石狮环境远不如厦门，脏乱差就不说了，突出特点是摩托车多，摊点特多，公用电话多，而公共汽车基本没有。一下车打个内线电话要1元，打传呼收1元，坐一个摩的5元。基础设施建设一差，在这里生存就会增添很多额外的负担，再加上管理水平差，灰尘铺天盖地漫天飞扬，对人的身体健康也不利，我恨不得马上打道回府，但毕竟已经来了，还是去了《SS日报》。

余主编接待了我，叫我谈自己的经历和想法，我如实相告，我是不得已辞职逃婚出来的，至今没离婚，家中还有个男孩。余主编让一个副主编出题让我试试。那个副主编说："你去农贸街了解一下家私市场，写篇报道来，或者还可以到群英中路去看服装市场，做备选题。"我告辞出去。

因为是淡季，家私市场的人都坐冷板凳，一见有人来，都很热情，采访了六家店，继续去逛群英路。

群英路真是群英会，各种服装琳琅满目，各店小姐都到街上拉客。共同的特色是：时刻准备蒙你一把。不管是什么T恤衫，都说是进口的，标价从1200元到3600元不等，一件明明是广东产的T恤，那位小姐硬说是南韩的，要价6800元。我不想要，她拉住我，硬要我卖。我说我暂时不需要。她说："我给你打1折。"我问一折是多少钱，她说："今天放血，680元。"我说："50还差不多。"她说："我还没开张，你加点，就卖给你。"我说没加的。"好！卖给你。"得！花50元钱买下了这件看上去的确不错的T恤。这大概就是余主编刚才出题时所说的一个特色——自由市场漫天要价就地还钱。

花一小时写完稿交给副主编，他看完说："我个人觉得写得不错，不过还要给主编看。"又给一篇来稿让我编300字的消息，配短评。我也照做了，一并交给他。他留下电话号码，我与一个来自厦门的应届毕业生一同回厦门。

说内心话，在石狮待了一天，我就不想再去了。名副其实的鬼地方。

一九九八年 七月五日 （晴多云）

现金只剩下200元，再次出现经济恐慌。

她开玩笑说，看来我们一家三口在厦门真的只有吃空气喝自来水了。

下午5点左右，《SS日报》副总来电通知，叫我明天就可去上班。这是今天唯一的好消息。但我去石狮，老婆孩子怎么办？电话、房租及押金怎么办？我还是莫可如何。

这一天，可能是花电话费最多的一天，雅丹很心疼。

第十五章　败走石狮

　　虽然已经习惯了落拓不羁的那些日子，但当生活的暗涌再一次袭来时也一样令人心灰。因为我对生活仍是有期待的，即便我已经习惯于失望，但是当这些失望大山一样横亘面前时，我还是一样地措手不及。

一九九八年　七月六日　（晴）

　　说内心话，我不想去石狮。既不能拖家带口，又无法保证妻儿衣食丰足，还不知是否具备发展前途。但不去又怎么办？眼见手中只有百余元钱，雅丹家里已明确表态，无力寄钱过来，这样下去，难道要一家三口饿死在厦门不成？

　　雅丹说，从今天起，每天只做一个小菜。她仍是那么天真那么对前途充满信心。看着她渐渐瘪下去的乳房，和她有点消瘦下去的脸，我心痛难忍。命运既把我们这么连在一起，为什么如此捉弄我们？难道是我们还不够努力？

我还是买了肉，做菜及汤，让她吃好。她的身体就是这么好，稍微吃得好一点，马上就乳房饱胀，连孩子也不怎么吵闹了。可是，眼下到石狮去了，她既要做饭，洗尿片、洗衣服、又要看孩子，她怎么看好孩子和照顾好自己。

我不想去，怎么想都不想去。

她极力劝我去，说："不怕的，我会照顾好孩子。"

下午，我打电话给石狮，表示星期三去报到。

这一夜，我怎么也睡不着觉，半夜起来，思前想后，给家里的大姐夫、大姐写了一封信，希望他们帮我去联系方家的外甥女，让她来帮看看小孩，这是没办法的事，虽然增加一点负担，总比这样两头担心好。可即使她能来，又怎么来呢。

再次上床，东方簪白，孩子也醒了。

一九九八年　七月七日　（晴多云）

总想在厦门争取机会，可是很难。再一次跑到人才中心去找市场开发部咨询，想问一下那家招聘副主编的小报，他们不愿告诉电话号码，左推右推的，我知道寄了资料也没有用，可自己还是要去问。热了个满头大汗，结果一无所获，落得个悻悻而返。

买了菜，吃了午饭，头昏昏然，就糊里糊涂睡。孩子不住哭啼，本来也很疲劳的她每次都起来抱着她，喂她奶，直到她不哭。真难为雅丹了，我也由衷感慨母性、母爱的伟大，叫我怎么烦也烦不起来。相比之下，我的素质和耐力太差了，差远了。

迷迷糊糊睡着，醒来时已是下午4点多。老费来电话，说一会儿过来。正好有几个菜，加上花生、花生米，也好将就。他来之后，又是高谈阔论，我不想附和，也不便剥他脸皮，只好望着他笑，微微地笑。我想，我这笑要么非常阴险，要么十分诡异、可疑。他十分赞成我到石狮去，说："机会还可以慢慢找，先干着再说。"目前，我也只能这样。饭毕，他要我们帮忙介绍女朋友。我先以为他开玩笑，后来发现他是当真的。唉，我这种婚姻失败，既难离婚更难结婚的人，不说也罢。他提出出去玩一下。雅丹也赞成。

跟他混进有福城堡，那是年轻人"蹦迪"的地方，激情的音乐和尖利的嚎叫把人几乎要消解了，而如云的美女更是在那里炫耀着诱惑。在这种地方，菩萨也会动了俗人的淫荡欲念。我不想久待，便回去了。

一九九八年　七月八日　（晴）

早晨10点起床，整理东西。她也起来帮忙，一边整理，一边安慰我，劝我过去好好干。

东方朝霞飞起的时候，我背起行李，一手一个大包，要出门了，拥着她，亲着她，我的泪不知不觉要涌出来。我知道自己是个脆弱的人。为了不至于让她悲伤，我忍住，笑着同她告别。走过窗下，我知道她一定在窗口送我。但我不忍回头，我怕我终于管不住我的泪水。

为了节约车费，从白鹭洲穿过，我步行到湖滨南路车站，沿途不知有多少出租车把我当营销对象，但他们最终都无望或生气地呼啸而去。

正好有车开出来，往石狮的。我坐上去，早晨8点到了石狮，找到报社。副主编接待了我，让办公室陈主任来带我去住处。等到11点多才有个小个儿男人用摩托车带我到一个楼，安排我住一间像鸽子笼一样只有四五平方米的小房子，里面仅一床一桌一椅而已——这就是我未来的天地。

孤独地住在这间房，我非常想念雅丹和孩子。这里的条件太差，而我现在是讲条件的时候吗？克制不住，下楼去用卡给雅丹打电话，她劝我坚持，说："我和孩子都很好。"我不好说内心复杂的话。我还只来了几个小时呢，男人怎么可以这样软弱？这样婆婆妈妈？

看了一下午报纸，熟悉情况，主要是熟悉这张报纸。

这一天，三包饼干就着免费供应的矿泉水成了我的三餐饭。按说，这三包饼干的量不是问题，可是，吃过后，只饱了那么一小会儿就饿了。我出来时，只剩下150元钱，我想只拿50元，她硬要我拿100元，说她在"家里"好办，其实家里又有什么好办？她怕我挨饿。所幸日用品全是过去开店现成的，还有饼干。

到晚上，办公室陈主任过来聊天，才知道，每人每月底薪600元，加各种补贴，约900元，再就是写稿用稿和拉广告提成的收入，一般每月1200元左右。这个收入，满足不了一家人的生活，更不要说还要租住房。报纸每周三张，用稿量就那么大，再怎么写，又能用多少呢？而且，已经有半年没给儿子寄钱了，尽管我失去了他的敬重，但我不能抛弃对他的义务。真不知该如何是好。

一九九八年　七月九日　（晴）

这一夜，小小斗室热得像蒸笼，朦胧之中也不知睡着几回醒几回。灯亮了一夜，电扇转了一夜。身上有两处奇痒。在蚊帐中搜寻，果然有两只吸得圆鼓鼓的黑蚊子。可以想象它们当时在我身上吸得多么酣畅淋漓。

由于斗室除了门以外没有窗户，大白天不开灯，屋里像黑洞一样，这倒是一个不必改造的暗室。而房中的气味更是汗臭加霉气的混合，十分难闻。我内心告诉自己，这一切全是老天爷对我的惩罚。

早起洗漱完毕，从包中拿出一包饼干，就着水吃早点。这熟悉的味道令人吃了几块就恶心，味同嚼蜡大概就是这感觉。但不吃就得花钱。与其弄到后来一文不名两边作难，不如尽可能节约点，坚持，再坚持。

打开收音机，里面正播放激情悠扬的音乐，大概这是这房中唯一的亮色。

亲爱的，你知道吗？我非常想念你，尽管我们分别才一天，可是，我感觉我们已经分别了好长时间。在这孤独闷热的斗室，电扇枯燥地旋转，并不能给我带来多少凉意。可是，想到你，我冷静下来，要共守我们的爱，光有爱情是不够的，得有面包，我得到处去寻找机会，得千方百计写稿，写好稿。我在小小的石狮城转了大半天，整整转了一整圈。走了检察院、房地产公司、中心菜市场、湖滨菜市场，又采访了退休老教师郭老师，共写了三个专题。火辣的太阳晒得我全身汗透，加上这一天也是以饼干充饥，疲劳得很，回到驻地，吃了包鱼皮花生，喝了一大杯水，舒服多了。我想，我应该在很短的时间进入状态，显示出自己的才华，不求获得什么重用，只求多写稿多拿稿费和多拉广告。这个地方，肯定不是可以久呆的地方。

在家的时候，你以浓浓的爱对待我和孩子，把自己全身心地扑在奉献夫妻之爱，母女之爱上，让我逐步理解了你作为一个善良纯朴女性最为美好的一面。特别是当我们一次又一次面临困境的时候，你的爱一次又一次地点燃我的希望之火，促我振奋，推我前进，谁说我这个大你许多的男人在生活上比你具备更多的韧性和耐性呢？你的爱更执著，是你使我对爱有了更明确的更清晰的认识。我该如何面对你的爱和我们未来的一切？什么时候我才能再一次找到真正适合自己，属于自己的位置呢？我不知道，但我一定会去努力奋斗。

我知道你在家比我更难。50元钱，能吃什么？一想到你因为营养上不去而乳房干瘪，孩子缺乳，我就想流泪。作为男人，我的无能昭然若揭。我知道吃不饱的孩子只懂得嗷嗷待哺，她不知道她的父母目前的处境。而且，营养不良必然会影响她的健康成长。我得尽快扭转局面。

我从心底说一声，亲爱的，对不起！我知道，这三个字非常苍白无力，可这是我发自内心的心声。

一九九八年　七月十日　（阴转小雨）

石狮的环境给人整体的感觉就是乱。牺牲环境、资源，包括道德换取经济效益的现象十分普遍。首先是缺乏商业诚信，买卖充满欺骗，服装、鞋、电器等开口就是天价。而成交价相对其标价来说，就低得令人咋舌，有些在外面拉客的人，把你叫到内间，连哄带骗，诱你下单，你不买东西就走不脱身；其次是脏，不仅灰尘弥漫，到处是"光灰大街"、"光灰大道",垃圾遍地,臊臭之气随处弥漫;再次是秩序乱,摩托车喇叭嘀嘀响,汽车随处停放,尤其多得无比的是摩托车。不夸张地说,简直像苍蝇,从胡同小街到大街大道到处乱窜,在人流车流中开着加速摩托车显示避让身手的毛头小伙子把油加得摩托车乱叫,那冒着黑烟狂窜的身影一个接一个,一个比一个邪乎;第四是来路不明、去向不明的青春女郎多,她们敢穿,敢化妆,白天都销声匿迹,一到晚上就三五成堆,到处乱飞。虽然工厂倒闭很多,聘用女工很少,但街上明显女比男多,显示出一种反常的热闹。

回到"家",雅丹迎上来,竟两眼潮红,眼泪夺眶而出。可见,她这几天一个人在家照顾孩子的辛苦和愁闷。因为没有钱,她基本上没去买什么,走了几天,她只花了几元钱,光吃方便面。眼见得她的眼睛都瘦大了。

两个人一起算了算钱,不足80元,还不够我来往两次。我一筹莫展,不知该怎么办。

晚上跟老费联系,他说他正在喝酒,叫我也去。去到那儿,他们三人叫了一桌海鲜在吃,很热情的叫我坐。大家一起喝酒。其中一个姓吴的是一家房地产公司的部门经理,另一个上次见过面,姓邓。

老费问我:"你们办的事,现在怎么样?"

我不知是指什么事,他不依。说我不够朋友,把朋友的重托都忘了。我终于想起他前几天到我家做客的"重托",是要我们为他介绍女朋友。可是……他似乎……我没想到他很认真。雅丹也告诉我,去石狮上班那天,他和一个朋友来找我,在楼下喊,雅丹告诉他我走了,他就问雅丹那事怎么样了,雅丹当然说还没选好,她觉得这太可笑了。

老费抓住不放,我怎么解释也没有用,我说:"这事我记得,我老婆今天还跟我提起呢!"

没想到,我又错了。他说:"你他妈的什么朋友,朋友的事全忘了,还要老婆提醒,唉!当了局长的人就是健忘。"

我不再解释。说话间，老费又特意给我点了一个花蛤，叫我吃。我说我吃过了，吃得很饱，他说："特意给你点的，你不吃就不够意思。"他接着说："这条鱼不是一般的鱼，是黄翅鱼，很贵的，这半条，你吃了，特别是花蛤特意给你点的……这肉很新鲜，你也吃了。"

我说："你的好意我心领了，我吃得很饱，吃不下。"我后悔今天贪杯过来，活该受此侮辱。

我不吃，也不再喝酒，听他们说，看他们的表演，接受他们在失意男人面前表演得意，让他们享受成功。他连连感叹："难怪人家说湖北人不讲感情，不够朋友。"尽管他自己也是湖北人。终于散场了，他们说要到汉斯啤酒城去玩，去喝，而我一个人回家了。

回到家，酒劲儿上来了，我一肚子不愉快，倒头便睡，雅丹问我为什么迟回，我如实告诉她，并说了心中的不愉快，她说："你这样不舒服，就不跟他来往好了，成天自我感觉好得不得了的浅薄人，有什么好交往的？"

我劝自己，混到这个地步，谁是你的朋友啊？好好努力吧！

一九九八年　七月十一日　（阴雨）

一大早，岳父打来电话，问怎么混成这个样子，连日子也过不下去了。我无言以对，是啊！怎么会混成这样？他说家中很难，根本没有钱，连买肥料的钱都没有。我说那就算了，我另想办法。他说："要不叫雅丹带孩子回来。"

我说："带孩子回去不方便，而况我们现在只剩80元钱，连搭车的钱都没有。"他要求和雅丹讲电话。我当然能体会到家中的困难。该怎么办？

雅丹也想回去，可是回去又能怎样呢？短期待一下没问题，时间长了，带着小孩，去娘家也不是个办法。我一个人在石狮，在外面吃一样每天要吃掉跟现在过日子同等的钱，把房子让给别人，收回部分房租，估计可以勉强到那边租房维持日子，可转给谁呢？这里面的东西怎么办呢？带不走，卖不掉。

晚上老杨来了，他劝我房子暂不要转，等等看看再说。厦门有机会最好回厦门发展。可我在厦门就是没机会，更不要说"发展"。他好心告诉我，如果他应聘上哪家大公司的经理就叫我给他当部门经理。这虽然是"隔壁婆婆送豆皮"的承诺，但我还是感谢他的美意。

雅丹说，家里最多可以寄200元钱过来。本当尽快撤走，到石狮去，可是还想等XD集团的消息，还是等一个星期再说吧！

白天邪劲儿上头，挑逗她。她说晚上再说吧，到了晚上又说："我很累，一点兴趣也没有。"没用的男人也有着有用男人一样的欲望，我很瞧不起自己，但又时常希望有朝一日时来运转，就劝自己修身养性，等候时机。

一九九八年　七月十二日　（阴雨）

准备去石狮。做饭、洗衣、洗屎尿片等杂事处理完，然后洗澡。冲着凉水，想到现在已是下午3点，搭4点的车，也要到晚6点到，不能做什么事。于是，我改变了主意，决定明天大早走，又可多陪她们一夜。我告诉雅丹，我改变主意了，明天走。她高兴得叫了起来，泪水竟涌出眼眶。她说："我知道你找个工作不容易，可我一个人在家……"

算算我们现有的钱，总共45元，我拿35元，留10元给她，她死活不同意，要我全部拿走，说她在家有吃的，我说："再怎么节约，总要买点青菜，孩子在吃奶……"说罢这话，我凄然，她的眼圈再一次发红，还是坚持要我全带走，说："你在那里更难过。"

我说："你不要再说了，这点钱，越争我越难过。"她才留下5元钱。

她说："一去一来，光车费就得34元，多几元钱也好防……"防什么呢？防万一？她没说出来，知道这什么也防不了。

我把过去没吃完的饼干全清理出来，准备带走。好像我在家时，孩子都乖一些，她说："真的好像很懂事，你不在家，她很少哭，也很会玩，一点也不调皮。"看着孩子稚嫩清秀的脸庞，我感到幸福而欣慰。一定要尽快度过难关。

频涉浅滩，屡遭尴尬，我启开一瓶没有卖完的二锅头，就着花生米，对着窗外月亮独饮。我希望把自己喝醉。

一九九八年 七月十三日 （多云）

大早起来去搭车，她睡眼惺惺地爬起来送我，我说："你去睡吧！"她坚持要送我。肚子里空落落的饿，就把带的饼干拿一包出来，拆开吃。早晨口干，吃着干而松脆的饼干，怎么也咽不下去，以致于连走路的兴趣也没有。

晨光中穿过白鹭洲公园，坐在路旁石阶上细爵慢咽。路过我身边的出租车司机总以为我是他们的生意，无不刹车问我"要不要车？"我摇头，一次又一次地摇头，没办法，只好快走。湖滨南路汽车站还没开门，昨夜的大雨使车站门前车道上积满了水。一些车停在那儿等客，为了看清去石狮的车，一脚踏进了深水中，灌了一脚水。没有一辆去石狮的车。只好等。要咽下那包饼干，还是得喝点水。特别是看到那么多的水，干渴的感觉诱人恨不能趴下去猛喝一气，那一定是又凉又爽的感觉。就近花5角钱买包豆奶，用吸管吸着不过瘾，就把口子撕大，大口喝，还是找不到喝凉水的那种爽快的感觉。总算把那包饼干对付下去了，腹中好受多了。这时，开出了一辆去石狮的车，我赶紧上车。

这些记者，谁也不管谁。我走了几天，除了听说那位我采访过的退休老师来找过我几次外，没有谁管过我在不在。看看刚出的报纸，我来石狮写的第一篇市场访谈文章发在第二版显要位置，总算出了第一篇，而另送去的几篇没看见。

冒着酷热，出去采访。一点目标也没有，我整个就像只烂头苍蝇，到处乱窜。走工商，走经济局，基本上没什么收获，只是找到些素材，不足以成文。下午开会学习。我坐着很难受，主要是中午吃下的那包饼

229

干，这会儿消化掉了，饿得心发慌。晚9点，用磁卡打电话打给雅丹，她问我吃了没有？我说我吃了。在电话两头说话，承受时空分离，还要承受电话费的压力，想好的一切话都忘得一干二净。听她说"真想你"，我竟不知说什么好。半天才问："你吃了吗？"她说："吃过了，孩子已睡着，不用担心。"看到费用表跳了一次，还剩下2.6元。

一九九八年　七月十四日　（晴转多云）

算算饼干，最多只能吃到星期四，弄不好，星期四下午就没得吃，到外面吃了快餐，就有可能没钱搭车回厦门，唉！管他哩，走一步算一步。

总是饿，饼干吃下去不过一小时，肚子就呼呼空得发慌。妈的，真是"人是铁，饭是钢"。倒没觉得乏力，走起路来还是风风火火。

终于找到了郭老师，拿了他1939年大学毕业前在上海外国语学院门口照的相，再联系他平凡的人生经历，这篇文章的轮廓就出来了。一种感觉或一种精神能支撑着人品味平凡。许多普通人很快乐地生活在社会低层，基本是基于一种自尊和满足，正是他们在支撑着社会。

回到斗室，一挥而就，抄好，交给版面编辑。

一九九八年　七月十五日　（晴）

每天只能打一次电话回去，这无异于饥渴的人只能获得一滴露水的滋润。卡上只有2元多钱，插进去，立马跳成了1元，本来是要等9点过后打享受优惠，结果走快了点，五分钟不到就走到了卡机旁，急切中又没看时间，插进去就打。

"你好吗？"

"我很好，孩子很乖，就是想你。"她知道卡上钱不多了，说："好，你星期五一定要回！"

"我明天要再给你打。"

"好！"

……

电话匆忙挂断了，我抽出卡，站在那儿，像个白痴一样站了许久。

这斗室极热，且多蚊虫，总感觉蚊虫在围着身子转，就是看不到，更打不着，但大大的疙瘩一个个的，奇痒难忍。编辑部主任陈先生来找我。他脸白白的，有儒雅的风度，很健谈。我基本上是听他指教。睁着和善的眼睛望着他的嘴巴，我洗耳恭听。那张嘴唇厚度一般，说的时间长了，嘴角便露出唾沫泡子。一个很小的问题干嘛要扯那么远呢？

太久了。我说："唉！蚊子太多了，简直……"

他点头，说："石狮不仅蚊子多，蟑螂、老鼠等也多，街上太脏了，经济的发展总是要牺牲一些东西的……"

他的话道理一层深一层。

在这个肮脏的地方，每天晒得白汗变成黑汗，经受各种各样肉体和精神的磨炼，等着拿那一个月千把块钱，只有走投无路的人才会这么干。

搁浅厦门，败走石狮，人生至此，何路之有？

记起昨夜噩梦，感觉自己睡在厕所旁，与雅丹在一起。结果大脑突然出了毛病，浑身不能动弹，向她呼救，却怎么也叫不出声来，无法告知于她，更无法抬起手触到她。我于是绝望，心想，此番是彻底完了。可是拼命之中，竟挣扎起来，头重于铅块，身重于巨石，却是在黑漆漆的阴森老屋，被别人塞满了稻谷草头。我与她还有孩子在很狭小的地方看着地铺。难道这就是我人生的隐喻？后来，又开一辆沉重的吉普车，倒车倒得极危险，竟是自己用手推着掉头的，开在泥泞的坎坷路上，艰难之极。车是新车，高速档老推不上去，一挂就熄火。真的醒来，发现自己睡在异乡勉强可以栖身的斗室。我坐起来，黑暗中按着自己的胸前，一身的汗在有节奏的风扇旋转中凉透。看看表，表停了，也不知离天亮到底还有多久。

睡不着，耐心等待。天总会亮的吧！

一九九八年　七月十六日　（晴）

饥饿的感觉。听到"吃"、"吃饭"、"饭"这样的字眼，自己会禁不住酸泪欲出，情绪悲哀而伤感。看到满街的人和物，仿佛他们都在吃着，吃得很饱，仿佛到处都是吃的或与吃有关的东西，肚子竟然都不会呼噜叫了。

采访110巡警，他们讲道：一个外地来石狮打工的人，长期找不到工作，又没有钱回去，因为爱面子又不愿找家人借钱，竟写下遗书，吃下过量安眠药，差点死掉。我想我比他强多少呢？我手中现在所有的只有回厦门的车票钱，而且回去后就不知道怎么才能再来，我也许还不如他。略微比他强的，是我的意志。即使再难，我也不会自杀。他们讲着这事，我其实不用记。这件事不值得记。我却记着，不抬头。我不敢抬头。我怕让他们看到我的同病相怜、触景伤怀的表情。

一九九八年　七月十七日　（晴）

中午就完全没有食物。昨天剩下的几片饼干，今天早上就着水充饥。本想上午就溜回厦门。但几篇稿子没着落，有的要深入采访，有的要再次加工。总算中午前拿出了《我的爱对你说》这个通讯和《没工就回家吧》的劳务市场透视文章，分别交给了版面编辑。

手中只20元钱。如果能搭上16元回厦门的大巴，虽然慢点，但可以买点小菜回去。下午上了会儿班，赶到车站，大巴全部没有，只有27元的直达车。我走出候车室。车场火样闷热，腹空心慌，加上搭车无着，使我全身大汗淋漓，眼睛也被汗朦胧了，腌得我流出泪水。今天不能回去，情形将更惨。晚餐完全没指望，明天早上再怎么节约只能花几块钱吃点干食，喝点汤食，肯定不可能吃饱。

所幸，门口有个巴士，刚好20元到厦门，这下好了，可以回去了。拉客的人一个劲儿瞎白：快来快来，空调车，马上开车。

我问："还有多久开车？"

他说："这是班车，按时开，还有十分钟。"

我一点也不相信他会十分钟就开。

车上根本没空调，蒸笼一样。我坐上去，一个又矮又丑的闽南中年女人，从她的背包中抽出一瓶冰冻矿泉水，几乎塞在我手里。"要不要？要不要？"我摇摇头把头转向窗外。这时，一个留着夸张胡子的小老头站在窗前，朝我伸出了手，向我露出乞求的笑，"老板，多少给点！"我只感到悲哀，向他苦笑，说："对不起，我恐怕还要向你乞讨哩！"他充其量就五十多岁，收回手，竟望着我开心地笑了。他转身就离开了这辆车。我想，他看着我的装束、气质，估计我是个三文不值二文的大老板，才专程冲我跑过来，听了那句话，他八成认为我是故意抢白他，很小气。

汽车里屁臭、汗臭、狐臭刺鼻，孩子的声音尖声响亮。我腹空难忍，就靠在座位上打盹，却怎么也睡不着。3点钟上车，到4点多钟才开，风往车里一灌，人就轻松舒服多了。如果不是饿，怀着一份轻松的心情随车畅游闽南大地，那应该是一种不错的感觉。

不知雅丹这个星期在家是怎么过的，她只有5元钱。要保证自己的身体养好，真是笑话，她比我更苦。车走走停停，中途不住上下人。有个留寸头的黑脸矮个儿中年人，额头上留一溜长毛，方头大耳，他一上车就接了一个电话，破锣一样的嗓子足足打了半个多小时，他一会儿发脾气，一会儿又似乎在指教着什么，始终听不懂他到底在说什么，只能听清他反复重复那句闽骂："干你佬"。他的声音太吵，车上除了汽车的噪音，就是他刺耳的吼叫声。到他打完了，他下车了。我看到车上所有人都松了口气。

车到厦门，考虑到江头离湖中路要近点，我在江头下车，沿湖滨路往西步行回家。沿途的饭店、火锅城、快餐店一家挨一家，家家门口前都停满了进口高级轿车，每家门前都有油头油面的男人和搔首弄姿的年轻女人在打手机。那种稳沉、舒适、惬意与我此时的处境和心情形成鲜明对比。

我早已没有了"今后老子一定要赚比你多得多的钱"那种豪气。

回到家，雅丹早已等在门口，她问："饿坏了吧？"

我摇头，说："你呢？"

她的眼泪在眼里打转："我知道你这个星期特别难过。我比你好多了，家里什么都有，吃得不好但可以吃饱，可你……"她坐下去抚摸孩子。我们的孩子还是长得那么胖乎乎白嫩嫩的可爱。我坐下来，她起身去倒来一碗绿豆汤，说："快喝下去。"

我问："你呢？"

她说："还有，你快喝。"

我接过来，喝。因为实在太饿，许多绿豆没怎么咀嚼，三下五除二就喝下去了。她站在我面前接过碗，转过身去时，我看到她的泪流下来了。

厨房只有半个包菜，其他什么菜也没有。上周买的鸡蛋还留有三个。我们蒸了一个蛋，用包菜煮了粉条，这一餐，我吃了个饱，睡觉前，胃隐隐作痛。

饥饿真是可以摧毁一切。看到她依然那么清秀、健康、对我情意绵绵，可我除了内心十分爱怜她以外，提不起半点欲望。

她说："看把你饿的。你无论如何不能这样饿下去了。"

说当然容易，可是，面临窘境，我怎能避免挨饿？

一九九八年 七月十八日 （晴）

一文不名的日子是残酷的。

早晨干巴巴一碗面，她吃了一半，吃不下去。

想起原先准备送人的两条烟，我想去换点钱。跑出去在热浪中走了一家又一家，他们见了那两条烟像见了死猫似的，比卖母猪肉还难。没人要，再便宜也没人要，只好回来，面对她苦笑。

她说："没人要算了，慢慢想办法。"

没办法，我躺在凉席上，弄不到钱，就没办法返回石狮，情景将更惨。唯一的办法，是借，找谁借呢？有哪个朋友是可以开口借钱的？

早晨打电话给老杨，谈了半天别的，没好意思开口。到下午，我还是向他开口了，不开口难道真的要上大街上去抢？

老杨说："我钱是有，都存了定期。看老婆手里有没有现钱，前几天又交了房租，你借多少？几百块钱好说。"他说要跟他老婆商量，我的心怦怦直慌，幸亏隔在电话线两头，不然，我真恨不得找一地缝钻进去。

她说："又不是偷、抢，怕什么？哪个没有为难的时候？"

话是这样说，可是我就是这样死要面子活受罪。该学的东西对我来说多着哩。

一九九八年　七月十九日　（晴）

老杨终于找不到了。打电话也找不到。想来他过去吹牛太多，加之他又十分谨慎。看来，在钱的问题上，他也不能免俗。唉！

黄昏时分，煮的两碗黑乎乎的红豆红枣饭，已成糊状，放了糖。雅丹说红枣已坏，不吃，我全吃了下去，权作晚饭。

我开始记日记。孩子醒后，我们一起给孩子洗澡，她去侍弄孩子扑粉，穿衣。

她恼了，说："我饿，我要吃！"眼泪一泻千里地哗哗直流。

忽然我打算去炒油盐饭给她吃，就去开炉子。她躺在床上，嚎啕大哭。她终于真的哭了，崩溃地哭了。女人的承受能力，有她这样子，也算不错了。

炒好一碗油盐饭，她就着开水吃，吃了一半，要我吃，我不吃，她非推给我吃。我说："这又不是什么好东西，我刚才吃了两碗稀饭……"我硬是让她把这碗饭吃下去了。

吃饱饭，她眼睛红红地说："我真的把你害苦了。"

我说："不要这么说，我们之间谁把谁害了？把所有的社会关系和

第十五章　败走石狮

235

经济基础全部抛弃掉，能过一年多，又养这么好一个孩子，已经是很不错了，经受住了目前贫穷的考验，我们的爱情还有什么可怕的呢？"她就开颜笑了。弄好孩子，扎好蚊帐，她钻出帐子说："走，我们去看电视。"

晚上9点，老杨终于回电话了。他问："你现在怎么样？"我说："还能怎么样，该来的都会来，我已作好一切准备。"

他说："我们的钱都存了定期，取不出来，我跟我老婆凑了一下，也只有500多元，只够我们勉强过这个月。"

我说："谢谢你们关心，我们另想办法，你打电话来，已经很够朋友了，真的非常感谢你。"

他问："那你怎么办呢？"

我说："总会有办法的吧！我真没想到会混成这个样。你不知道，上上个星期我到石狮时，就已经只剩下车费了，吃了两星期饼干，全是过去没卖完的。只是苦了雅丹母女，她没营养，孩子没奶吃，即使有一点点，孩子吃得不上劲儿，不吃。作为男子汉，我这回所受的教育太深刻了。"

能得到他的同情，也是朋友一场。看来他的确有困难。到10点钟左右，老杨来了，他借我150元钱，说："实在没有别的办法，我们都克服一点。"

这种雪中送炭，本该让我十分感动，可是，我莫名其妙地麻木，"谢谢你，有这150元钱，这难关，就算过去了"。

送走老杨，雅丹说："他们肯定有钱，借多了，怕我们跑掉，他是个很谨慎的人。"

我说："这样说不厚道，他能送来这150元，已经是很不一般的够朋友了。"

150元钱放在桌上，我感到金钱真他妈的是个残酷无情的家伙。

一九九八年　七月二十日　（晴）

起个大早，去买了苦瓜、丝瓜、酸菜、面、西红柿、鸡蛋等，又买了一斤半猪脚，这样，今明两天，她可以为自己加点营养。我给她炖好猪脚，炒好酸菜，用半条丝瓜下面。她说，无论如何要叫家里弄点钱过来。

我要走了，逗逗琪琪。她现在已经可以放开声音"格儿格儿"地笑了。这孩子手舞足蹈的，不知有多健康，多活泼。算起来，离三个月还有十天。她的表现就这样令人欣慰，真没白养。量一量身长，58厘米，比上次又长长了3厘米。我向她道别，但她还不懂得父亲为了养活她要到石狮去为生活而拼搏。

10点半到住宿的楼，得知版头陈先生找我几次了，不知他有什么事，大概是本周要开一个新版面的事吧。看来下周，只能抽空回去一天了。厦门没希望，就把她们娘儿俩搬过来算了。

晚上，陈主任过来，责怪我要向有关人士请假才能回去。我向他致歉，知道这个"有关人士"其实就是他。他语言虽然缓和，态度明显不像对其他编辑记者，我感觉得到他对我的理解和支持。毕竟我初来乍到。后来，他又请我和年轻的李记者喝酒。三个人到一家酒馆喝了8瓶啤酒，他埋单，我很过意不去。前几天李记者请，今天陈主任请，可我没能力请。本当不参加，又怕别人认为不合群，没办法。

一直喝到10点多钟才散，酒饱胃空，酒劲儿就上来了，很不舒服，加上有点感冒，清水鼻涕止不住直往下流，凉凉咸咸的，头像被缠着似的难受。回到斗室，关了门倒头便睡，先后有四个人敲门来告诉我："老李，有个女的打电话找你，你不在。"

我打开门告诉她们："谢谢！那是我老婆。"

这大铁箱一样的斗室，闷躁难耐，怎么睡都不舒服。电扇发出有节奏的摩擦声，单调得令人头昏。摸摸额头，也不知是在发烧还是房间太热，温度有点高，喉咙一个劲儿发痒，咳也咳不出什么东西。心烦身燥，头昏眼花，略躺一会，下腹又奇胀难忍，不得已晃荡出去放

"水"，这个夜晚，比往日的夜晚更难耐十分。

一九九八年　八月九日　（晴）

这一天又回到了家。

凌晨4点起床，准备去赶车，为的是怕因迟到而被扣去10元钱。对我来讲，赚10元钱不是件容易事。昨天，我们谈得很晚，有高兴的话题，也有不高兴的话题。大家都不愿意不高兴影响我们的情绪，因此，很快就转到高兴的话题去了。待两个人相拥睡觉时，已是深夜1点钟了。

我一夜基本上没怎么睡，总想着该如何想办法走出困境，总是没有答案。最后，看看到了3点，就强迫自己眯了一下，倒做了一个噩梦。最近以来，连梦也变得颠三倒四，难得一笑。人倒起霉来真是无法可想。

我把昨天未吃完的排骨炖粉条热上，让雅丹早晨起来有得吃。我提着东西准备走。说实在话，在家生活，和谐温馨，看着睡得十分香甜的孩子，亲一亲她嫩嫩的脸，我不想离开她们。但毕竟我不具备儿女情长的条件。我们没有面包，什么都没有。所以，我必须马上走。

雅丹躺在床上与我告别，但我还是固执地让她起来送我。这一自私的表现让我过后感到自己过分的无理。吻别爱妻，我毅然开门走了。走过我们的窗，她在窗里向我挥手。我走了。直到火车站。

其实，还是一直等到6点才有车开往石狮。到石狮时，8点差10分。一下车，就恨不能飞到住宿楼。脚下生风，赶到时全身已经汗透。差5分8点，放下东西就为那10块钱往报社办公地点赶。

今天接到任务要去德辉广场采访一个商品交易会中的企业。德辉广场是个大型多层商业大厦，这次商品交易会只用了其中一楼。其正中封闭天井下，一个大型的T台在那里显得异常醒目，在它前方的左右两边，是奥迪和捷达王两款车的展台，周围留有巨大的空场。走过空场，就是鸽笼般的商家展位，分服装、食品、电子、鞋业、体育用品、面料、机械、综合等七个展馆，共400多个展位。

版头安排我去采访祥芝镇祥渔服装厂和祥芝水产品食品厂两家企业，一路与杨记者同行。他说，祥芝水产品食品厂他已经写了，这样，我只需采访一个厂。这样也好。上午转到12点，没有找到那位老板。与该厂的工作人员约定下午3点半。随游版头镶边去蹭了顿午饭。下午再去，那老板明显不愿见，没办法，只好放弃。

晚上，在走廊乘凉时与杨记者闲谈。这位刚来不久的杨记者是个作家，来自江西，住我隔壁的鸽子笼。他敏感且表现欲极强，自我感觉比我好多了。我内心对他做了以下判断：在这个社会上，似乎所有有一技之长又混得不怎么样的男人，自我感觉都出奇得好，他们怀才不遇的失意与苦痛伤及骨髓。来的时间才几天，但他了解到的报社人际关系比我多得多。他给我讲了许多编辑部人与人之间的关系。如老总与陈主任，陈主任与他等等，还讲了不少故事。我感到，这种人极危险。可话又说回来，当一个聘用制记者，凭劳动吃饭，在乎那么多，操那么多心，搞那些阴不阴阳不阳的事，干什么呀？累不累呀？智力花在这方面，十足的浪费。我想睡觉，就跟他说："睡觉吧！"

睡在床上，想着自己常随随便便"全抛一片心"，全不懂"逢人且说三分话"的古训，深感"害人之心不可有，防人之心不可无"真是至理名言。而思前想后，此生要做到这一点，于我是肯定不可能的。我性格太透明了。一个敞开的人格和一个透明的胸怀使我装不住任何想说的话，也藏不住任何秘密。任何秘密在我这儿都是难以制服的兔子。40岁了，为此，我也曾吃了不少苦头。比如，刚出来时在厦门的住处，电话号码；比如琪琪的出生；比如自己尴尬的处境，等等，都是我亲口告诉别人的。就是当初我与雅丹的关系，也是我亲口告诉哥哥，反过来才给我们带来巨大麻烦的。我这个人怎么会这样子没涵养不稳重呢！

祸从口出，麻烦也常从口出，教训太多了。

一九九八年　八月十日　（晴）

《SS企业呼吁企划上档次》是一篇市场广告质量透视文章。在办公室时，杨记者先后过来关注了三次。第一次写了个题目，他看了看，走了；第二次看了一大半，他看完随手一丢又走了；第三次我写完了，正顺手收到包里了，他又过来讨看，我给他，他看完不说话。我问他有什么意见，他轻描淡写地说："可以……"话说出来仿佛十分痛心，似乎连这个"可以"也舍不得似的。写这篇文章前，我曾向他说起过这篇文章的构思，他问："你写出来在哪儿发呢？"我说："随便吧，我相信我这篇文章应该有地方发。"他不置可否。我感到他在把我当竞争对手，这可不是件好事。全报社那么多人，他干嘛要盯住我呢？不可思议。我相信，他十分累。当然，他这样对我，我迟早也会觉得累的。

下午快下班前，办公室胡主任打电话找我，说要找我谈谈，是为住房的事。我预感到，也许领导真把我当人才，破例为我考虑住房也未可知。到了下午6点，没事的人都走了，我坐下来边看报纸边等。6点半，胡主任来了。他说："关于你的住房，上次你跟我说，我不便表态，后来我跟余主编讲了你的困难，经过研究，报社准备破格给你解决一下，给你一间带厕所的房。"我真是喜出望外。我说："非常感谢你的关照，也请你转告余主编，我一定用实际行动感谢报社领导对我的照顾。"他又问了我的困难，我如实相告。拿的这点钱，不要说过生活，还不够生活费、路费和电话费。他又问我会用什么摩托车。什么摩托车我不会用呢？我连汽车都会开。而且，在家乡楚城，南方125摩托车玩了一年多，难道他们会配给我一辆摩托车？接下去的话就令我越来越感动了。他希望我以报社为家，好好干，并说："报社还有套房，你干得好，房子不是问题。"我想，能安下家来不再漂泊，我没什么条件可讲。人要讲信义，在外面混，要靠一如既往的良心。

快把这个消息告诉雅丹，她不知该有多高兴呢！

一九九八年　八月十七日　（晴）

拿到住房的钥匙，那是一个位于四楼的两室一厅住房，厅很大，给我们的是那个带厕所的大间，里面有床、柜、桌和一个落地扇。如果住进来，这是我们到南方以来住的最好的房子。

把房间清理打扫一番，我的心情也开朗起来。这间房除通风稍差外，其他都不错。爱干净的雅丹肯定会喜欢。而且，套间里有独立厨房可用，另一间住着两个单身汉，他们基本不用厨房。这是典型的关起门来小天地，打开门来大家庭。

我心稍安。晚上和同事们打扑克，雅丹打电话来，我把情况简单告诉她，她问这个星期可不可以搬。我说："星期六就搬过来，我们重新开始。"她非常高兴。流浪至今，也许从今开始才真正算有了一个家。

一九九八年　九月十七日　（晴）

这近一个月来，我完全处于一种浮躁不安的状态，时时忘不了自己只不过是个混饭吃的打工仔，别人似乎也是这样在看待我。

报社准备扩成周四刊，要另出一个周末，四开八版，想选一个版头。这个消息是从余主编那听来的。他压了我几篇稿，又没说理由，我去讨教他，实际上是想问问稿子被压的原因。稿子没谈成，余叫我谈谈周末版该怎么编。我随口说了自己的想法。副主编说："想在你和杨记者中选一个版头，谁的方案做得好，谁当版头。"

从内心讲，我当然想干这个版头，但又觉这样去与人竞争，又不乐意。倒不是害怕，而是觉得无聊。我自以为，你想叫谁干就叫谁干，非得去玩这种二桃杀三士的游戏吗？

这个方案做了几天，我一直在犹豫。反复考虑，觉得要按报社领导的定位做个好周末，缺人才，稿源不足，除非东抄西摘。这也是这张报纸一直在做的。而且，真正干起来，很不轻松。目前我编生活版，每期都要求有可读性、必读性，一个星期出一期尚觉吃力，要做四开八版，我感到力所不能及。内心就觉得，竞争这件事不见得是个好事。弄不好，吃力不讨好，反为不美。就随他让谁干吧。而且仔细想来，说不定他们已经选定人了，只不过要集思广益。

杨记者晚上过来。他问我计划写好了没有，我说没写。我说："这

241

事我没把握。尤其老板叫我跟你竞争，我不太欣赏这个做法。"他说："我没听他这么说，这是你自己想当然吧？"听了这话，我心中很不悦，不再申辩。心中越发觉得窝火，为什么呢？我讨厌自己，为自己悲哀。时至今日，我仍然没有放下自己可怜的臭架子，以为自己当过局长，人家要直接委任你当版头才是，说不愿意竞争无非是自以为了不起不屑于跟人家竞争。冷静下来，我感到也许我不提交方案是拱手将版头的机会让给了杨，也可能老板跟杨早已许诺。

有一次早晨上班打卡，没吃早点，打完卡后才下楼吃。吃了后上楼，陈主任青头黑脸，质问我到哪里去了，到处找不到，怪我把三版稿件放在包里不交照排，他已经从我包里拿出来了。我心中憋气，又不好申辩，气得发抖，忍住不说一句话。他又抖着几篇稿，怪我没编，我感到他有点过分。这些稿都是他提供的，全是乱七八糟的关系稿。我顶了他一句"这些字都认不清的稿就是没办法编。"言毕，拿过来坐在那闷闷地编，心中气得不行。不出半小时，陈说："老李，余主编找你！"我走进余主编办公室，他脸绷得铁紧，我坐下来，他当着陈主任问："今天是怎么回事？"我说了早上的经过，没说完，余主编就严厉地打断我的话："批评你完全是正确的，你是不是真的感到没办法编，现在等着来编的人多的很。"余接着说："你的事情干得并不好嘛，编的这几期也不怎么样，写的稿子也不是不可挑剔，怎么就这样要少爷作风？你现在不是当初的局长。"这句话使我差点将手掌拍在了他的桌上，但我还是忍住了。因为我想到了雅丹和孩子。我冲动起来，什么事都做得出，什么话都说得出。我由着性子，她们就又得跟我无家可归。不管怎么说，报社给了我房子，给了我们安定的生活，这是相当不易的。我忍住，还是不说话。后来，余主编的口气渐渐缓和下来。总算开始想到照顾我的自尊心了。

出了老总的办公室，看着表，他足足说了我一个小时，深感打工仔生活的屈辱和无奈。把版做完，交照排室，回家做饭。后来一个同事告诉我前几天为改版的事，报社开了专题会。陈主任推荐了杨记者。我笑了笑。

他又说："老总还是倾向于你的。我相信，从工作出发，他会用你，无论怎么讲，综合能力还是你强。"我说："我不在乎当不当这个版头，对我而言，凭劳动养家糊口而已。"他不赞成，说："进了这个门，该争取的，还是要争取一下，这毕竟是件好事。"我赞成他的意见。

一九九八年　九月二十日　（多云）

听着轻音乐，坐在开着空调的中巴车软席座上，汽车轻声低鸣平稳前行，坐在车上的人说话声音也压得很低，近似窃窃私语，这种氛围很容易诱人昏昏欲睡。

上车时已近黄昏，出了石狮市区，沿途街灯渐亮，天空晚霞正红，衬托得黛色的山峰沉稳庄严，山顶上，浮空的黑云凝固在那儿，一动不动。这样冷峻凝重的山有种神秘莫测的壮美。到天地一色，城乡一体的闽南大地上华灯齐放，星星在青色天幕上显得稀疏、凋零，不成气候。如果有一个安定的生活环境，在这样一个秋夜，坐这样舒服的一辆车巡游在闽南夜色中，也算是一种不错的享受。但眼前，我必须赶到厦门接受别人再一次的选择。

在石狮，我不开心。我在石狮吃的每一餐饭、喝的每一口酒，虽都是我劳动所得，但我感到来得太屈辱。我也时常检讨自己。是我还没有转换角色？是我没能力还是不够努力？似乎都是，又似乎都不是。

晚8点到厦门，找到湖里旅社，住28元一夜的通铺。

第十六章　婚字难写

　　婚姻对于爱情被比喻为坟墓。是因为婚姻来了，爱情就走了吗？还是因为爱情在婚姻的城堡里枯萎？我这场婚姻的真正到来，却让我体验到爱情必须有婚姻才能见阳光。

一九九九年　三月一日　（多云）

　　过了年，孩子越来越健康活泼，生活逐步进入了一种常态，但是，工作上的烦恼不断困扰我，让我憋屈。由于我性格过于执拗，又不愿意低头，我感到他们一直在磨我的性情。花很多工夫，写了不少的文章，就是很少见报，问一问，是什么原因，回答是：没什么原因，放一放。而常常放一放，就放过时了，没用了。白忙。我被反复告诫，"要双手捧着饭碗吃饭"，我不知道如何做才叫做把这饭碗捧得紧。我也被要求"经常反映一下情况"。但我做不出，我没有办法像具有这方面天赋和特长的人那样，为了生存去关注一些我以为是猥琐的问题。

一个细节让我十分委屈。报社制度是，出四张照片，可以报销照相胶卷和冲印费，但是，不给我报。我明明看到杨记者的报销单被签字了，他的图片发表的还不如我多。我质问，没有得到合理的答复，签字是签字了，但是，我听到了两个分量很重的字：你行！

一九九九年 三月五日 （阴）

几个兄弟传来内幕。我本不爱听，但是这个报社就是这样，尽管领导管理严格，但是各种幕后消息漫天飞，令人感觉到这里充满克格勃的味道。

那天晚上，一位领导夫人，报社办公室工作人员到我家笑容满面地一面逗孩子，一面问："老李，孩子的准生证、出生证呢？我登记一下，市里要检查。"这一点，在我来的时候，我已经向领导如实汇报过，我说我是有麻烦的人。当时的答复是："你自己的事自己去摆平，我们需要的是你好好工作。"现在提起这件事，我能够理解这当中的奥妙。我说："我汇报过，没有。"她说："那不行，这不是报社的事，必须有证，不然，报社会挨批的，你回去办个证吧？"口气是征求意见的口气，面容还带着虽说不上美丽但一定和善可爱的笑。这样和善可爱的笑，更衬托出我的幼稚、无知。我答应她回去处理。

一九九九年 三月十日 （雨）

拿了本月的打工所得，另借报社1000元，凑了3200元钱，我们再次启程回家。

邱先生是我在石狮认识的大款朋友，有三辆进口轿车满足他不同的驾驶需要和享受。那天听我说要回厦门乘车回老家，他主动要求派车送我。联系上邱先生，他说不凑巧，三辆车都有安排。不过不要紧，他说要帮我租辆出租车，本来我有心客气地婉拒，但想想我现在真的缺乏婉拒的成本和底气，只好感谢他。

在南方，那些大款小款对朋友一词的解释很实在。什么叫朋友？朋友是那种能给自己带来方便、帮自己赚钱、使自己办事少花钱或者不花钱的人。这定义反过来说，就比较容易引起情绪化的人抨击。不能给自己带来方便，不能帮自己省钱赚钱的人，就不是朋友。因为这样的人容易带来麻烦。我现在就是这样的人。初听这个定义，我觉得过于世故。在南方混了一年多，遂深以为然。所谓朋友，说白了，不就这么回事吗？我过去不也一直当着很多人这样的朋友吗？我现在不也被很多人不当朋友吗？

走到邱先生指定的位置，果然有辆红色桑塔拉停在那，正是邱先生报给我的车号。

火车票仍然是托象山物业老张买的。因他夫人在火车站工作，张兄一年来给我买了多次票，每次还先垫钱甚至垫很久。叫我很过意不去。火车将于今天中午1：15发车。雅丹还在房间里化妆，化完妆梳头，梳完头试衣。我催雅丹，女儿不住哭。面对一地狼藉的家，她不知道发生了什么事。这么小就跟我们浪迹天涯，我心头涌起酸楚。抱着她哄。雅丹过来拥着我，接过女儿说别急，从从容容出发，平平安安回家。

搬家一样。我们每个人提着三四个大大小小的包下楼。这次回去，一是离婚、结婚，二是恳请县委放我一马，让我调进厦门象山集团。此前已经跟集团王总沟通好，他说："只要你把自己的婚姻问题处理好，我们调。否则，免谈。"

我们一算，这次回去，把路费一除，各种必要的花销一安排，到家就没钱了，连生活费也没有。雅丹居然灿烂地笑着说："走走走，操那么远的心干什么？车到山前必有路。到时候再说。"

于是，我们出发。司机把车开到加油站加了油，脚踩油门，上路开始狂奔。雅丹忽然"呀！"地一声叫了起来，把闭目养神的我吓了一跳。我问："怎么了？一惊一乍的？"她说："你的剃须刀还在插座上充电呢！"哎！我俩都有这毛病，丢三落四。这确实是个问题。此次回去，少则一个月，多则半年，剃须刀插在插座上确实容易出问题。可车

247

已经走了这么远，司机会同意回去吗？她给我示意，我来跟他商量。她小心谨慎地跟司机提出来，司机停了车，不说答应也不说不答应。我求他，他才无声地把方向盘往回打。他提出要带一个人去厦门，雅丹说："包车就是包车，怎么带人？"司机没应声。

车停在宿舍楼50米远的地方。刚停稳，我推开车门往楼上狂奔，一口气蹦到四楼，顺手朝裤扣那一摸。没钥匙。我一头郁闷，这个急呀。跑步下楼，一看到车，我就朝正往车外张望的雅丹叫了一声："钥匙！"她一愣，从包包中掏出钥匙来。

再次上车，终于出发。这个小小的曲折正是我俩生存、生活的缩影。我们没有头脑，处事粗糙、混乱。从走出楚城，到流浪厦门，到败走石狮，到现在又再一次不得已踏上归途去面对一大堆悬而未决的问题，无一不带有今天这个小小周折的特点。

我们随火车出发。

重复上次送雅丹到舅舅家的遭遇，我给她买了卧铺票，不同的是，我们有了女儿，增加了一个跟我们流浪的亲人。

忍受一夜寒雨冷风的侵袭，我一宿没睡，脚像踩在棉花上一样轻飘。火车在风雨中到达南昌。我们得从南昌转武汉。买票的人排了数十米长的队，不排队挤在窗口插队的人很多，队伍好半天一点也没有前进，许多人大声咒骂。照这样，不知何时能买到到武昌的票。她说："我去。"遂抱着孩子，挤进人群。人们主动给她让路，不出五分钟，她一脸得意地拿着票出来，车是中午11点多的，我们要在南昌滞留三个多小时。

雨下得很大，我们只有一把伞，给她们母女用，我淋雨。最难受的是脚。那双几十元的水货皮鞋早已漏水，灌满泥浆，汗水雨水直灌进内衣。我不知道自己在雨中穿着破皮鞋提着背着扛着大大小小的行李包的狼狈相是个什么样子。穿过广场到候车室不过几十米距离，对我却显得那样遥远，我双腿累得发软，一直在微微打颤。

在候车室安顿下来，考虑到又是孩子又是行李，这样冒着风雨赶到她的娘家，大人孩子不知道要费多少周折不说，弄不好还会生病。我想联系过去的弟兄们设法弄辆车到武昌火车站接一下。联系了几个，都明确表示，没有办法。几经犹豫，我还是只有麻烦过去的邻居老邹，他一口就答应晚上6点到武昌接，我内心简直要感激涕零了。想我落魄落难之人，屡次麻烦于他，实在是打心眼里过意不去。

一九九九年　三月十一日　（大雨）

这趟从福州发往重庆的车没多少人，好多座位空着，人们把座位当卧铺睡觉。逗了会儿孩子，我抱着孩子让雅丹睡了一觉，火车晚6点多就到达了武昌。暴雨连天，清冷异常，武昌火车站站前广场雨雾迷蒙，我们四处寻找老邹的身影。我们拿尽可能厚的衣服包裹住孩子，可她不知是哪不舒服，一直哭，怎么哄都哄不好，给她奶吃也不干。雅丹一脸难色，我冲进雨中找个电话亭，老邹家里的电话和手机都没人接。无奈之中，请老赵帮忙传呼老邹，也没有回机。我们滞留在武昌火车站一点办法也没有。

雨越下越大，我们继续无望地在雨中苦等，不知如何是好。我想找个旅社住下来，她不同意，怕花钱。冒雨来回火车站与长途汽车站数次，找不到回江汉的公交车。

晚10点，再次与老赵联系，他仍然联系不上老邹。雅丹很不耐烦，一直流泪。我抱着已在风雨中熟睡的孩子，心底充满歉疚。是的，我是个无能的男人。我说："我们找个旅社住下吧？"她仍然不同意。

电话亭一个接一个关门了，我们在一家电话亭旁的大伞下对这场扯天扯地的大雨束手无策，瑟缩发抖。雨水早已把我全身湿透，看到我这个狼狈相，她望着我幽怨地叹息，说："全是我害了你。"我摇头。我说："今天的事，全怪我处理不当。"这时，我想了很多，那些失望、伤心、尴尬、愤懑一齐袭来，堵死了我所有的语言。到处侦察打探，发现邮电宾馆开着门，我于是把他们娘俩安顿到宾馆大堂，那里暖和多了。好心的保安还给她倒了一杯热腾腾的菊花茶。

再次冒雨出去找电话联系老邹，他家的电话终于通了，是他夫人接的，她连声感叹到武昌没有接上我们。晚7点就回去了。我说我们从6点多一直等到现在，现在风大雨大，一点办法也没有。看看表，11点了，我浑身湿湿的，心直往下沉，双腿软到要瘫倒下去。老邹让我租个车回去，车费给他报销。我说："不必了。麻烦你们了。"正要挂电话，他又说："我现在过来可以吗？"我不好意思，婉言谢绝他，打算住下来明天再说。虽然要多花钱，但这是没有办法的事。可老邹坚决地说："你们别动，就在邮电宾馆等，我马上过来。"心里就想，即使到了明天，也还是面临难以回去的难处，还不如今晚他麻烦，解决了问题，又省了钱。只是这样就要辛苦老邹半夜开车了。我脚下的皮鞋踏得水汩汩作响，回到宾馆把消息告诉雅丹，她说："晓得这样造孽我不该的。"说着眼泪哗哗哗酣畅淋漓地涌出来，我整个人也是刻骨地伤心失望，无法也无心劝慰她。

凌晨已过，她饥寒交加，想吃东西，我到附近一家仍然营业的面馆要了碗牛肉面给她吃。自己跑到总台去与人家商量，暂借大堂等车。凌晨1点，我终于看到了那辆581号吉普车，像看到救星一样朝老邹挥手。他把车倒到门口，我把她们母女安顿上车，立即出发。老邹夫人也一起来了，还带来了一床他们女儿用过的小毛毯给我们包孩子，这毛毯非常厚实软和，孩子包在里面睡得很香。又给孩子100元作为见面礼，我们坚辞不受，拉扯半天，只好受了，一切的惭愧与感激无法言表。

从某种意义上来说，老邹也是我们私奔的受害人。我的主动出局，也连带他和好几个我曾经重用的兄弟出局，有的也过上了尴尬的生活。回到老家，已是凌晨3点，不敢回家打扰，只好在旅社暂住一宿。把自己放在床上，那种放松与享受让人产生奢侈和豪华的联想。

一九九九年　三月十二日　（雨）

通过电话与雅丹家里取得联系，父母不同意我们回家。姑娘失踪近年，如今回来，竟然带回一个老丈夫和一个孩子，这样的情景，确实十分尴尬。所幸嫂子在卫生院工作，他们在街里租了一套两房的房子，她回娘家住，把房子让给我们暂住。这样的安排，体现了父母哥嫂对我们的原谅，也算是看在我女儿的面子上。

我于是两边跑，一边是跑离婚案，一边是照顾她们母女。

一九九九年　四月十八日　（晴）

为工作的事，打电话找象山集团人事部老游，问他如果我离婚了，集团还要不要我回去工作。他说："这事要问王总，你可以直接跟王总联系。"于是鼓足勇气，直接跟王总打电话。没想到，他非常客气，关心地问我的情况。我把我最近几个月的难堪经历汇报给他，并请求离婚结婚后回象山工作。他很爽快地说："没问题，只要你把婚姻问题处理好，我们可以调你。"

这是我最近以来最为震撼、最为难得的好消息。

他强调，办好后直接把离婚证、结婚证原件寄给人事部。然后，听通知过来上班。

这下子，我回厦门就有落脚之处了。内心不禁对王总充满感激，觉得他真是我生命中难得的贵人，总是在我极端困难的时候向我伸出温暖的援手，叫我没齿难忘。

一九九九年　五月三十日　（雨）

今天法院判决，准许离婚。儿子判归我抚养教育，判决书送达15日后生效。而我要拿到判决书，必须交齐判决书上规定的4200元钱。

我哪有钱？连借都没有门。

一九九九年　六月二日　（多云）

承建文化大楼的工头老张主动找到我，知道我有困难，主动承诺要帮我，还请我吃饭。

跑到他指定的餐馆等，他来了，带来了一个姓王的律师，我认识的。原来为文化大楼工程增加项目增加工程款一事，他正在与文化局打官司，他要求我就过去曾经认可的增加项目出个书面证明，并为他出庭作证。他已经拟好增加项目并做好了决算，让我签字。我为难。我说："我已经不在文化局工作，这样签字不合适。"他坚持要我签，说你签了，你离婚所有要花的钱我都出了。就算难死，我也不能做这种幼稚到缺德的事，我苦笑，摇头。打消了向他借钱的念头。

一九九九年　六月五日　（晴）

老张再一次请我吃饭。我不去。我说："你的事我帮不上忙，你请我，我也无法如你的愿，还是不要请。"他说："你过来，我借钱给你，都是朋友。"这话诱惑了我，我已经没有拒绝的勇气更没有拒绝的成本。我答应他。

到了他指定的餐馆，还是那几个人，还是那几个菜，只是比上次多了几瓶酒。几个人轮番轰炸，想灌醉我。我当然知道他们的用意，无非是知道我不胜酒力，想灌我成白痴以后在糊里糊涂中给他把字签了。我坚辞不喝。我说："我没心思喝酒。我都混成这样了，我哪喝得进酒？"他说："男人不忽起忽迭，是把顽铁。离个婚算什么？过了就好了。"使劲儿劝，我就是不喝。最后七弯八拐，还是拐到了签字上。他们在玩鸿门宴的游戏，却看错了对象。

一九九九年　六月七日　（晴）

这一夜非常闷热，连电风扇都吹热风。孩子烦躁不安，睡梦中不断被蚊子咬醒，身上起许多红肿的疙瘩，我心疼不已，又毫无办法。为改凉而开窗，不仅放进了新的蚊子，还使电子驱蚊器一点用也没有。雅丹无奈之下只好抱着孩子哄她睡。我想替她，她说我昨天跑了一天，很累的，让我安心睡觉。我哪里睡得着。

不知什么时候，梦到回到了故乡的老村，遍地稻草，遍地石头，我走在其中磕磕绊绊，难以前行。母亲正在劳动，她与我一起搬那些石头，拢堆那些稻草。地底下全是长长的蜈蚣，很张狂地奔跑，母亲用脚踩，用锹剁，我用石头砸，好像打死了两只，足有两尺长……

后来是一个课堂，听一个了不得的人讲话。听了一阵，也不知道听了些什么。我与一个我不熟悉的人共一张桌。之后大家并没有各归其位，而是一人独占一个座位，秩序有点乱。我没有座，也没有人理我，巡游其中不知所之……意识开始模糊。

醒来一身冷汗。听见外面街上人声鼎沸，新的一天开始了。我的生命死了一天，经历多了一天，精神更苍老沉重了一天。

离法院判决的标底还差2000元钱，告借无门。万般无奈之下，我还是打了几个老同学的电话，希望他们无论如何借我1000元钱，他们回答没办法，说他们买房子欠账比我多。并说，如果有办法，他们早就帮我解决了。

宣传部的老领导老田在报社当头儿，他答应，拉5000元以内的广告，回扣10%，5000元以上，超出部分回扣50%。如果能拉到广告，给有关乡镇或者企业写点马屁文章，倒是个可以一试的办法。但是，几个能说上话的兄弟如今都说不上实质性的话了，大家都有充分的理由婉拒我。

我跑了趟金店，本来事先约好的，那位过去称兄道弟的兄弟在那当书记，我转几次车到达金店时，他却不在，打他电话，他说临时有事坐车到另一个乡镇去了。白跑一趟。

一九九九年　六月八日　（雨）

跟石狮的一个老朋友联系，向他借2000元钱，他一口就答应了，向我要了地址，说几天后给我寄过来。我感激不尽。

一九九九年 六月十日 （晴）

联系山南文化站站长老方，老方非常热情地接待我，像亲兄弟一样。这个穷朋友为我急得像热锅上的蚂蚁，找刘乡长，刘乡长一口答应下来，只是说，我毕竟不是圈内人，请老田下来一下。我于是打电话给老田……

田跟常委部长去了河南，得一个星期回。为了帮我，在报社工作的赵兄、龚兄特地帮我请谢副社长一起到山南，叫我也过去。

我转车到山南，谢副社长已经走了。留下一个小故事：作为乡党委书记的一把手没出面接待，办公室接待似乎也不够热情，他们连饭也没吃就走了。他们这一走给自己是争气了，而对于我，却等于是再次失去了一个凭智慧和劳动赚点小钱的机会，也断了一份可贵的希望，老方急得直搓巴掌，没办法。他说："本来蛮好的一件事，结果？"

他留我住夜。乡里的陈宣委自称是我的学生，答应帮我想办法。其实，我在罗庙中学教书时，教的是二班，而他在一班。平行班偶尔交替上课，也曾在他的讲台上站过几回，他一直行老师礼我很感动。他正在下乡忙夏征，说明天回乡帮我解决。

一九九九年 六月十三日 （晴）

吃早饭时，陈宣委作陪。他说："李老师您不必着急，这件事我来帮您解决，不就是差2000元吗？专版搞不成，我来筹，筹好由老方给您。"事到如今，我已没有客气的勇气了，只有表示感谢。

法院肖审判员告诉我，判决书5日才送达对方，也就是说，要到二十日才能生效，他让我必须在二十日前交齐判决书所涉及的钱，钱交齐了，才能拿到判决书，但二十日是星期天，不上班。

他还不忘记给我免费上课普法：这几个钱，你爽快点，人家肖某某离婚，房子财产不要不说，还陪了15000元钱，他还只是个副局长。你这个案子，最长诉讼时效是半年，你不交钱，我也没有办法给你结案。

我胆寒。想我如今的状态，如果在楚城滞留半年，即使还活着，也只剩下一把骨头了。反复跟他求情，他火了，对我喊道："你拿就拿，不拿算了。"

一九九九年　六月十八日　（晴）

一早跟老方联系，他让我下午过去，说陈宣委下午回乡里。

我再次搭车到山南去。为了省钱，我在江汉往楚城的107国道上等过路车，坐上了去随州的大巴，到大周只4元。到了大周，再步行到山南。路过磙子河，看到清澈的河水，想起前几天与老方在这洗澡的事，不禁忆起前年夏天与弟兄们开着桑塔纳2000到这里来休闲的往事。那时我好不悠闲。现在，我穿着一身脏衣服，走得一身臭汗，脚下的皮鞋开口开裂，天堂地狱的经历，发生在我一个人的身上，前后也不过两年，岂止是昨是今非？

到了山南，怕遇到熟人，我一头钻进老方的文化站。老方下乡了，到晚7点多钟回来，他问我吃了没有。我说没有。他就带我到附近一家餐馆请我吃饭。把我送到旅社，他说："我去跑事。"当然是我的事。望着他匆忙离去的背影，我羞愧难当。想我这个人，已经混到鬼不缠了，是惹不起躲得起的人，谁沾上我，谁就有麻烦，与江湖无赖没有什么两样。

到晚上10点多钟，老方来了，一脸喜色。总算把这事摆平了。他说："陈宣委自己借了1200元，又找文教组借了800元。"我从内心感激老方、陈宣委、老同事周组长。我说："老方，我给你添大麻烦了。"接过钱，我要给他打借条，他说："打什么打？不要。"坐在床上，他嗟叹不已。他告诉我，他也曾向县城我的一些过去的兄弟打电话求援过。他说："真的像你说的一样，真是太不够意思了。"他在县城还跟有几位面谈过，大家谈起你来，话都说得很好听，一说到实质问题，就跑题。他说："有个你一直认为很铁的弟兄，我与他谈到你离婚的困难，他不让我开口，一口气说下去，不让我插嘴。"我说："各有各的难处，我不怪他们。"南方人有句口头禅"交朋友可以的啦，谈钱是不可以的啦！"这些都无需细想，大家马马乎乎还可以做朋友。

怕我睡不好，老方告辞走了。我哪能睡得着。看了会书，窗外泛起晨光，街上传来好几起杀猪的声音，垂死的猪绝望嘶哑的哀叫十分凄惨。我起床到野外吹晨风。踏着草丛掩蔽的小路，看晨雾中的村庄，在此起彼伏的鸡鸣声中，我再一次升起一种好好为人的庄严感。不为别人，就算是为了老方的这份情分，我也该好好把一家人养活好。

老方6点钟就开始找我，所幸我及时回来。我吃罢早饭，辞别他返回县城。到楚城才7点多钟，离上班时间还早。我在北环路口犹豫不决。茫然中，决定到老钟、老鞠家辞行，他们两家住得很近。这次回来，给他们添了不少麻烦。

8点准时到法院，法院的人正扛着工具集合出发，原来今天全县卫生大扫除。我找到关庭长，他让我找肖审判员。看到肖审判员扛着锹从那边过来，我迎上去，他眼睛一白，问："干什么？"我说："我来交钱。"他说："她还没上诉呢，你下星期一来。"我说："今天就是第十五天了。"他说："明天才满上诉期。"我说："我先把钱交了。"他连说："不行不行。我不收钱，收钱的人不在。我们今天搞大扫除，你星期一来。"他只顾走。

在检察院门口的早点摊，我找到老钟，我说："我在楚城度日如年，我想尽快完事尽早回厦门重新开始，可是他们就这样让我一等再等。"他说："你还去找他，怕什么？"他告诉我法院的卫生区在北环路西段，我于是顶着有些火热的太阳找过去。再找到肖，他更不耐烦，说："我从来不收别人现金，你星期一来，再说还不知道对方上不上诉呢。"听他的意思，他似乎在期待对方上诉。

再一次地无功而返。

一九九九年 六月十九日 （晴）

无所事事。因为事情没有结果，我愧对岳父岳母，愧对雅丹。

这些时，岳父岳母给了我家的感觉。这两个多月，我大半时间是买菜、提水、烧火做饭。大家都夸奖我做的饭好吃。自从我们的钱用完之后，就全靠大嫂拿钱出来买菜了。

雅丹老是与岳母吵嘴，以至好几次岳母赶她走。同时还跟大嫂发生冲突，在我回楚城的几天，她回到刘湾的家里。接她过来，我说："都是一家人，我们回来给他们添这样大的麻烦，你该哄着他们给自己创造更宽松的环境才是。这样，我在这也好过一些。可你，嘴巴还是这么烈，谁都不让，叫我如何在这里待得住？"她觉得我说得在理，答应给岳母和大嫂道歉。

岳父十分可怜我们，为我的事十分着急，每隔几天，他就送油、送米、送菜过来。他话不多，却有力。我懂得他内心的苦处。一个独女，跟一个有妇之夫跑了，到现在，生了孩子，还名不正言不顺，无论是面子上，还是心理上，都是极难受的事。我真是大大地对不住她，对不住二老，对不住她全家人。

今天有件值得高兴的事，《SS日报》的同事给我寄来2000元钱，这样，我们办完事回厦门的路费就有了。离开石狮这么久，还不知道我是不是能回石狮，他就寄钱给我，足见兄弟仗义，感谢他在关键时候拉了我一把。

杀苍蝇喂蚂蚁是我最近经常玩的一个游戏，并由此产生了一个歇后语：杀苍蝇喂蚂蚁——杀命养命。5角钱一个的苍蝇拍，我用坏了四个。有时一天要打杀一百多只大大小小、黑黑绿绿的苍蝇。大苍蝇大到半寸长，一大窝蚂蚁拖它不动。在门前走廊外的台阶裂缝口，住着一大窝黑蚂蚁，每当我把打杀的苍蝇送到台阶上，众蚂蚁会蜂拥而出，苍蝇多到几十上百只时，它们的战线会随着苍蝇尸体的分布拉得很长。黑黑的小蚂蚁密密麻麻黑压压往来穿梭，忙忙碌碌，分工合作，秩序井然，它们把一只只死苍蝇搬运到位于台阶裂缝的家门口，然后肢解，收进洞穴。我源源不断地给它们提供苍蝇也即是给他们提供了源源不断的机会，不知道他们是不是有喜从天降的感觉。

257

对那些受了重伤尚存一息的苍蝇，它们会好几个扑上去啮咬，任那垂死的苍蝇弹跳挣扎就是不松口，有的蚂蚁被弹出好远，也毫不畏惧，仍然勇敢地扑上去。它们群起而攻之，直到那苍蝇无力挣扎任凭拖拽。对那些伤势不重有逃走之力的苍蝇，它们会投入庞大的蚁力，合力对付。只要苍蝇没有挣扎出它们的控制区，它们就有办法搞定。越来越多的蚂蚁会在苍蝇剧烈的反抗中把苍蝇裹成一个黑色的蚂蚁球，那些反抗得最厉害的苍蝇常常最先被掏成空壳——蚂蚁们就地将它处决了。

仔细观察那些往洞穴搬运食物的蚂蚁，我发现，蚂蚁也有管辖范围，似乎也一样分有国度，要么就是势众之下，单个蚂蚁或者外地蚂蚁无法与之争食。蚂蚁寻食总是单个小股活动，找到机会，会根据食物大小和规模立即回去通知或组织大股蚂蚁甚至全部力量投入搬运。这至少说明，蚂蚁之间存在语言，有传递信息的功能。而异洞蚂蚁相遇，一般并无争端，大家触须相碰，各走各的，如果同时发现食物，总是洞穴近的蚂蚁占上风，而远洞蚂蚁到来时，由于势微只能在其中往来穿梭，碰到异洞蚂蚁就猛地弹开老远，接着，越来越多的异洞蚂蚁会围着这群势力庞大而忙碌的蚂蚁打转，不知道是望食兴叹还是在寻找机会。比之于人类，他们似乎有类似的智慧却过于弱小。它能拖走大自己体重十倍百倍的物体，而人类只需一个手指，就能随意轻松地置它于死地，强大与弱小的生存规则就是如此残酷。

再仔细观察那些繁忙的蚂蚁，我发现，他们并非都在干活，它们中有些同群蚂蚁只是围着工作场地远远打转，即使是许多蚂蚁勇敢地扑上去撕咬的时候，它们从未近前，不知是指挥者还是维持秩序者。与人不同的是，它们决不是一般的旁观者，它们在工作场地快速转圈，穿行于蚁群中，似乎非常尽职尽责。倒是先前出来打探消息曾经回去报讯的大如米粒的蚂蚁不知去向，也许它们同人类的领导一样，在别人流汗的时候，它们已经龟缩到洞府去享用美食享受异性服务去了。

对蚂蚁如此关注，杀苍蝇喂蚂蚁不知疲倦，雅丹不十分埋怨，却也颇有微词。"脏不脏啊你？"我笑着回头问她，"你让我干什么？"是啊，干什么呢？我每天抱孩子、买菜、提水、做饭、写日记……还有什么可干呢？电视是黑白的，只能收江汉一个台，每天播放香港、台湾的日白片，再就是题目很大内容空洞的新闻节目；收音机没电，丢那儿没用；可以读的书一本也没有……她也就懒得说我了，任我乐此不疲地在门口杀苍蝇喂蚂蚁。

一九九九年　六月二十日　（晴）

饭后，百无聊赖中，我又坐在门前看那一洞蚂蚁倾洞而出搬运苍蝇。一夜不见，它们已经排出了许多如它们身个一般大小的土粒，显然是我近来的帮助使它们充实了仓库，不得不扩建。女儿啼哭不止。近几天，她感冒了，流清鼻涕、拉稀，刚刚又拉了一裤子，我连忙去帮忙。

一九九九年　六月二十一日　（晴）

我们住的这条街是镇上的富人街，是这个镇几年前新开辟的一条街，在这条街上买房子的都是有钱人。比如医院院长、某所所长、包工头、餐馆老板、屠夫、鱼贩等。街上的女人多闲在家，她们每天的事务，就是幺五喝六地在一起打麻将，所以街上到处是搓麻将的声音。她们经常谈论的是昨天的输赢。

在镇上寄住的两个多月，有一件十分感人的事使我记忆深刻：一位有着高级职称的八十多岁的老教师，中风瘫痪已经十年了，他思路清晰生活却难以自理，他的老伴不厌其烦无微不至地伺候了十年。这位老婆婆我见过一面，是一位瘦小而面容慈祥的老人，她与老伴相濡以沫六十多年，相依为命，感情深沉、厚重。据了解，老人有两个儿子，还有几个女儿。遗憾的是，后人们没一个耐得烦的，曾数次研究是否该一把药送父亲上路，好解脱被他拖累的母亲，只是因为他们负不起法律责任，这事才作罢。但又病又脏的老人到哪都讨人嫌，儿子媳妇们公开表示厌弃，不能原谅更无法接受，老人没有呆处，遂租住在外，由老婆婆护理。据说两位老人每月还要支付费用给儿子们。这触动我的切肤之痛。

我在日记中如此"道义"地记录两位遭到遗弃的老人，我自己又是怎样的呢？我为了自己的所谓幸福，彻底埋葬了母亲晚年的幸福甚至是母亲的生命，我比那些儿子更混账呢。

　　再回楚城，到法院交钱，法院民庭的人都出去了。等到中午，应老乡小方邀请，跟他去吃中午饭。他提出把报社的老赵、老龚找来一起喝几杯。我仍抱有做山南专版的幻想，表示赞成。电话打到报社，是谢副社长接的，他对山南上次接待不周余怒未消，听我说要田部长出面，他说："要田部长出面做什么呢？"他让我自己跟田部长说。厚着脸皮自己打电话给田部长，我向这位在我印象里一直十分厚道、实诚的老领导诉苦，求他拉我一把。他说："你跟山南陈宣委说一下，让他打我一个电话。"我找老龚接电话，回答是：他刚刚出去了。我只好与小方坐麻木到他做生意的门店去，途中路过报社，他不死心，说："我上去叫老龚，他一定在的。"我无语。我如今是谁见谁躲的人，我能说什么？

　　坐在麻木上等。汗把衬衫贴在我身上凉凉的。不一会儿，老龚上来了。他解释说刚回。"我坐吉普回的，你没有看到吗？"我苦笑。赵也在楼上，很忙。我们的麻木往前走时，报社的领导骑自行车到餐馆去，我朝他们招手，老田朝我很累地点了下头。老龚说："本来我也要去的，但是你来了，我就不去了。"我对他的忍痛割"酒"表示感谢。

　　我这个人总是难中弱智。仔细想想，山南刘乡长答应做专版不过做个顺水人情，他也做不了主。老田如果跟柳书记说成这个事，跟我有什么关系呢？而且，请领导老田到山南应该是乡党委、乡政府的事，你李福寿一句话老田就去了，你以为你是宣传部长啊？真实既不懂世事更不懂政治。

　　下午到法院，办事的肖不在，庭长说，他下乡了，说不准下午来不来。这就是说，我今天很可能又白跑了。正说着，肖来了，我像见到菩萨一样感动。跟过去，他叫我交钱，然后发给我判决书。

我问："你不是说要开生效证明判决书才有效吗？"

他说："没有，过15天对方不上诉就自然生效。"

我说："可是你曾告诉我，要开生效证明我才能去拿结婚证的。"

他生气了，说："你要就要，不要拉倒。"

我还想跟他争执，庭长过来安抚，说我的离婚案，是法院领导集体定的，都是领导的意思。领导的意思代替法律的意思，这就是我们的破法制。他们要我交钱取判决书无非是不相信我，怕我跑了，因为我是跑得全县人民头晕的人。

一九九九年　六月二十二日　（雨）

我与雅丹约好一起回楚城拿结婚证。第一次丢下孩子双双出门，她很不放心，一路牵挂着孩子。到楚城汽车站，雨越下越大，坐麻木赶到民政局，我们基本上像落汤鸡了。

办事的小潘跟她很熟悉，说办就办。小潘说要单位证明，我于是拿着证明文本往文化馆跑。几经周折，麻烦文化馆领导同意证明雅丹是文化馆人，未婚，手续才算齐备。

两本结婚证递到我们手上时，是下午的事，小潘说："祝福你们！"我们俩竟酸泪涌流，说不出一句话。

出民政局大门，我们就往邮局赶。打通象山集团人事部电话，人事部刘副经理让我传真过去，然后再寄原件。

一九九九年　六月二十三日　（雨）

我和雅丹到邮局给象山集团刘经理打手机，他说昨天传真机坏了，不知道收到没有，要去看一看，让我过十五分钟再打。这又是一个悬念。焦灼等待十五分钟再打，刘经理说材料收到了，要给领导看一下，研究研究再说。我问："王总在吗？"

他说："王总到香港出差了，一个星期以后才能回来。"

我心里没底，我说："我在楚城度日如年，想尽快过去，请你在领

导那多多美言。"

他说："这是一定要研究的，你在家乡已经呆了那么久，就不能再等等？"

也是。只好等下周再说。他说这事不仅要跟王总汇报，还要跟吴董事长汇报。我不知道领导们能否对我开恩。如果集团改了主意，我在楚城做的一切工作就白费了。这后半辈子，无论结果如何，我都是一个名副其实的老打工仔。

接下来，要去找计生委领导补办孩子的准生证和户口，而这将是更大的悬念……

后 序

仅有爱情是不够的

李友清

（湖北经济学院党委副书记、教授，高等教育博士，湖北省作协会员）

福寿同志出版《私奔日记》，邀请我写序，我感到有点为难。无论是从师生关系还是过去的同事关系，我都不便评价他的"私奔"事件，还有一个重要原因是自己文学水平有限，加上对爱情问题从理论上缺乏深入研究，恐怕我的传统思想和观点会错误理解作者和误导读者，不如让读者自己在书中去寻找自己想要的答案来得更实在。

我认识福寿同志是他在师范学习的时候，他长得一表人才，学习很勤奋，热爱文学，性格直爽，为人热忱，工作有激情，有干劲，是个比较优秀的学生。师范毕业后从事教学工作，也一直很出色，而且在文学上有点小成就，平时谈吐也多表露出一个浪漫文人的气质。后来，在选拔青年干部时他被调到县委宣传部工作。这对他的成长来说是非常重要的。在宣传部工作期间，他的表现也是比较优秀的，工作积极，认真负责，努力上进。正因为如此，他入党、提干，进步很快，后来他又被组织破格提拔到领导岗位上工作。对他来说，可能是一切似乎来得太顺利、太容易了。人们往往犯同样的错误，对顺境中所得到的和很容易得到的东西不够珍惜。他的"私奔"事件发生时，我在外地工作，后来知道他与县委县政府领导、与组织、与同事、与家人和亲朋都不辞而别，我感到非常震惊，觉得不可思议。

事情过去十几年之后，他写下了《私奔日记》邀我作序，在短时间内看完他的《私奔日记》后，感到他敢于直面自己曾经的选择，通过《私奔日记》，对自己的行为进行社会、道德、伦理等多方面的反思，勇气可嘉。他站在社会普世价值的角度，在书中对自己的行为做了冷静客观的展示和分析，不避讳自己思想、道德等诸方面的不足之处，通过"日记"这种文体，生动如实、淋漓尽致地直白自己私奔这种流浪爱情的欢乐与痛苦、得与失，使读者能够在阅读中有所思考、有所感悟、有所收获，这是难能可贵的。

在此，我有几点想法与作者和读者朋友们共同探讨，不知妥否？

——爱情是人生活的重要组成部分，但她不等于生活。

爱情来自人类的繁衍，在人类生生不息的长河中，古今中外流传着无数动人的爱情佳话。"生命诚可贵、爱情价更高"（裴多菲）、"爱神的烈火将泉水烧得沸腾，变成了温泉，能消除人间百病"（莎士比亚）……这些美好的爱情诗句脍炙人口。《私奔日记》可以说进一步展示了爱情的价值和无穷的魅力，但同时也充分说明了一个问题，爱情是人们生活的重要组成部分，但她不等于生活。生活之树常青，为什么不是爱情之树常青呢？就是因为在生活中，不仅仅只有浪漫的爱情，还有读书学习、工作任务、拼搏事业、赡养父母、抚育子女等等美好的、值得追求的东西和义不容辞的社会责任。但是，在现实生活中有些人往往简单地把爱情当成了生活，把生活当成了爱情。这样就会给生活带来灾难。"私奔"就是一种失去理智，让人难以置信的举动，是把爱情当生活，把生活当爱情的典型。

弗兰西斯·培根在《论爱情》中说："在一切真正的伟人（那些英名长存的古人今人）中我们可以发现，没有一个因爱情而发狂犯癫的，伟大的事业抑制住了这种软弱的感情。"我虽不赞成培根"软弱的感情"这一说法，但我理解培根这段话的中心意思：在历史长河中，人们虽然追求美好的爱情，但更值得追求的是伟大的事业。这对年轻的朋友来说，如何处理好爱情与事业，爱情与生活的关系不无启迪。

对中年朋友来说，怎样处理爱情与生活的关系意义重大，对待爱情要有理智，即使心存爱意，也要加以约束，使之不致妨碍更为重要的事业。我很赞成钱钟书先生的"围城说"：婚姻就像一座围城，外面的人想挤进来，里面的人却想冲出去。其实很多人是患了"审美疲劳症"，不知山山自有奇妙处，妄求坐望美他路。很多的美好只能远观，距离产生美，很多人厌倦了城内曾经美丽的景致，转而艳羡外面精彩的风月。可是一旦奋力地冲出围城，结果会怎么样呢？远看芳草萋萋，胜景无限，走进细观，也难免枯枝败叶，荒芜破落，纵然一时心旷神怡，时日持久也必会倦怠。现实生活中人们对爱情的总结是"天上下雨地上流，两口子打架不记仇，早晨一盆洗脸水，晚上一对花枕头"。夫妻双方都有各自的自尊心，有自己独立的天地，有自己的性格特点，在生活中夫妻难免有矛盾、有摩擦，是很正常很自然的事。怎样处理，怎样对待呢？如果把爱情当成生活中一朵娇嫩的小花，夫妻双方则应"热情去浇灌，原则去培养，谅解去护理"。爱情这朵娇嫩的小花就会日益艳丽，给生活增添绚丽的色彩。爱情的精神力量，在生活中会成为克服困难、发奋图强、力争上游的号角和战鼓，可使人克服平常不可思议的困难，逾越平常不可思议的障碍，取得不可多得的成就。相反，倘若把爱情当生活，把生活当爱情，把爱情的力量用偏了，爱就成为消磨意志、颓废堕落的吸血虫。历史上，唐明皇和杨贵妃的爱情默契笃真，然而，"一骑红尘妃子笑，无人知是荔枝来"，为了赢得"回眸一笑百媚生，六宫粉黛无颜色"的杨贵妃的欢心，累死了多少骡马！唐明皇也从此倦怠朝政。还有烽火戏诸侯的褒姒，她一笑，不仅要了周幽王的老命，还断送了周朝几百年的江山。

前车之覆，后车之鉴。把爱情当生活，把生活当爱情，在爱情上过度沉湎，不仅会使人丧失其他，而且还使人丧失自己本身，不仅会伤害他人，同时也会伤害自己。私奔这种举止，显而易见，享受的是无休止的浮华的逢迎之语，吟唱的是爱情小乐曲，体验的是肉体温柔带来的痛苦。随着时间的推移，必生厌倦，乐曲就会变成苦曲，甜蜜的爱情就会变成生活的苦水和泪水。

——爱情是性爱与情爱两者的相结合，她的自然性是前提，社会性是根本。

爱情是什么？这是与朋友们要讨论的第二点想法。过去人们总结爱情是缘分，"有缘千里来相会，无缘对面不相识。"有的认为爱情是两情相悦的激情，莫名其妙的心动。有的认为爱情是雨中的恋人为对方撑着的那把伞，是因爱人迟回家产生的那份担心，是病床前那碗热饭和祝福，是夕阳里互相搀扶的老者的呕呕絮语，还有的认为爱情是精神的交融、精神的追求等。

爱情究竟是什么呢？精神分析学派的创始人弗洛伊德认为，爱情的目的就是性的结合和性欲的满足。他认为爱情的核心就是性欲，把人类爱情和纯粹动物的性欲等同起来。而柏拉图和黑格尔等认为爱情与性欲毫不相干，爱情仅仅是男女双方精神上的融合，是纯粹的精神产物。马克思主义认为爱情的自然基础就是人的生物本性，也就是性欲和性爱。它表现为对恋人的相貌、体态、肤色、音色等生理方面的吸引和爱恋，也就是"性爱"。爱情的社会基础是人与人之间的社会关系，表现为对恋人个性心理倾向和个性心理特征的喜爱，如对恋人的兴趣爱好、理想、信念、人生观、价值观、性格、气质、能力等的认同和赞许，尤其表现在对恋人高尚的社会性情感，如爱的羞怯感、道德感、义务感、责任感、审美的高尚感等的强烈倾慕。它满足的主要是人的精神生活的需要，也就是情爱。因此，爱情是性爱与情爱两者相结合的产物，在这两种属性中，自然属性是爱情的前提条件，社会属性是爱情的根本决定性因素。

《私奔日记》主要是作者用"私奔"的经历述说了中年扑朔迷离的爱情。中年人忙于孩子、忙于家务、忙于工作，往往淡忘了爱情；但在有了金钱、有了权力之后，往往不满足于平淡的生活。互相生活，磕磕碰碰，性格志趣的差异，往往刺伤脆弱的感情。中年时期是爱情发展的十字路口，福寿同志的"私奔"就产生于这个时间段。爱情有一种魔力，鬼使神差的魔力，毒品一般的魔力。一旦男女双方只要一方失去控制力就会出现爱情的危机。

读了《私奔日记》，我认为福寿同志在对待爱情这个问题上，接受了弗洛伊德性欲爱情论，只注重了爱情的性爱的自然性，认为爱情高于一切，而对情爱的社会性认识不足，所以在处理新的爱情问题时作出了抛弃一切私奔的选择。他抛弃了自己工作，抛弃了组织赋予他振兴文化事业的历史使命，抛弃了艰辛养育他成人而又年迈体弱的母亲，抛弃了与他恩爱多年为他生养儿子的妻子，抛弃了他天真活泼而又聪慧的儿子，抛弃了多年努力建立起来的温暖的家，抛弃了多年关心、支持、帮助他的领导、同事和朋友，抛弃了他应担当的一切责任。没有了孝心和孝行，没有了恩情和感恩，他一夜之间使自己陷入极度的孤独之中，陷入极度的生活困境之中，陷入了众叛亲离的责难之中。他的爱情新欢是与愧疚、与痛苦、与泪水相伴的，为此他确实付出了巨大的代价。

——爱情需要一定的物质基础和条件，她不是空中楼阁。

爱情是以肉体的需要为结合原始动力，以精神的交融为纽带，以一定现实条件和物质基础，产生在男女之间的互相爱慕并希望对方成为自己终身伴侣的强烈感情。这种爱情的确立是实实在在的，不是空中楼阁。

人是社会的人，不是孤立的。人在社会的行为必然要受到国家法律的约束，自由婚姻是国家法律的明文规定，那么夫妻婚姻的变故，都应在法律规定的范围内实施自己的行为。中国作为一个有着五千年历史的文明古国，有其独特的社会传统道德和婚姻文化，必然影响人们的婚姻行为，也必然成为人们衡量各种婚姻行为的标准。

在中国历史上出现过最为轰轰烈烈的私奔事件有两桩，主角分别是司马相如和卓文君，李靖和红拂，而新近也有一桩有名的私奔事件，主角是王功权和王琴。这本《私奔日记》的出版，使私奔主角又多了一对。

爱情是美好的，爱美人皆有之，愿天下有情人都得到美好的爱情幸福。从《私奔日记》我们应明白一个人生道理：在人的生活中，爱情是美好的，但只有爱情是远远不够的；人活着为自己天经地义，但一定不能仅仅为自己而活着！

2011年5月

后 记

事过十多年后,我敢于旧事重提,是基于我已然跳出了过去那个期期艾艾的自我,并客观地重新审视自己。当年为爱冲动、远走他乡的时候,那种放大自我、豪情万丈的愚钝在与纷繁社会的激烈碰撞中早已原形毕露。这时,我发现,"我"的属性中,不仅具有渺小、卑微、虚弱的特质,而且非常之卑贱——离开家族、离开群体、离开业已形成的那个类似鱼缸的生存圈子,我一无所能,连养活自己都十分艰难。

感谢社会。这十多年近乎炼狱般的生活所学到的东西,远胜我前40年所学到的所有东西的总和。社会大学更具专业精神和敬业精神,让我在亲历中不仅彻底认清了人性的柔软与坚硬,更让我透明地认清了自己,获得了重生。

感谢朋友和亲人。我生命中那些曾经给过我无微不至的关怀和帮助的人们,他们照亮了我曾经黑暗的生存空间,营养了我的生命,让我对社会充满信心,他们是我生命中终生难忘的贵人。感谢我的父亲李正亚、母亲刘凤英,我的老师胡士华、李友清,我的老领导们还有我生命中那些数不清的给了我大大小小精神与物质帮助的朋友们;感谢我现在的妻子,在无数次的艰难困苦中给了我莫大的信任和鼓励,给予我真挚的爱和温暖,成为我前进的动力。

感谢自己。我的傻在害了我的同时,也挽救了我。我具有比普通人更为突出而鲜明的双重性格,勤勉时披星戴月、废寝忘食地拼命,懒散时闭目塞听、浑浑噩噩、麻木不仁。在贫困潦倒中修炼灵魂的同时,我成功地修炼了自己的肉体,以至于年过半百还能如此性情恣肆地在人与万物纠结不清的世界上坦然地继续活着,我真的是这个社会难得的喜剧。

感谢出版社及编辑朋友们,尤其是胡劲华先生、刘佳小姐,他们使我终于鼓起勇气把当年那些纯粹的个人文字公之于众，在自己审判自己的同时，接受社会、道德、伦理的立体审判。

一切由这本书引起的评价，都是我此生最为宝贵的财富。所以，也要感谢购买此书的所有读者。

李福寿

私奔剪影

1997年6月10日。跟雅丹的嫂子见面后，我们在她老家的一个桃园合影。这时，我正决定逃离云梦。

1997年6月24日，这是我们在山顶照的一张最亲昵的照片，每次看到这张照片，都会有热流上升。

1997年12月24日，雅丹笑得那么灿烂，像冬日里盛放的一朵花。

1998年2月24日，我们的处境就像照片中的大海和天空一样，充满不确定性。我们两个人都瘦了，憔悴了。而雅丹，正怀着孕。

2007年11月1日，厦门环岛路正在修建，为雅丹留影，这样的树根沿途随处可见，我取名"枯木逢春"。

2009年2月24日，孩子日渐长大，我和雅丹在同安德安古堡小憩。

2009年9月17日，没有什么生意做，我们经常到厦门岛内一些山上去野游。

2009年10月17日，我们在德化石牛山岱仙瀑布，遐想私奔生活如瀑布直下三千尺。

2009年12月09日，我们在龙海旅游散心。

2010年1月17日，写作之余，我和雅丹在家中书房谈论即将问世的《私奔日记》。